위조진폐

Super Note Rising

僞造眞幣

장량 장편소설

위조진폐

유리창

Chremata aner.

돈이 인간이다.

알카이오스(Alkaios, 시인, 고대 그리스)

스마트폰에 문자메시지 알림이 떴다. 메시지를 열어본 남자가 이를 악물고 눈을 부릅떴다.

하라키리 가타나はらきりがたな, 腹切リ刀를 찍은 사진!

하라키리 가타나는 일본 사무라이가 할복할 때 쓰는 칼이다. 발신자는 가이샤쿠닌かいーしゃくにん, 介錯人. 가이샤쿠닌은 할복하는 사람이 배를 그으면 곁에서 목을 쳐 죽음의 고통을 덜어주는 사람이다.

최후통첩이다.
석고대죄하지 않으면 목을 쳐 죽이겠다는 마지막 경고.

목을 움켜쥐며 주위를 둘러보던 남자는 이를 악물었다. 아직은, 아직은 아니었다. 아직 칼자루는 남자의 손에 있다.

　침착하게 전화를 걸었다.

　"이미 협의한 대로 제 변론을 맡아주십시오. 변호사님이 그쪽 사람이기 때문에 의뢰하는 겁니다. 내막을 알 수 있는 변호사님만이 저를 살릴 수 있습니다."

　전화를 끊은 남자는 길가의 하수구에 전화기를 던져버리고 택시를 잡았다.

　"경찰청으로 갑시다."

환각

2007년 1월. 제6차 만 원권이 발권되었다.

새 돈의 기호는 발권된 차례로 따지면 바번 대였지만 가나다 기호 대신에 시대 상황에 따라 알파벳 A로 바뀌었다.

컴퓨터 그래픽 디자이너이며 아마추어 지폐수집가인 정은서는 한 번도 사용되지 않은 신권을 수집할 수 있다는 기대감에 추운 날씨도 불구하고 발권 당일 새벽부터 은행 앞에 줄을 서는 고생을 마다하지 않았다.

줄을 선 사람들 중에는 100만 원 다발 10개가 묶인 1000만 원짜리 봉인 다발을 사는 사람도 적지 않았다. 하지만, 은서는 그런 목돈도 없었고, 수집 가치가 있는 기호와 번호가 들어 있지 않은 액면가 그대로일 뿐인 돈다발을 집안에 모셔놓을 생각도 없었다. 그래도 혹시나 하며 가진 돈을 다 끌어 모아 100만 원 묶음 몇 다발을 받아왔다.

그러나 그녀의 수고는 헛된 것이었다. 100장 묶음은 맞되, 의미가 있는 번호는 미리 빠져나가 일련번호가 건너뛰어 있었다. 새 돈이 나올 때마다 반복되는 관행이었으나, 그녀는 새삼 분노했다.

1번부터 100번까지 지폐를 화폐금융박물관에 전시하는 것은 이해할 수 있지만, 불우이웃을 돕는다는 명목으로 101번부터 10000번까지 9900장을 한국은행에서 직접 경매하는 것부터 못마땅했다. 그에 더해 시중은행에서는 중간의 희귀번호를 빼내고 판매했다. 지폐를 묶은 끈에 '이 묶음은 일련번호 순이 아님' 하고 적어 놓은 걸로 모든 책임을 회피할 수 있다는 말인가. 그녀의 생각으로는 한국은행이 자신들이 만든 돈을 액면가 이상을 받고자 경매한다는 것 자체가 말이 되지 않았고, 은행에서 특정번호를 빼내는 것은 범죄와 같은 짓이었다. 돈 있는 자들만 앞선 번호를 수집할 수 있고, 권력이나 연줄이 있는 자들만 가치 있는 번호를 수집할 수 있단 말인가!

물론, 구권 100만 원을 받고 번호에 상관없이 신권 100장을 줬다면 법적으로 문제가 없고, 특정 번호를 경매해 만 원권 한 장에 10만 원, 100만 원을 받아 한국은행에 귀속하는 것이 아니라, 불우이웃을 돕는다는 것 또한 법을 어기는 일은 아니다.

그러나 은서는 용납할 수 없었다. 그것은 주최 측의 비리요, 돈 있고 배경 있는 관계자들의 내부거래였다. 적용하거나 처벌할 법이 없을 뿐이지 분명한 사회적 비리였다. 그녀가 이러한 심정을 화폐수집동호인 사이트에 털어놓자 많은 회원이 동감했지만, 현실적인 대안을 제시하는 사람은 없었다. 대안이 없기는 은서도 마찬가지였다. 1번부터 10000번까지를 발행하지 않는다면 몰라도 그 어떤 방식으로 내놓아도 엄청난 부작용이 따를 수밖에 없었다. 번호순서로 첫 고객에게 준다면 발권 몇 달 전부터 한국은행 앞에 차례를 대는 사람들의 텐트촌이 생길 터였고, 무작위로 섞어 내줄 수도, 시중은행별로 할당할 수도 없는 일이다. 한국은행의 선택도 세계적 선례에 따른 고육지책일 뿐이다.

앞선 번호의 경매에 참석할 수 없는 가난한 수집가들은

발품을 팔아 이 은행 저 은행을 돌아다니며 돈을 뽑아 번호를 뒤집어보는 속칭 '뒤집기' 개미가 되거나 시중에 나도는 지폐의 번호를 들여다보며 요행을 바라는 수밖에 없다. 그러다가 누군가가 의미 있는 번호를 발견해 팔겠다고 내놓으면 웃돈을 얹어주고 모아 자신만의 컬렉션을 꾸며나가는 것이다.

사실 지폐 수집은 개봉하지 않은 묶음이나 연결 인쇄권을 모으지 않는 한 큰돈이 드는 취미는 아니다. 또한, 액면 그대로 가치가 있는 돈이어서 언제든지 사용할 수도 있기 때문에 손해 볼 일은 없지만, 그렇다고, 크게 경제적인 이득이 생기는 취미도 아니다. 아주 특별한 지폐가 아닌 한 액면가보다 더 비싼 지폐는 거의 없었고, 오래 가지고 있다고 해서 값이 올라가는 것도 아니다. 하지만, 말 그대로, 취미로 삼는다면 나름 자잘한 재미와 함께 배울 것도 많았다.

은서는 어려서부터 계산에 능통해 수학을 잘했다. 그래서인지 지폐 수집을 하게 된 동기도 번호였다. 어느 날 지갑 속의 1000원짜리 지폐를 꺼내며 무의식적으로 번호를 봤는데, 일련번호가 1234567이었다. 이른바 퍼펙트 스트레이트 노트Perfect Straight Note였다.

은서가 받은 충격은 상당했다. 그때부터 은서는 지폐의

숫자에 집착하게 되어 10년 가까이 모은 수집품이 적지 않았다. 수집과 함께 주위들은 지폐 관련 지식도 만만치 않았다.

추위에 떨면서 받아온 만 원짜리 새 돈뭉치를 몇 번씩이나 한 장 한 장 살펴봤으나 눈에 띄는 번호라고는 0123400뿐이었다. 끝의 번호가 00이 아니고, 56이었다면 스트레이트 번호 중에서도 0으로 시작되는 어센딩 노트 Ascending Note 가 될 뻔했다.

애석하기 그지없는 마음으로 지폐를 들고 한참을 들여다보는 은서의 눈에 끝 번호 00이 이지러지며 56으로 모양을 바꾸었다. 환각이다. 하지만, 은서는 그 환각을 현실로 바꾸는 방법을 알고 있는 그래픽디자이너였다.

그녀는 무의식적으로 스캐너에 그 지폐를 얹어 디지털 이미지를 얻어낸 다음 고급 그래픽프로그램을 사용해 12340에서 이미지를 추출해 똑같은 글씨체로 5와 6을 그려냈다. 그리고 끝자리 00을 지우고 56을 넣어 출력했다.

멋진 번호를 사전에 독점해버린 은행에 대한 억하심정이 무의식적으로 작용했는지도 모르지만, 어찌 되었든 시작은 어센딩 넘버를 보고 싶다는 소박한 바람으로 숫자를 만들어 바꾸었을 뿐이다. 그러나 감쪽같이 바뀐 번호를 보는 순간, 가슴이 뛰며 얼굴이 화끈해지는 아드레날린의 분비가 그녀를 아찔하게 만들었다. 에덴의 사과를 따먹는 이브의 원죄적 충동과도 같은 짜릿함이다. 그녀는 혼자 있음에도 괜스레 주위를 둘러보며 마른침을 삼켰다. 은서는 위조지폐를 만들면 어떠한 죄가 되고, 어떤 벌을 받는지 잘 알고 있다.

형법 제207조(통화의 위조 등)

① 행사할 목적으로 통용하는 대한민국의 화폐, 지폐 또는 은행권을 위조 또는 변조한 자는 무기 또는 2년 이상의 징역에 처한다.

② 행사할 목적으로 내국에서 유통하는 외국의 화폐, 지폐 또는 은행권을 위조 또는 변조한 자는 1년 이상의 유기징역에 처한다.

③ 행사할 목적으로 외국에서 통용하는 외국의 화폐, 지폐 또는 은행권을 위조 또는 변조한 자는 10년 이하의 징역에 처한다.

④ 위조 또는 변조한 전 3항 기재의 통화를 행사하거나 행사
할 목적으로 수입 또는 수출한 자는 그 위조 또는 변조의 각
죄에 정한 형에 처한다.

그렇다. 위조지폐를 만들어 쓰다가 잡히면 감옥에 간다.
하지만, 죄가 성립하려면 '행사할 목적'이 선행되어야 한다.
쓰려고 만들고, 써야 죄를 범하게 되는 것이다. 마치, 죽이고
싶도록 미운 사람이 있어서 마음속으로는 죽이려는 계획을
수백 번 세웠다고 해도, 실행에 나서지 않으면 죄가 되지 않
는 것처럼. 은서는 처음부터 '행사할 목적'이 없었으므로
혼자만의 마음속 외도에 불과하다고 스스로 면죄부를 주
었다.

그녀는 출력물을 자세히 들여다봤다. 검게 찍힌 홀로그램
과 은박선은 어쩔 수 없다 해도 볼록 인쇄 부분의 두께 차
이로 생긴 잔상이 윤곽선을 따라 희미하게 그려져 있다. 누
가 봐도 한눈에 허접한 복사물이란 것을 알 수 있다.

은서의 전공이 그 꼴을 용납하지 않았다. 다시금 컴퓨터
앞에 앉은 그녀는 스캔한 이미지를 불러와 잔상을 지운 후
고해상 용지를 넣고 고품질로 출력했다. 첫 출력물과는 딜

리 진짜 지폐로 보일 만큼 상당히 선명했다. 홀로그램과 은박선만 붙인다면, 빛에 비춰야 보이는 숨은 그림을 넣을 수 있다면! 잔잔한 희열이 그녀의 가슴 속을 따뜻하게 덥혔다.

그날 이후, 퇴근해서 컴퓨터 앞에 앉을 때마다 위폐가 그녀를 손짓해 불렀다. 휴일에는 스캔 해상도를 최고로 높여 이미지를 만들고 프리미엄 고해상 용지에 최고 품질로 출력했다. 거의 진폐에 가까운 선명도였다. 은서는 이어서 정교하게 자른 알루미늄 포일을 홀로그램과 은박선 자리에 붙여봤다. 일 미터만 떨어져서 본다면 진폐로 착각할 만큼 한결 나아진 작품이 되었다.

은서는 새로운 취미생활에 빠져들었다. 혼자만의 은밀한 비밀, 육체적 자위가 결코 따라올 수 없는 정신적 자위행위에 은서는 흥건히 젖어갔다.

그다음 주에는 스캔한 지폐의 색을 분해해서 빨·노·파 삼원색으로 판을 나누어 실제 인쇄처럼 따로따로 찍고 흑백 판을 덧찍었다. 프린터헤드를 정렬하고 용지가 흔들리지 않도록 주의하며 사진 용지에 네 번을 겹쳐 찍었다. 하마터면 만세를 부를 뻔했다. 결과물은 정말로 선명해서 은행에서 막 뽑아낸 신권 같았다.

지폐를 수집하면서 은서는 지폐에 대한 공부에 재미를 붙였다. 한국은행에서 개설한 화폐금융박물관은 물론, 대전에 있는 조폐공사의 박물관까지 직접 가봐 지폐의 제작과정을 소상히 알게 되었다. 만 원권 지폐는 인쇄만 놓고 본다면 앞뒤 총 여덟 번을 찍어 만든다.

주말, 은서는 아침부터 방에 콕 박혀 색 분해한 원판을 가지고 실제 지폐의 인쇄 과정을 따라 가공했다. 그래픽 디자이너에게 그 정도의 일은 재미있는 장난일 뿐이었다. 최대로 확대해 지울 걸 지우고 불러올 걸 불러와 손질한 다음 축소하면 귀신도 알 수 없을 정도였다. 앞 평판 1판의 바닥그림을 따서 찍고 그 위에 2판, 3판을 더하고 볼록하게 찍을 수 있는 요판인쇄분과 활판인쇄분을 덧씌웠다. 나름대로 만족스러운 결과가 나왔다.

은서의 머릿속에는 위조지폐가 가득 들어찼다. 실제로 사용할 마음은 없지만 절대적인 존재로 숭배하던 지폐에 대한 환상을 깨부수는, 문화를 파괴하는 반달리즘적인 쾌락을 떨칠 수 없었다. 컴퓨터 앞에 앉는 순간, 그녀가 조폐공사가 되어 돈을 찍고 한국은행이 되어 발권한다! 절대적인 권위에 대한 도전이요, 금기를 파괴하는 통쾌함이었다.

잉크젯 프린터의 가장 큰 약점은 수성 잉크에 있다. 즉 물이 묻으면 번지는 것이다. 많은 위조지폐의 잉크가 비에 맞으면 번지고, 침을 발라 세면 손에 묻어서 들통 나고는 했다. 이 문제를 은서만 고민한 것은 아니다. 이미 시중에는 특수 유성 잉크를 사용해 비닐에도 인쇄되고 물속에 집어넣어도 번지지 않는 안료 잉크가 팔리고 있다. 수성이지만 마르고 나면 물에 쉽게 녹아나지 않는 잉크도 있다. 자외선에 강해 야외에 놔둬도 색이 쉽게 바래지 않는 잉크도 있다.

은서는 두어 개만 쓰면 프린터 값을 뛰어넘는 값비싼 전용 잉크 값을 아끼기 위해 프린터의 잉크 탱크에 구멍을 뚫어 비닐 호스로 외부의 잉크 탱크와 연결해 유사 복제 잉크를 부어 쓰는 이른바 무한 잉크 공급 장치를 사용한 지 오래였다. 그녀는 각종 잉크를 사서 탱크에 채운 다음 출력해봤다. 종이에 용제가 번져 오히려 잘 찍히지 않는가 하면, 몇 번 찍지 않아 노즐이 막히기도 했다. 올바른 색을 내지 못하기도 하고 제조업자의 약속과는 달리 손에 묻어나기도 했다.

결국, 은서는 잉크란 종이와 유기적인 관계를 맺고 있다는, 인쇄공들은 누구나 알고 있는 상식을 힘들게 깨달았다.

구할 수 있는 온갖 종이와 잉크를 교차 출력해 최상의 궁합을 찾아내려다 보니 은서의 반지하 월세 방은 종이와 잉크가 굴러다니는 위폐공작소가 되어버렸다.

그냥 신나는 장난일 뿐이다. 잉크젯 출력물은 아무리 잘 찍어봐야 디지털이라는 한계를 뛰어넘을 수 없다. 돋보기를 들이대면 망점이 보이는, 진짜 지폐의 그림자밖에 되지 못하는 태생적 한계가 있다. 누구라도 위조지폐라는 것을 알 수 있는 종잇조각에 불과할 뿐이다.

그 사실을 잘 알고 있는 은서였다. 하지만, 서른 살이 되도록 그렇게 재미난 장난은 처음이다. 안 되는 줄 알면서도 멈출 수가 없는, 가슴 떨리는 은밀한 외도였다.

다음 단계는 볼록 인쇄였다. 지폐를 만져보면 볼록하게 만져지는 부분이 있다. 그 부분은 구리판을 오목하게 조각해 그 속에 잉크를 채우고 찍으면 잉크가 많이 묻게 되어 볼록하게 솟아나는 요판인쇄로 찍는 것이다.

정교한 동판을 제조하려면 사진 감광액을 바른 동판에 인쇄 원고를 사진처럼 찍고 부식시켜 원판을 만들어야 하는데, 전문 업체에서나 할 수 있는 일이다. 동판 제조는 지폐 제조 과정에서 가장 중요한 부분 중 하나라서 동판 제조

업체에 대한 감시 감독은 상당히 높은 수준이다. 지폐는 물론이요, 유가증권의 도안과 유사한 그림은 제조할 수 없을 뿐 아니라 누군가가 그러한 동판의 제작을 의뢰하면 즉각 고발하도록 법으로 규정되어 있다. 그러나 은서는 요판인쇄 대신 손쉬운 방법을 알고 있다.

그녀는 강사로 나선 이래로 줄곧 명함을 사용하고 있다. 마구 뿌리는 광고용 명함이라면 값싼 걸로 대량 찍겠지만, 자신을 나타내는 얼굴과 다름없는 개인 명함은 나름대로 개성을 불어넣기 위해 돈을 들여서라도 특별한 종이를 쓰거나 눈에 뜨이는 가공을 하는 사람들이 많았다. 은서도 글씨가 볼록하게 솟아 손에 만져지는 값비싼 돋을새김 명함을 주문해 썼다.

은서가 출강하는 학원은 은서가 채용되기 전부터 거래하는 인쇄소가 있다. 주로 광고용 전단지나 강의 자료, 시험지, 강사들 명함 정도지만, 자린고비 원장이 중개업자를 통하지 않고 인쇄소와 직거래를 해 값싸게 해결하고 있다.

첫 출근 날 원장이 지시했다.

"명색이 컴퓨터 그래픽 디자인 학원인데, 인쇄업자에게

디자인까지 맡길 수는 없지 않겠어요? 정 선생이 전공을 살려 원판 파일을 디자인해서 인쇄만 하도록 해주세요."

어렵게 잡은 강사 자리라서 잡무를 거절할 계제가 아니다. 더구나, 새로 채용된 실력 있는 강사가 그래픽 디자인 고급과정을 가르친다는, 은서 자신의 광고 전단부터 만들어야 했다. 절대 남의 손에 맡기고 싶지 않은 일이다.

강사의 사진과 경력, 그리고 선전 문구, 학원 건물과 강의실, 약도, 국가지원 혜택, 강의 시간 등을 A4 사이즈 안에 몰아넣어야 했다.

원오브원 학원에서 그동안 뿌렸던 전단지를 보고 은서는 실소를 금치 못했다. 동네 치킨집 전단지보다 못했다.

은서는 말 그대로 전공을 살려 '디자인'을 해 인쇄 파일을 만들어 거래처를 불렀다. 인쇄소가 가까운 곳에 있는지 이내 서른 중반으로 보이는 작달막한 사내가 달려왔다.

"그렇지 않아도 원장님께서 새로 부임한 선생님의 명함을 만들어오라고 해서 가져왔습니다."

사내가 찍어 온 명함을 보고 은서는 실망했다. 대량 살포하는 가장 싸구려 명함이었고, 디자인은커녕 전임 강사의 명함 원판에 이름만 바꾸어 찍었다. 종이도, 인쇄의 정밀도도 마음에 들지 않았다. 명함을 한 장 꺼내 보고는 통째로 책상 한쪽으로 밀어놓는 은서를 보고 사내가 말했다.

"원장님의 단가를 맞추기 위해서는 어쩔 수 없습니다. 더 좋은 명함을 원하시면, 말씀하십시오. 최대한 저렴하게 만들어드리겠습니다."

은서는 이런 인쇄 품질이면 거래처를 바꾸어야겠다는 생각이 그대로 떠오른 편치 않은 얼굴로 모니터에 올린 전단지를 사내에게 보여주었다.

사내는 모니터에 떠 있는 전단지 디자인을 들여다보고는 깜짝 놀란 표정으로 은서를 쳐다보았다.

"선생님이 디자인한 겁니까?"

"시간이 없어서 대충 한 겁니다."

"대충 하셨다고요?"

사내가 눈을 반짝이며 입을 반쯤 벌렸다. 은서는 사내의 표정을 아랑곳하지 않고 불친절한 사무적인 어투로 말했다.

"좀 좋은 종이에 인쇄 품질도 올리고, 색도 제대로 내주었으면 좋겠는데…… 하실 수 있겠어요?"

사내의 얼굴에 곤혹스러운 표정이 떠올랐다. 작은 얼굴에 순진해 보이는 맑은 눈동자를 가졌지만, 한편으로는 바보스럽게 보이기도 해 은서는 시큰둥한 목소리를 바꾸지 않았다.

"인쇄기나 실력이 따르지 않아 못 하겠으면 거래처를 바꾸겠어요."

사내가 황급히 손사래를 쳤다.

"그게 아니고요. 저도 첫 거래부터 원장님께 그런 말씀을 드렸지만, 통하지 않았어요."

하긴, 돈을 벌려고 하는 일인데, 손해를 감내하라고 할 수는 없었다. 그렇다고 월급 한 번도 받지 않은 신임 주제에, 출근 며칠 만에 사비를 쓰고 싶지도 않았고 쓸 돈도 없었다.

"그럼 단가만 맞으면 더 잘할 수 있다는 겁니까?"

"물론이죠. 종이에 물 발라 먹고 산 지 이십 년이 다 되어 가는데 그보다 더한 일도 얼마든지 할 수 있습니다."

"종이에 물을 발라요?"

"입버릇이 되어서 죄송합니다. 인쇄업계에서는 잉크를 물이라고 합니다."

은서는 사내가 마음에 들지 않았고, 더더욱 이 사내가 만든 인쇄물도 마음에 들지 않아 미간의 주름살을 펼 수 없었다. 그 와중에 은서의 눈에 사내의 손이 들어왔다.

보통 사람의 손이 아니었다. 손가락이 뭉툭하게 짧았다.

마디마디가 불룩 튀어나올 만큼 노동에 적응한 손가락이었는데 왼손 새끼손가락 첫 마디가 잘려나가고 없었다. 손에 묻은 인쇄 잉크를 지우느라 피부가 얼마나 상했는지 손등도 온통 주름투성이다. 오랫동안 약물과 노동에 시달린 환갑을 넘긴 노인의 손 같았다. 손가락이 변형되고 피부가 낡아버릴 만큼 일을 한 손이다. 수십 년 막노동을 해도 그보다는 나을 터였다.

평생 농사만 짓다가 돌아가신 은서 아버지의 손도 그렇게 거칠었다. 경운기 벨트에 손가락 한 마디가 잘려나간 모습도 똑같았다. 순간, 사내의 손에 아버지의 손이 겹쳐져 가슴이 아렸다.

"그럼 제가 색 번호까지 지정해줄 테니까 실력껏 디자인 살려보세요. 웹하드에 올리게 아이디와 비번이나 적어놓고 가세요."

사내는 웹하드 아이디와 비번이 적힌 자신의 명함을 은서에게 주었다. 은서는 그 명함을 보고 움찔해 사내를 다시 보았다. 두툼하고 감촉이 좋은 고급스런 종이에 돋을새김과 오목새김, 금박을 잘 활용하여 만든 멋진 명함이었다. 사내가 미소를 지었다. 서른대여섯의 얼굴에 떠오르는 소년의

미소에 은서는 마음을 풀었다.

사내가 조심스럽게 말을 꺼냈다.

"화가에게 대문 페인트칠을 부탁하는 것 같은 무례이지만, 선생님께서 제 인쇄물 디자인을 좀 손봐주시면, 이 전단지에 디자인비를 보태어 원하시는 대로 찍어드리겠습니다."

은서가 바로 대답을 하지 않자 사내가 황급히 말을 덧붙였다.

"아파트 분양 광고지 한 건입니다. 그걸로 선생님 개강 광고지 찍어드리고요. 그 외, 고급 디자인이 필요한 건이 들어오면 선생님 실력에 비해서는 턱없기는 하지만, 디자인비를 드리겠습니다."

자존심을 세울 계제가 아니다. 당장에 첫 월급을 받을 때까지 버틸 점심값도 간당간당한 판이다. 은서는 사내의 명함을 다시 보았다. 사내의 이름은 장대천이었다.

장대천과 거래를 튼 은서는 대천이 찍어온 인쇄물이 마음에 들었고, 대천 또한 가끔씩 광고물 디자인을 의뢰해 받아가며 감탄했다. 대천은 매번 디자인비를 많이 주지 못하는 것을 미안해했다. 그렇다 한들 일 년에 몇 차례 거래일 뿐이다.

은서는 서두르지 않고 방학 특강을 알리는 전단지를 가지고 온 대천을 기다렸다가 슬쩍 물었다.

"어떻게, 명함에 글씨가 볼록하게 만져지도록 만들죠?"

은서의 관심이 몹시 기쁜 모양, 대천의 얼굴이 환하게 밝아졌다.

"어렵지 않습니다. 인쇄업자들이 송진가루라고 부르는, 낮은 온도에 녹는 플라스틱 가루가 있어요. 명함에 인쇄를 할 때 볼록하게 나올 부분만 남기고 찍어서 완전하게 말린 다음 볼록 부분만을 맨 나중에 찍는데, 잉크를 약간 무르게 해서 찍습니다. 그래서 잉크가 마르기 전에 송진가루를 묻혀 털어내면 잉크가 마르지 않은 글자에만 가루가 묻게 됩니다. 그 다음 명함을 열선 아래로 넣으면 가루가 볼록하게 녹아 붙는 겁니다."

"그럼 가루와 코팅 기계가 필요하겠네요."

"가루는 비싸지 않아요. 충무로 인쇄 재료 판매점에 가면 얼마든지 구할 수 있고, 전문 인쇄소가 아니면 열선 기계도 필요 없어요. 명함 구멍가게에서는 다리미 속에 들어 있는 열판을 꺼내 쓰지요. 책상 위에 가루를 바른 명함을 늘어놓고 열이 오른 열판으로 스쳐 지나가는 겁니다. 몇 장이라면 그냥 다리미를 쓰기도 하고요."

충무로 인쇄골목까지 재료를 구하러 갈 필요도 없었다.

인터넷 사이트를 검색해 원하는 가루를 손에 넣은 은서
는 잉크가 빨리 마르지 않도록 용제의 양을 조절해 요판인
쇄 부분을 출력한 다음, 가루를 뿌려 털어내고 달구어둔 다
리미를 위폐의 1센티미터쯤 위에 들고 열을 가했다. 이내 희
뿌옇던 가루가 투명하게 변하며 볼록하게 녹아 붙었다.

은서는 위폐와 진폐를 나란히 놓고 눈을 감고 만져봤다.
정말이지 손의 감촉으로는 분간할 수 없었다. 또 한 걸음 진
화한 것이다.

그녀는 서두르지 않았다. 한 단계씩 나아가는 즐거움을
최대한 즐기고 싶었다. 다음 목표는 숨은 그림이다. 만 원권
지폐 왼쪽의 비어 있는 공간에 빛을 비추면 나오는 세종대
왕의 초상화를 넣어라!

보이지 않는 그림을 찍으려면 보이지 않는 잉크가 필요했
다. 우선 세종대왕의 초상을 스캔해 최대한 숨은 그림과 같
게 그렸다. 원화를 만든 것이다. 그다음, 잉크 토너에 검은
잉크를 한 방울 떨어뜨려 거의 보이지 않을 만큼 희미한 회

색을 만들어 숨은 그림을 찍었다.

　농도를 몇 번이나 조절해 찍는 시행착오 끝에, 아주 옅은 농도로 몇 번을 겹쳐 찍으면 종이 속에 그림이 스며들어 진폐와 흡사한 숨은 그림을 찍을 수 있다는 사실을 알아냈다.

　가장 큰 문제는 홀로그램이다. 은서뿐 아니라 거의 모든 위폐범이 가장 넘기 어려운 덫이 홀로그램이다. 그러나 홀로그램 제작은 이미 널리 보급된 기술이다. 홀로그램 딱지는 물론 길거리에서 홀로그램 테이프도 팔고 있다. 지폐 수준에 버금가는 홀로그램이 신용카드에도 붙어 있고, 심지어는 양주병에까지 붙어 있다. 지폐 수준이 아닌 바에야 굴러다니는 중고 기계를 가지고 흉내 낼 사람이 분명히 있을 터였다.

　은서는 인터넷을 검색하고 또 검색해서 홀로그램 제작자를 찾아냈다.

　어떤 문양이든 소량 주문 생산합니다.

　만 원권 홀로그램.

　은서가 메일을 보내자 이내 답장이 왔다.

　다량 보유. 비밀 절대 보장. 장당 1000원, 100장 단위.

화룡점정! 다 그린 용 그림에 마지막 눈동자를 찍고 싶었다. 마라톤의 결승선 테이프를 가슴에 걸치고 싶었다. 은서는 속는 셈 치고 알려주는 계좌에 돈을 입금하고 홀로그램 제작자가 지정한 대형 마트의 여자 화장실 좌변기 물통 안에 떠 있는 작은 밀폐 용기를 꺼냈다. 그 속에 보통 사람들이 얼핏 봐서는 알 수 없을 정도로 잘 만들어진 홀로그램 100장이 들어 있었다.

홀로그램 다음에 남은 것은 세로로 길게 붙은 은박선이다. 지폐를 복사하면 검게 나오는 위폐 방지 장치다. 은서는 은박선 넣는 법을 알고 있다. 벌써 대천에게 은박 찍는 법을 물어봐둔 것이다. 그녀는 일러스트 프로그램을 사용해 만원권에 찍혀 있는 크기의 은박이 들어가도록 전단지를 디자인한 다음 대천에게 맡겼다가 납품 받을 때 동판을 가져오도록 했다.

그러고는 쉬는 날 충무로 인쇄 재료 판매점에 가서 돈에 찍힌 것과 가장 비슷해 보이는 은박지를 한 두루마리 사왔다.

그날 저녁, 은서는 은박지를 위조지폐 위에 올려놓고 동판을 다리미 밑에 붙여 열을 가한 다음 은박지 위를 눌렀다가 떼었다. 위조지폐에 은박선이 제대로 찍혔다.

마침내, 은서는 자신의 한계에 도달했다. 재미가 붙은 은서는 금융박물관에 전시된 꿈의 0000001번부터 0000010번까지 10장을 만들어 책상 위 유리판 아래 넣어놓고 날마다 보며 대리만족의 흐뭇함을 즐겼다.

행사할 목적

　은서는 항상 만 원권 현금을 가지고 다니다가 은행 앞을
지나갈 때마다 들러 현금 입출금기에 돈을 집어넣었다가 뽑
는 게 습관이 되었다. 어떤 때는 하루에도 수십 번, 수수료
로 몇 만 원을 쓰기도 했다. 가끔 성과가 없지는 않아 컬렉
션에 더할 물건을 건질 때도 있다.

　그러던 어느 날, 마침내 은서는 한 장의 지폐를 들고 전류
처럼 온몸을 휘감아 도는 충격적인 희열에 몸을 떨었다.

　AA0101010A

　A자가 세 개인 트리플이며, 가운데 1을 중심으로 좌우로
대칭되는 양 날개이며, 0과 1이 반복되는 지그재그였다. 특

이번호 중에서도 특별한, 이른바 슈퍼 래더 시리얼 넘버^{Super} Ladder Serial Number인 것이다.

노력과 운이 상호작용해 일으킨 기적과 다름없는 일이었다. 지폐의 상태도 아주 좋았다. 접힌 부분도 없고 때도 타지 않아 거의 신권 같았다.

조심스럽게 보호 필름 속에 넣어두고 며칠 동안 보고 또 보며 사랑 때움을 한 다음 은서는 그 지폐를 스캔해 이미지를 만들었다. 수집가 카페에 올리기 위해서였다. 자랑하고 싶기도 했고 또, 자신의 소장품임을 널리 알리는 인증 사진이기도 했다.

사진을 게시하려고 수집가 카페에서 슈퍼 래더를 검색하던 은서는 한 장의 사진을 보고 기절할 뻔했다. 정말로 눈이 의심되어 눈을 비비고 모니터 화면을 다시 들여다봤다. 가우스라는 이름의 회원이 올린 사진이었다.

AA0101010A

보고, 또 봐도 같은 기호와 번호였다. 가우스와는 오프라인에서 만난 적은 없지만, 가끔씩 정보를 주고받은 사이버 구면이었다. 은서는 가우스의 개인 홈페이지에 들어가 래더에 관한 말은 싹 빼고 소장품을 보고 싶다는 글과 함께 전화번호를 올렸다. 몇 분 되지 않아 휴대전화가 울렸다.

은서는 수집가들 사이에서 상당한 지명도가 있었다. 돈으로 돈을 사 모으는 프로페셔널에 미칠 수는 없지만 끈질긴 발품과 합리적인 교환, 경매 등을 통해 모아 정선된 은서의 컬렉션은 제법 볼 만했다. 그 세계에서 은서는 중견 대우를 받았고, 그녀가 출중한 포토샵 실력을 발휘해 올려놓은, 연예인에 버금가는 그녀의 프로필 사진 때문에 만나고 싶은 회원 1순위였다.

수집가치고 자신의 소장품을 자랑하고 싶지 않은 사람은 없는 법. 가우스는 회원들 간에 소문으로만 떠돌 뿐 실제로는 만난 사람이 거의 없다는, 신비로운 미녀의 방문 요청을 흔쾌히 수락했다. 은서는 포토샵 하듯 공들여 화장하고 가우스를 방문했다. 은서를 보고 입을 딱 벌린 가우스는 실없는 사람처럼 벙긋거리며 자신이 가지고 있는 모든 소장품을 내놓고 자랑에 열을 올렸다. 하지만, 은서가 보고 싶은 것은 단 한 장이다.

가우스의 슈퍼 래더를 보는 순간, 그녀는 망치로 뒤통수를 얻어맞은 것 같은 충격을 받았다. 초보일지라도 지폐를 수집하기로 마음먹은 사람은 위조지폐 식별법부터 익히기 마련이고, 가우스나 은서쯤 되면 위폐 감식 전문가에 버금간다. 위조지폐 식별은 어렵지 않다. 돋보기 하나면 충분하다. 조폐공사에서 위조를 방지하기 위해 별별 걸 다 지폐에 집어넣었지만, 그걸 찾아 감식할 것까지도 없다. 실제로는 돋보기도 통과하기 어렵다.

은서는 고급 면장갑을 낀 다음 핸드백에서 라이트 루페를 꺼냈다. 손잡이에 건전지를 넣어 불이 켜지게 만들어진, 전문가용 명품으로 소문난 독일제였다.

미국에서 CIA가 공작 차원에서 실제 원판을 사용해 찍었다는 100달러짜리 위폐를 빼고는 전 세계에 통용되는 위조지폐의 99퍼센트는 디지털 출력물이다. 즉, 인쇄하기 위해 진짜 지폐를 스캔하면 0과 1의 무수한 이진법 디지털로 나누어 읽고, 또 프린터도 그렇게 나누어진 점을 출력하기 때문에 아무리 정교한 출력물이나 인쇄물도 확대해 보면 결국은, 점 단위로 찍어내는 것이다. 인쇄를 위해 스캔해 디지털로 바뀌는 순간부터 위조지폐가 되고 만다. 그 때문에 돋보기를 들이대면 모자이크처럼 각각의 점이 매끄럽게 연결되어 있지 않은 것을 알 수 있다. 이 디지털 만능 시대에 역설적이게도 지폐는 아날로그로서 선이 모두 연결되어 있고

선의 가장자리가 매끄럽다.

그러나 가우스의 지폐는 아날로그였다.

하마터면 돋보기를 떨어뜨려 지폐에 자국을 남기는, 수집가로서 치명적인 실수를 범할 뻔했다. 지폐 감정에 몰두하는 척하며 잠시 숨을 고른 은서는 위조 방지 수단들을 하나하나 살펴봤다.

맨눈으로는 보이지 않는 미세 문자, 홀로그램, 숨은 그림, 앞뒤 맞춤, 볼록 인쇄, 점자 등등 비록 보호 필름 속이었지만, 틀림없는 진폐였다.

"어떻게 손에 넣으셨습니까?"

"ATM에서 뽑았습니다."

아직 한국은행권 위조지폐가 ATM, 즉 현금 입출금기를 통과한 사례는 없었다. 간단한 위폐 감식 장치야 돈을 세는 계수기에도 붙어 있지만, 현금 입출금기에는 최고 수준의 위폐감식기가 탑재되어 있다. 따라서 입출금기를 통과했다면 진폐라는 말과 다름없다.

한국은행에서 두 장을 찍지 않았다면 가우스의 것이든 은서의 것이든 두 장 중 한 장은 위조지폐였다!

초정밀 원화 위조지폐! 말하자면 슈퍼 원Super Won!

일반인들은 알아볼 수 없고, 전문가일지라도 의심의 눈으로 정밀 감식하지 않으면 발견할 수 없는 초정밀 위조지폐! 북한 등 제삼세계 국가들이 국가적 차원에서 위조한 100 달러 지폐인 슈퍼 노트Super Note, 슈퍼 달러를 빼고는 아직 ATM을 통과하는 위조지폐가 있다는 말을 들어본 적이 없다. 그런데 원화 위폐가 ATM을 통과했다니!

떨리는 마음을 심호흡으로 가다잡은 은서는 일단 그 지폐를 내려놓고 다른 소장품들을 자랑하고 싶어 안달하는 가우스의 뜻에 따라 그의 소장품 전체를 하나하나 각별한 눈으로 살펴봤다.

가우스는 천재 수학자의 이름을 딴 별명 그대로 숫자에 집착하는 외골수였다. 같은 번호로만 이루어진 솔리드 노트, 오름차순 번호인 어센딩 노트, 내림차순 번호인 디센딩 노트, 지그재그 노트, 래더 노트 등……

은서는 한 시간 가까이 끈질기게 들여다본 끝에 협상의 빌미를 잡았다.

"가우스님의 숫자에 대한 집념은 저를 능가하네요. 대단해요."

가우스는 은서의 진심 어린 칭찬에 얼굴 가득 웃음을 지었다. 웃음은 긍정의 표현이며 마음이 열린다는 증거였다. 은서가 슬쩍 찔렀다.

"마음에 드는 노트가 하나 있는데, 분양해주실 의향이 있으신가요?"

가우스가 웃음을 싹 거두고 정색했다.

"저는 소장이 목적입니다. 지금까지 수집품을 팔아본 적은 없습니다. 팔아봐야 돈도 되지 않고요."

예상했던 답변인지라 은서는 실망하지 않았다.

"저와 똑같은 스타일이시네요. 저도 팔지 않거든요. 어렵게 모으신 작품, 정말이지 즐겁게 감상했습니다. 보여주셔서 고맙습니다."

은서는 고개를 까딱여 인사를 했다. 가우스의 얼굴에 다시 함빡 웃음꽃이 피었다.

"뭘요. 보잘것없는 것을 높이 평가해주셔서 제가 감사합니다."

분위기가 무르익었다고 판단한 은서는 업어치기를 넣었다.

"저도 처음 보는 천 원권 2345678, 3456789, 4567890 스트레이트 세트가 압권이네요. 1234567, 퍼펙트 스트레이트

만 있으면 말 그대로 전설적인 작품이 완성되겠어요."

"그러게요. 십 년 넘게 그렇게 찾아 헤매도 나타나지를 않아 애를 태우고 있습니다."

은서는 속으로 저울질을 하다가 과감하게 결정타를 날렸다.

"저한테 1234567이 있는데, 가우스 님의 소장품과 교환할 수도 있어요."

거절할 수 없는 제안이요, 뿌리칠 수 없는 유혹이다. 가우스는 단박에 눈을 치뜨며 달려들었다.

"정말입니까? 그렇다면 어느 거든지 찍기만 하십시오. 무조건 교환하겠습니다."

"만 원 신권 트리플 슈퍼와 바꿔요. 그거 한 장 가지고 있는 것보다는 세트를 채우는 게 훨씬 더 행복할 것 같지 않아요?"

가우스는 잠시 뜸을 들이다가 고개를 끄덕였다.

"좋습니다."

"그럼 어떻게 맞교환할까요?"

은서의 말이 떨어지자마자 가우스는 기다렸다는 듯 나섰다.

"제 차로 댁까지 모시겠습니다. 함께 가시지요. 소장품도 보여주시고요."

은서는 재빨리 한 걸음 물러섰다.

"저도 그러고 싶은데, 제가 혼자 사는 여자라서 주변의 눈도 그렇고, 보안 때문에 집에 사람을 잘 들이지 않아요. 죄송합니다."

아쉬운 표정을 숨기지 않으며 가우스는 지폐를 내밀었다.

"그럼, 제 걸 먼저 가지고 가시고 은서 씨 퍼펙트를 퀵으로 보내주십시오."

파격적인 믿음이다.

집에 들어오자마자 은서는 외투도 벗지 않고 가우스의 지폐를 정밀 감식했다. 먼저 위조하기 어려운 요판잠상, 즉 만 원권 앞면 아래쪽의 빗살무늬 속에 비껴봐야 나타나는 WON이 들어 있는지 살폈다. 이어 뒷면 오른쪽 아래 숫자로 찍힌 10000 액면가가 보는 각도에 따라 색이 달리 보이는 색 변환 잉크인지 봤다. 다시 돋보기를 집어든 은서는 맨눈으로는 보이지 않는 앞면 세 군데, 뒷면 네 군데의 미세문자를 찾아봤다. 모두 다 있다. 은서는 자신의 소장품을 꺼내 나란히 놓고 이번에는 보석 감정가들이 사용하는 돋보기인 루페를 눈에 끼우고 홀로그램을 들여다봤다. 말문이 막힐 지경을 넘어 귀신이 곡을 할 판이다. 은서의 눈으로는 두 지폐에 붙어 있는 홀로그램의 차이점을 발견할 수 없다. 번갈아 보고 또 봤다. 펌프질하는 심장 때문에 떨리는 손길을 애써 진정시키며 은서는 자외선램프 밑에 두 장을 나란히 놓고 스위치를 켰다.

두 장 모두에 거짓말처럼 만 원권의 배경 그림인 일월오봉도와 용비어천가가 밝은 청록색으로 입체영상처럼 떠올랐다.

은서는 등골이 서늘해지는 공포감에 온몸을 부르르 떨었다.

눈에 보이지 않는 자외선램프의 빛 아래, 나란히 누워 불규칙적으로 튀어 박힌 형광 잠사를 뿜내고 있는 두 장의 지폐는 똑같은 진짜였다. 적어도 은서의 눈과 지식으로는 그랬다. 믿을 수도 없고, 있을 수도 없는 일이다. 조폐공사에서 두 장을 찍었을 리도 없다. 그렇다면, 두 장 중 한 장은 가짜이다!

하지만, 가짜라고 생각하고 들여다봐도 도저히 구별할 수 없었다. 그렇다면 혹시, 둘 다 위조지폐? 겁이 난 은서는 그 지폐를 집어들 엄두를 내지 못했다.

누군가 위조지폐를 만들어 '행사'한 것이다!

위조지폐를 만들지 않고 남에게서 받은 위조지폐일지라도 위폐인 줄 알면서 사용하면 2년 이하의 징역이나 500만 원 이하의 벌금형에 처하게 된다. 위조지폐는 신고해도 액면 가를 보상받을 수 없다. 왜냐면 돈으로서의 가치가 없는 물건이기 때문이다.

그러나 신고한다면 그 위조지폐를 제출해야 한다는 말이고, 그것은 어렵게 구한 수집품을 포기해야 한다는 뜻이다. 그래서 정교한 위조지폐를 은밀히 수집 소장하는 이들도 상당했다.

은서는 두 장의 지폐를 책상 위에 나란히 놔두고 잠을 청했지만 잠을 이루지 못했다. 그녀의 잠을 앗아간 것은 수집품에 대한 욕심이나 범죄에 연루될 수도 있다는 불안감이 아니다. 그 위조지폐에 서려 있는 집념이다. 초정밀 위폐를 만들기 위해 제작자가 쏟아 부은 열정이 그녀의 마음을 꼭 쥐고 놓아주지 않았다. 조악한 프린트물을 만드는 데도 얼마나 힘이 들었던가. 얼마나 연구하고 연습했던가. 겨우 겉보기만 비슷한 물건을 만들어놓고도 얼마나 즐거워했던가. 그런데 눈앞의 위조지폐는, 입신지경이다. 은서로서는 꿈도 꿀 수 없는 절정의 기예요, 예술이다.

은서가 지폐를 수집한 것도 사실은 돈에 대한 무한한 호기심 때문이다. 살인은 물론이요 때로는 국가 간 전쟁까지 일으키는 돈의 마력에 대한 무한한 존경심이다.

지폐라는 종이쪽에 불과한 하드웨어를 움직이는 소프트웨어는 인간의 욕망이다. 은서 또한 돈에 대한 원초적 소유욕을 부인할 수 없다. 가난한 집안에서 태어나 서른 살이 되도록 단 한 번도 풍족하게 써보지 못한 돈에 대한 충족할 길 없는 욕망을 수집으로 대리만족할 뿐이다.

일주일을 고민한 끝에 은서는 소장하고 있는 만 원권 지폐의 번호를 일목요연하게 정리한 후 시치미를 뚝 떼고 관련 사이트에 그 번호의 지폐를 구한다는 광고를 올렸다.

수집가들 사이에서 실제 거래되는 가격의 두 배를 제시하고 기다렸다. 곧바로 입질이 있었다. 노이만이란 회원으로부터 1010101번 지그재그를 가지고 있다는 연락이 왔다. 기다릴 수 없어 곧바로 입금하고 퀵서비스로 전달받았다. 노이만의 지그재그도 은서의 실력으로서는 위폐인지 진폐인지 분간할 수 없었다. 귀신이 곡을 해도 유분수였다.

똑같은 지폐는 수십 번 다시 보고 또 보는 도중에 뒤섞여 은서는 결국에는 어느 것이 자신의 것이고 어느 것이 가우스와 노이만 것인지 알 수 없게 되어버렸다. 0101010, 1010101 두 장씩, 두 세트 네 장의 지폐를 나란히 놓아두고 은서는 먹는 것도 자는 것도 잊어버리고 자신의 소장품을 가려내려 했지만, 그녀의 실력으로는 불가능했다. 보통 위조지폐라면 똑같은 번호를 복제하기 마련인데, 이건 번호가 다른 것이 두 장씩이다.

누가 이런 걸작을 만들었을까? 과연 그 사람은 누구일까? 모름지기 인간이라면 한 번쯤은 꿈꾸었을 미다스의 황금 손. 은행 금고도 퍼내면 마를진대, 퍼내도 다시 차오르는 화수분. 황금의 땅 엘도라도, 맥켄나의 황금 골짜기를 발견한 사람. 종이를 황금으로 바꾸는 현대의 연금술을 완성한 사람. 무한한 돈에 대한 인간의 꿈을 실현한 그 사람을 만나고 싶다. 은서는 네 장의 지폐를 들고 일어섰다.

제보

은서는 한국은행에 가기 전에 위조지폐에 관한 업무를
담당하는 발권정책팀의 위폐 담당자에게 전화를 걸어 방문
을 예약했다. 대한민국의 국민이라는 거창한 의무감도, 불의
를 응징하려는 사회적 정의감도 아니다. 일단 두 장 중에서
진짜 지폐를 가려내야 했고, 더 나아가 초정밀 위폐를 만든
위대한 사람을 만나고 싶어서였다.

은서는 위조지폐 담당자 앞에 말없이 0101010, 슈퍼 래더
두 장을 내놓았다. 잘못하면 돈만 빼앗기고 누명을 쓸 수도
있기 때문에 상황을 봐서 나머지를 내놓을 심산이었다.

벼락을 맞아도 그런 얼굴이 될 수는 없을 것 같았다. 사

람의 얼굴이 눈앞에서 백지장으로 변하는 것을 은서는 지켜볼 수 있었다. 사색이 된 얼굴이었으나, 역시 전문가는 달랐다. 담당자는 둘 중 한 장을 은서에게 돌려줬다.

"이게 진짜입니다."

"진짜와 가짜를 어떻게 감식하셨어요? 저는 루페를 들이대고 살펴도 모르겠던데요?"

담당자는 한마디로 거절했다.

"그건 극비사항입니다."

냉정하게 자르는 말에도 은서는 주눅이 들지 않았다.

"어디가 다른지 보통사람들에게 알려줄 수 없다니요? 그럼 저처럼 기적적으로 두 장을 동시에 발견하지 않고서야 어떻게 위폐인 줄 알고 가져오겠어요? 이게 그렇게 엄청난 물건이에요? 하긴 저 같은 수집가도 속았으니 뭐 말 다했네요."

담당자는 일그러진 낯을 펴지 못하고 좌불안석이다.

"이거 정말 큰일 난 겁니다. 정말 죄송합니다만, 어디 가시지 말고 여기에 계셔야 합니다."

큰일이 나기는 난 모양이다. 은서가 의자에 앉자마자 청원경찰이 들어와 은서 곁에 붙어 서고, 전화기를 붙잡고 여러 곳에 통화하던 담당자가 자리에서 나와 은서에게 왔다.

"경찰청 전담 수사관이 금방 올 겁니다. 조금만 기다려주십시오. 협조해주시겠죠?"

대답 대신 고개를 끄덕인 다음, 은서는 시간을 보내려 스마트폰을 꺼내 혹 누군가가 지폐를 내놓았나, 이메일과 메시지를 검색하고 지폐 수집 관련 카페들을 돌아다녔다.

오래지 않아 잘나가는 값비싼 상표의 최고급 스포츠웨어와 골프화를 입고 신은 젊은 사내가 씩씩하게 들어왔다. 골프장에서 곧바로 온 것 같은 차림으로 스포티한 겉멋을 잔뜩 부렸다.

사내는 성큼성큼 사무실을 가로질러 위조지폐 담당자에게 다가가며 고개를 까닥해 인사를 했다. 담당자가 말없이 은서가 가져온 위조지폐를 핀셋으로 들어 사내에게 줬다. 위폐를 들어 이리저리 살펴보는 사내의 낯빛도 점차로 굳어갔다. 위폐를 담당자에게 돌려준 사내가 은서 앞으로 와 신분증을 빼 보였다.

"서울 경찰청 지능범죄수사팀장 경위 김강모입니다."

은서는 예전에 어머니의 성화로 갓 경찰이 된 잎사귀 두개 순경과 선을 본 적이 있어서 경찰의 직급에 대해 알고 있다.

'서른서넛? 그 나이에 경위라면 경찰대학 출신이겠지. 하지만, 귀 위쪽을 짧게 쳐올려 깎고 앞머리 끝을 살짝 노랗게 염색해 브리지 넣은 걸 보면 경찰보다는 차라리 동네 건달 같은걸? 손톱도 말끔하고 면도도 깨끗한데? 콩알만 한 다이아 반지, 용두에 십자군 십자가가 새겨져 있는 금장 보석 시계라니? 유부남인가 봐.'

은서는 순식간에 눈앞의 사내를 스캔했다. 김 경위 또한 만만찮은 눈빛으로 은서를 훑어봤다. 일단 말을 아끼면서 상대방에게 날카로운 시선을 퍼부어 기선을 제압하려는 김 경위의 행동에 어딘지 모르게 귀여운 구석이 있어 은서는 싱긋 미소를 지었다. 순간, 김 경위의 눈빛이 흔들렸다. 은서는 서른 살이 되도록 본 무수한 맞선과 교제를 통해서 남자들의 속성을 꿰뚫어보는 눈을 가지게 되었다. 일단 김 경위는 은서를 여자로 인식하는 첫 단추를 끼웠다. 은서는 낯빛을 굳히며 속으로 '누구를 원망하겠느냐. 너도 남자인데.' 하고는, 만만하게 보이지 않도록 일부러 옷매무시를 바로 하고 단정하게 앉았다.

김 경위는 수첩과 휴대전화기를 꺼내 테이블 위에 놓고 자리를 잡았다. 은서는 먼저 딴전을 피워 김 경위를 떠보기도 하고 자신을 만만히 다루지 말라는 경고도 보내고 싶었다.

"부하 직원도 없이 경위님 혼자 나오셨나요?"

"제가 위조지폐 전담이기도 하고, 전화 내용이 워낙 충격적이라서 직접 나왔습니다. 협조해주십시오."

"그래도 그렇죠, 경위라면 책상에 앉아서 부하 직원 내보내고 호통 치는 반장 아닌가요? 승진이 급하신가 봐요."

김 경위는 나이보다 더 노련했다. 은서의 흔들기에 눈썹 하나 까딱이지 않고 반격했다.

"네, 승진이 급합니다. 그러니까 제가 승진하도록 도와주십시오."

"제가 도와주면 승진할 수 있나요?"

"네. 위폐를 보지 않았으면 믿지 못할, 전대미문, 대한민국 지폐 발권 사상 최악의 위조지폐 사건입니다. 한국은행이 아니라 대한민국에 정말 큰일이 난 겁니다. 보통 은행에 위조지폐를 가져오면 직원이 가까운 경찰서에 대동하고 가서 신원 파악과 입수 경위 정도를 조사하는 선에서 끝나는데, 이 위조지폐는 그럴 수가 없는 물건입니다. 지금 대전에서 조폐공사 위조지폐 방지센터 감식팀도 올라오고 있습니다. 언젠가는 이런 사건이 터질 줄 예상하지 않은 것은 아니지만, 실제로 일어났다니 믿을 수가 없습니다. 정말로 이 사건을 해결해서 범인을 검거하면 저 일계급 특진할 수도 있습니다. 저, 이래봬도 경찰대학 최우수 졸업생입니다. 하지만 아직 경감이 되지 못하고 있어요. 지금쯤 경감이 되어야 총경을 바라볼 수 있는데 말입니다. 그러니까 도와주세요."

김 경위는 거두절미하고 곧바로 들이댔다. 은서는 속으로 코웃음을 쳤다.

'그래, 머리가 좋으니까 지능범죄수사팀장이 되었겠지. 최소한 범인보다는 머리가 좋아야 하지 않겠어?'

은서는 깔보는 느낌이 들어 있는 가벼운 말투로 대꾸했다.

"최악이라니요? 제가 보기에는 최고의 작품인데요."

김 경위가 눈을 약간 치켜떴다. 그러고는 간보기는 끝났다는 듯 미소를 거두고 목소리를 사무적으로 굳혔다.

"본의든 타의든, 국가 경제 기반을 뒤흔들 큰 사건에 연루되었으니 수사에 협조해주셔야겠습니다. 마음 편하게 그냥 묻는 말에 대답만 해주십시오."

은서는 시큰둥하게 맞받았다.

"뭐든 물어보세요."

"먼저 신분증을 보여주시겠습니까?"

은서는 핸드백에서 운전면허증을 꺼냈다. 김 경위가 은서의 주민등록번호를 휴대전화기에 찍어 송신하며 양해를 구했다.

"수사 관례상 어쩔 수 없이 개인적인 사항을 질문하겠으니 이해해주십시오."

"얼마든지요."

"하시는 일이 있으십니까?"

"원오브원 컴퓨터학원 주임 강사입니다."

"그럼 정 선생님이라고 부르겠습니다. 학원에서 무슨 과목을 가르치십니까?"

"그래픽이 전공이지만, 일러스트와 포토샵, 파워포인트 등 닥치는 대로 다 가르칩니다."

"가족관계는요?"

"꼭 말해야 합니까? 주민번호 줬잖아요?"

"주민등록지에 살고 계십니까?"

"전입신고하고 이 년째 살고 있어요."

"이 지폐들을 어디서 입수했습니까?"

은서는 지폐를 구한 경로를 솔직하게 말해줬다. 김 경위는 카페 주소를 휴대전화기에 입력해 어디론가 보냈다. 그걸 본 은서가 김 경위에게 부탁했다.

"경위님도 아시겠지만, 그 사람은 위조지폐를 만든 사람도 아니고, 또 위조지폐인지도 모르고 소장만 한 사람이니까 범죄자가 아니잖아요? 신중하고 정중하게 상대해주세요."

"그런 판단은 저희가 합니다."

말끝에 따라 굳어진 은서의 표정을 힐끗 살핀 김 경위가 곧바로 말을 덧붙였다.

"제 마음 같아서는 그러고 싶습니다만, 워낙 중대한 사안이라서요. 대한민국 역사상 가장 정교한 위조지폐, 진폐에 구십 퍼센트 접근한 엄청난 사건이라서 어떠한 것도 약속할 수는 없습니다."

"그렇다면 저도 용의자겠네요."

은서는 눈을 크게 뜨고 입술을 동그랗게 오므리며 놀란 척하는 표정을 지었다. 그 표정이 남자들에게 먹히지 않은 적은 없었다. 김 경위가 황급히 말투를 부드럽게 바꿔 대답했다.

"그렇게 말씀드리지는 않았습니다."

"위조지폐를 신고해서 인권을 유린당한다면 위조지폐인 줄 알면서도 누가 신고하겠어요? 수사선상의 조사라면 저도 변호사를 부르겠어요."

"원하신다면 그렇게 하실 수도 있습니다만, 워낙 중요한 사안이라 협조를 부탁하는 겁니다. 그냥 아시는 대로 말씀만 해주시면 정 선생님의 권익은 제가 보장해드리겠습니다."

"이미 저도 연루된 거 같으니 수사 과정에 끼워주신다면 협조할게요. 아마도 제 협조가 결정적인 단서가 될 수도 있을 걸요?"

수사관이라서인지 눈치가 빨랐다.

"그렇다면 또 다른 정보가?"

"먼저 약속해주세요."

"위법의 소지가 있는 일이라서 제가 약속드릴 수는 없습니다. 정 선생님. 무엇 때문에 수사 과정에 끼어들려고 하십니까?"

은서는 김 경위를 자극하려고 일부러 과장된 말을 내놓았다.

"이토록 엄청난 작품을 만든 위대한 작가를 만나고 싶어서요."

어이가 없는 표정으로 은서를 쳐다보던 김 경위가 이내, 말을 고쳤다.

"범인이 검거된다면 언론을 통해서 자연스럽게 알게 되지 않겠습니까?"

"김 경위님, 제가 바보로 보이시나요?"

"아뇨. 무슨 말씀을?"

"이런 사건의 경우 모방범죄 때문에 공개하지 않을 거잖아요. 그런데 그 말을 믿으라고요?"

김 경위는 난감한 표정을 지으며 대답했다.

"제가 개인적으로 은밀하게 알려드리겠습니다."

"경찰 김 경위님이 아닌 인간 김강모 씨를 믿으라고요? 대한민국 경찰은 믿을 수 없다는 것이 대다수 국민의 속마음이라고요. 저도 그렇고요."

김 경위는 쉽게 물러섰다.

"경찰이어서 죄송합니다만 지금 우리가 당면한 문제는 신분이나 직책을 떠난, 국가적인 중대범죄입니다. 도와주십시오."

그 정도면 고삐를 잡은 셈이었다.

"뭘 도와달라고 보채는 겁니까?"

"우선 지문을 좀 떠야겠습니다."

이거 장난을 하는 것도 아니고. 대한민국 경찰의 수준이 이 정도인가 싶어 은서는 손바닥을 쫙 펴서 김 경위 앞에 내밀며 말했다.

"손가락에 잉크 묻히지 마세요. 제 손가락 지문 모양을 보고, 십지 분류해 주민등록 데이터베이스 열어 주민등록 상의 본인과 일치하는지 확인한 다음 등록된 지문 다운받아 쓰세요. 미리 말씀드리지만, 그 위폐에 제 지문은 없을걸요. 수집가들은 절대 맨손으로 돈을 만지지 않으니까요. 가우스도 프로급이라서 맨손으로 만지지는 않았을 거고요. 그러니까 지폐에 남은 지문의 추적이 쉬워질 수도 있겠지만, 지문쯤은 이식도 하고 위조도 하는 요즘 세상에서 지문이 본인 확인에 절대적이라고 어떻게 확신하죠?"

지문에는 무늬가 겹치거나 꼬이거나 회전하는 특정한 부분이 있다. 열 손가락 모두 그 특정한 부분을 분류해놓은 것이 십지 분류다. 열 손가락의 특정 부분이 똑같은 사람이 존재할 확률은 똑같은 지문이 존재할 확률과 비슷하다. 대부분 한쪽 손, 다섯 손가락의 분류만으로도 신원을 확인할 수 있는데, 열 손가락 모두의 특징을 알 수 있다면 본인 확인은 거의 100퍼센트 가능하다. 즉, 지문을 직접 찍지 않아도 열 손가락의 지문을 들여다보는 것만으로도 본인 확인이 가능하다. 십지 분류는 주민등록할 때 찍은 열 손가락 지문을 기반으로 국가 정보망에 등록된다. 그래서 훈련을 받은 수사관은 지문을 찍어 검색하지 않고도 열 손가락의 지문을 눈으로만 보고도 십지 분류 기호를 확인해 신원을 확인할 수 있다. 은근슬쩍 자신의 지식을 자랑해 만만히 볼 상대가 아니라고 알리고 김 경위의 능력도 시험해보려는 은서의 꼼수였다.

김 경위가 은서의 지문을 보려다 말고 물었다.

"과학수사 프로그램 팬이십니까?"

"좋아해서 눈에 띄면 가끔 보기는 하지만, 마니아도 아니고 그럴 시간도 없어요. 혈액형도 바꾸고 얼굴뼈도 깎아서 두상도 바꾸는 세상에서 지능범죄수사팀장이 지문 타령이나 하니까 우스워서 해본 말입니다. 마음에 두지 마세요. 그나저나, 위조지폐를 제가 만든 것도 아니고 그걸 사느라 돈 좀 썼는데 어떻게 보상받죠?"

"위조지폐는 진폐와 바꿔주지 않습니다. 그렇게 되면 한국은행이 돈세탁을 해주는 셈이 되니까요."

"그래서야 누가 위조지폐를 신고하겠어요? 무조건 손해 보거나 경찰에 불려 다녀야 하는데요."

"위조지폐인 줄 알고 사용하다 잡히면 감옥 가기 때문이 지요."

"그건 조악해서 쉽게 알 수 있는 위조지폐에 해당하는 말 이죠. 저렇게 정교해서 진짜인 줄 알고 받고, 은행에서도 받 아준다면 누가 신고하겠어요? 빨리 써서 진짜 지폐와 바꿔 야죠."

"정 선생님의 제보가 범인 검거에 결정적인 단서가 되면 사건이 종결되고 나서 충분한 보상이 이루어질 것입니다. 걱정하지 마시고 수사에 협조해주십시오."

이야기를 나누는 사이에 듬직한 체구에 이마가 벗어진, 환갑쯤 되어 보이는 중년 사내가 몇 명의 수행원을 거느리 고 사무실로 들어섰다. 자리에 앉아 있던 직원들이 모조리 일어선 걸 보니 고위급인 모양이다.

위폐 담당자가 자리에서 나와 은서와 김 경위에게 소개 했다.

"한국은행 총재님과 저희 발권정책팀 팀장님이십니다."

총재는 고개를 까닥하고는 팀장과 함께 담당자가 켜놓은 자외선램프 밑의 위폐를 들여다봤다. 총재가 입을 뗄 때까지 침묵이 흘렀다. 이윽고 고개를 든 총재가 김 경위에게 말했다.

"결코, 일어나서는 안 될 일이 벌어지고 말았으니 최대한 빨리 범인을 검거해주십시오. 아직은 한 장뿐이니까 일단 이 번호를 전국 은행과 수사 관서에 알려 또 다른 걸 발견한다면 범인의 동선을 파악할 수 있지 않겠습니까?"

모두 아직 사태의 심각성을 제대로 파악하지 못하고 있다. 지금까지 대한민국에 출현한 위조지폐는 아무리 정교하다 할지라도 한 장의 지폐를 복사 내지는 복제한 것이라서 전부 다 일련번호가 똑같았다. 그러니 한 장만 발견되면 그 번호를 회람해 동일번호 위폐를 찾아내 범인 검거에 활용할 수 있다.

상식 수준에서 돌아서려는 총재를 은서가 붙잡았다.

"그렇게 간단한 문제가 아닐 듯싶은데요. 이걸 보시면 사태를 파악하시겠죠."

은서는 핸드백에서 지그재그 노트를 내놓았다. 장갑을 끼고 핀셋을 들고 있던 담당자가 받아든 그 돈에 모두 머리를 모았다. 김 경위도 눈을 빛내면서 들여다봤다. 그 모습을 보며 은서는 회심의 미소를 지었다.

그제야 총재도 침통한 얼굴이 되었다.

"이게 가짜입니다."

담당자가 두 장 중 한 장을 필름에서 빼냈다. 김 경위도 고개를 끄덕였다. 잠깐 동안 아무도 말을 하지 않았다. 총재의 눈치를 살피던 담당자가 침묵을 깼다.

"이건 말도 안 되는 일입니다. 지폐 한 장을 대량 복제해 기번호가 다 똑같은 게 지금까지의 위폐였습니다. 기번호 넘버링이라니요? 있을 수 없는 일입니다. 눈에 띄지 않는 번호를 선택해 복제하지 않고 이런 래더 넘버까지 찍은 걸 보면 아마도 전체 넘버링인 모양입니다."

"뭐라고요! 그렇다면!"

한껏 무게를 잡고 있던 총재도 놀란 표정을 다 감추지 못했다

"두 위폐의 수치상 차이가 구십만 구천구십일입니다. 전체를 위조했다면 두 위폐 사이에만 구십억 구천구십일만 원이 존재합니다. 그 이상 얼마나 더 많이 찍었는지 누가 알겠습니까?"

김 경위가 나서서 은서에게 물었다.

"이건 또 어디서 수집했습니까?"

"노이만이란 수집가에게 샀어요. 노이만도 가우스도 ATM에서 뽑았다더군요. 제 돈도 둘 다 ATM에서 뽑았고요."

"뭐라고요!"

흡사 사무실 안에 폭탄이 터진 것 같았다. 누구랄 것도 없이 모두 입을 헤 벌렸다. 보통 사람들이었다면 뭐 그런 일이 있나 할 수도 있겠지만, 전문가들이라 사태의 심각성을 한순간에 알아챘다.

"언제 어느 기계에서 뽑았답니까?"

"거기까지는 듣지 못했어요."

김 경위가 은서에게 부탁했다.

"노이만의 연락처도 가르쳐주세요."

은서는 망설임 없이 곧바로 휴대전화기를 열어 노이만의 전화번호를 찾아 보여줬다. 그 사이에 담당자가 황급히 탁상용 위폐감식기를 가져와 위폐를 집어넣었다. 두 장 다 스르르 통과되었다. 모두 귀신을 본 모양새였다. 담당자가 아주 불을 질렀다.

"더 큰 문제는 일반식별 코드가 아닌 3단계 코드가 두 가지나 해독되었다는 겁니다."

"그럴 수가! 말도 안 돼!"

마침내, 총재의 입에서 큰소리가 터져 나왔다.

지폐에는 일반인이 알 수 없는, 오직 극소수의 전문가들만이 알고 감식할 수 있는 비밀 코드가 몇 개나 들어 있다. 홀로그램이나 숨은 그림, 앞뒤 맞춤, 연결무늬 등 누구든지 주의 깊게 살펴보면 맨눈으로 알 수 있는 방지 기법이 1단계, 자외선램프나 자기 검색 등 기계를 통한 감식이 2단계, 그리고 결코 일반인이 알아서는 안 되는 비밀 코드가 3단계 위조지폐 방지 기술이었다. 만 원권에 7개 정도의 비밀 코드가 있다는 사실 정도가 상식 수준으로 알려졌을 뿐이다.

아직 2단계는커녕 1단계도 제대로 위조하지 못하는 게 국내 위폐 수준이고, 3단계에 이른 위폐는 아예 없었다. 북한의 슈퍼 노트나 미국이 제공한 원판으로 찍은 중동의 슈퍼 달러 정도가 2단계에 접근했을 뿐 거기에도 3단계 근처에도 못 갔다. 그런데 3단계 코드를 해독했다니!

총재가 침중하게 명령했다.

"이건 전쟁에 준하는 국가비상사태요. 지침에 따라 최고 수준의 비상회의를 소집하고 전담팀을 구성하시오."

그러고는 은서를 가리키며 김 경위에게 물었다.

"이분이 신고자입니까?"

김 경위가 상사에게 보고하듯 자세를 바로 하며 대답했다.

"네. 그렇습니다. 성명 정은서. 서른 살. 미혼. 지폐 수집 중에 위폐를 발견했다고 합니다."

김 경위는 보고 도중에 은서를 힐끗 보고는 덧붙였다.

"전과는 없습니다."

은서와 눈을 똑바로 맞춘 총재가 무게 있는 목소리로 부탁했다.

"일어나서는 안 될 일이 일어났으니, 어려우시더라도 조사에 최대한 협조해주십시오."

한국은행 총재라면 말 그대로 대한민국의 돈인 한국은행권에 '총재의인' 도장을 찍어 발권하는 국가적 인물이다. 하지만, 은서는 당돌하게 총재에게 말했다.

"당장 지금 압수한 두 장의 위폐를 보상해주세요. ATM에서 뽑았으니까 한국은행에서 보상해야죠."

총재는 뒤따르던 수행원을 돌아봤다. 수행원이 한 걸음 나서서 말했다.

"두 장 다 ATM에서 나왔다면 한국은행이 책임을 면할 수 없는 것이 사실이기는 합니다. 액면가로 보상해야겠죠. 가우스라는 사람이 소장했던 한 장은 정 선생님이 자신의 소장품과 교환했다고 했으니 소장품끼리 다시 교환하고, 노이만에게는 환불한 다음 우리가 위폐를 압수하고 액면가를 보상하는 절차를 따르면 될 것입니다. 다만 정 선생님, 가우스, 노이만 세 사람 다 위조지폐의 제작과 사용에 연루되지 않았다는 수사 결과가 나온 후의 절차입니다. 그리고 어떤 경우라도 웃돈은 보상할 수 없습니다."

웃기는 이야기였다. 결국, 한국은행은 위조지폐를 압수하고 그걸 만들거나 쓰지 않았다는 사실을 확인한 후에야 서류 절차를 거쳐 만 원씩 보상하겠다는 것이다. 은서는 과장되게 볼멘소리를 냈다.

"겨우 만 원 돌려주는데 그런 절차를 밟아야 한다고요? 이래서야 누가 위폐 수사에 협조하겠어요?"

총재의 수행원이 제법 친절한 목소리를 냈다.

"협조에 대한 보상을 충분히 해드리겠습니다. 빼앗긴 시간에 대한 보상은 물론 교통비와 식비도 지급하겠습니다. 범인이 검거된다면 포상금도 드리죠."

수행원들이 은서와 총재 사이를 막아서며 총재를 모시고 가버렸다. 머쓱해진 은서는 김 경위와 함께 한국은행 밖으로 나왔다. 은서는 김 경위에게 쏘아붙였다.

"협조는 꿈도 꾸지 마세요! 제가 위폐를 만든 것도 아니고 위폐인 줄 알고 사용하지도 않았고, 위폐인 줄 알아채고는 쓰지 않고 신고했으니까 당신들이 저를 용의자처럼 심문할 수는 없다고요!"

난데없는 불똥에 김 경위는 걸음을 멈추고 은서를 물끄러미 쳐다봤다.

"정 선생님 마음 충분히 이해합니다. 그렇지만 이건 정말 큰일입니다. 누구인지 꼭 붙잡아야 합니다. 이런 일을 저지르면 어떻게 되는지 전 국민에게 경종을 울려야죠. 꼭 붙잡아 위조지폐 만드는 법이 알려지지 않도록 평생 독방에다 처넣어야죠."

"그건 그쪽 사정이고요."

"이건 대한민국의 문제입니다. 그리고 정 선생님도 대한민국 국민이고요."

"흥, 국민의 일방적인 희생을 강요하는 건가요? 아닌 말로 당신들은 잘하면 특진도 하고 포상금도 받겠네요. 하지만 저는 뭐예요? 소문이 나면 누가 저하고 수집품을 주고받겠어요? 가우스와 노이만에게도 미안해서 어떡하고요."

"자, 잠깐만이요. 한숨 돌리고 이야기합시다. 정 선생님. 뭐 원하시는 거 있으면 말씀해보세요."

"김 경위님이 제게 뭘 해줄 수 있을 정도의 지위는 아닌 것 같네요."

은서는 뒤도 돌아보지 않고 화난 발걸음으로 또각또각 하이힐 소리를 크게 내며 횡단보도를 건너 택시를 잡아타고 학원으로 출근해버렸다.

국가비상대책회의

김 경위가 학원 앞에서 기다리고 있다. 은서는 싹 무시하고 사무실로 들어갔다. 은서가 자리에 앉기도 전에 원장이 은서에게 왔다.

"정 선생. 보조 강사 불렀으니까 오늘 수업 놔두고 경찰 수사에 협조해요."

은서는 순간 가슴이 덜컥 내려앉았다. 박봉이라고는 하지만 이나마도 구하기 어려운 직장이었다. 컴퓨터 학원도 수강생이 줄어서 줄줄이 문을 닫는 형편이다. 원오브원 학원이 버틸 수 있는 것은 고용노동부의 실업자 재취업 정책의 일환인 실업자 국비 교육을 위탁받았기 때문이다. 학원비를 국가로부터 받고 실업자나 구직자를 가르치는데, 부질없는 짓이다. 대학에서 전공한 애들 취직할 자리도 없는 판에 컴맹들을 몇 개월 가르치고는 취업 정책을 편다고 떠드는 것은 가소로운 일이지만 그것이 학원의 주된 수입원이고, 국비를 지급하는 만큼 모두 다 준수할 수 없을 만큼 관리 규정이 아주 까다로웠다. 그리고 규정을 따르지 않으면 그나마 밥줄인 위탁 지정이 취소되기 십상이다. 따라서 경찰의 출입이 달가울 리 없다.

은서는 참담하게 일그러진 얼굴로 김 경위를 따라나서야 했다.

김 경위도 은서의 표정을 보고 좋지 않은 듯 제법 친절하게 경찰차의 문을 열어줬다.

"제가 모셔가고 모셔다 드리겠습니다. 오늘 출장 경비도 지급하고요."

은서는 바로 타지 않고 문을 잡고 물었다.

"제가 무슨 짓을 했는지 정말 후회되네요. 좋은 일이든 나쁜 일이든 경찰차를 탈 줄은 몰랐어요. 정말 기분이 나쁘네요. 무슨 일로 어디로 가는지 가르쳐주지 않으면 타지 않겠어요."

"죄송합니다. 꼭 모셔오라는 명령이 떨어져서요."

뒤쫓아온 원장도 은서의 등을 떠밀었다.

"정 선생. 협조하세요. 정 선생이 협조하면 경찰 공무원 컴퓨터 교육 위탁을 준다고 하는데, 정 선생한테도 성과급을 줄게요."

하는 수 없었다.

"어디로 가나요?"

"한국은행의 국가비상대책회의에 갑니다."

"국가비상대책회의요?"

"한국은행 총재가 주재하고 대통령 비서실, 국가정보원, 대검찰청, 경찰청, 국립과학수사 연구소, 조폐공사 위조방지 센터의 고위급들이 참석하는 회의입니다. 은서 씨는 그 사람들과 한자리에 앉는 아주 중요한 사람입니다. 아무나 경험할 수 없는 일입니다. 저도 그런 고위급 회의에는 처음 참가하는 거라서 긴장되거든요. 이걸 보고 서명하세요."

김 경위가 서류철을 건네주었다.

"뭐예요?"

"비밀 준수 서약서입니다. 회의에서 보고 들은 내용을 밖에서 발설하지 않겠다는 서약이요. 민형사상의 처벌까지 감수하겠다는 내용이니까 잘 읽어보고 신중하게 결정하세요. 서명하지 않으면 회의에 참석할 수 없습니다."

촉새처럼 자리를 뜨지 않고 귀를 쫑긋 세우고 있던 원장이 은서의 얼굴을 빤히 쳐다보며 무언의 압력을 넣었다. 정말 내키지 않았지만, 스스로 뛰어든 구덩이였다. 이제 와서 발을 뺄 수는 없었다.

커다란 원탁에, 이름이 아닌 직책이 적힌 명패를 앞에 두고 여러 사람이 빙 둘러앉아 있다. 고위급들이 데리고 온 한두 명의 실무자를 뒤에 세워두고 있어서 자리에 앉은 사람보다 서 있는 사람들이 더 많았다. 은서의 자리에는 신고자라는 명패가 놓였다. 자리가 없는 김 경위가 수행원처럼 은서의 뒤에 서서 수첩을 꺼내들었다.

저번에 한 번 봤던 위조방지센터의 팀장이 먼저 입을 열었다.

"미리 배포한 자료를 숙지하셨다면 얼마나 긴급하고 중대한 사태가 발생했는지 새삼 말씀드리지 않아도 잘 아시리라 믿습니다."

팀장은 앞에 놓여 있던 작은 프린터 크기의 기계를 원탁

가운데로 밀어 보이며 말을 계속했다.

"이 기기는 현재 판매되고 있는 탁상용 위폐감식기 중 가장 비싼 초정밀 기기입니다. 위폐 감식률 백 퍼센트의 제품으로 한국은행 추천 상품이기도 합니다. 이 기기에 이번에 발견된 위폐를 투입해보겠습니다."

팀장이 두 장의 위폐를 집어넣었다. 위폐는 저항 없이 기계를 통과했다. 다들 이 간단한 퍼포먼스가 의미하는 바가 얼마나 무서운 것인지 잘 알고 있으므로 아무도 선불리 입을 떼지 않았다.

팀장이 좌중을 둘러본 뒤 마른침을 삼키고 말했다.

"이 기기를 통과했다면 대한민국의 그 어떤 현금 입출금기와 계수기, 위폐감식기도 통과할 수 있다는 말입니다. 그것은 곧 자외선은 물론, 적외선 IR, 자성 MG에 MICR, 즉 자기 잉크 문자 판독과 광학 문자 트랩인 OMR까지 해독되었다는 뜻입니다. 즉 2단계 위폐 방지 기술이 모조리 뚫린 것입니다. 하지만 2단계가 해독하기 어렵기는 해도 ATM과 계수기 및 감식기 제작 업계에 제작을 위한 정보가 제공되어 있고 은행권에도 감식을 위해 공개되어 있습니다. 따라서 누군가가 흉내 낼 수도 있겠지요. 하지만, 3단계 코드가 두 가지나 뚫렸다는 것은 저희도 직접 눈으로 보지 않았으면 절대로 믿지 않았을 겁니다. 누군지 무서운 천재가 나타났습니다."

검찰청에서 발끈하며 대꾸했다.

"천재라니요! 범죄자일 뿐입니다. 우리 사회의 안녕과 질서를 해치는 악질적인 범죄자일 뿐인데 천재라니요! 가당찮습니다. 그보다 더 뛰어난 천재들도 위조지폐를 만들지는 않습니다. 그건 조폐공사의 기술을 넘을 수 없어서가 아니라 그런 행위가 범죄라는 걸 알기 때문입니다. 범인은 도덕성과 양심을 저버리고 불로소득으로 살아가려는 파렴치한 범죄자일 뿐입니다."

은서는 심기가 뒤틀렸다. 불로소득이라니? 조폐공사가 국력을 기울여 만든 지폐를 개인이 똑같이 만들려면 얼마나 많이 연구하고 조사해야 할까? 또 끝없이 겪었을 시행착오에 얼마나 실망하고 절망했겠는가. 그 모든 것을 이겨내고 또다시 시도하고 또 시도해서 결국은 여기까지 왔을 텐데…… 모르긴 해도 그 어떤 직업에서도 그토록 노력했다면 성공했을 것이다. 하지만 발언은 고사하고 청취하는 것만 해도 감지덕지한 자리라서 은서는 불편한 마음을 꾹 참아야 했다.

　이어서 너 나 할 것 없이 의견을 개진하는 난상 토론이
시작되었다.

　"많은 위폐를 회수할수록 범인을 검거할 확률이 높아집
니다. 아무리 완벽하다고 해도 부분 지문 한쪽이라도 남겼
을 것이고, 위폐가 회수되는 지역을 분석하면 범인의 행동
반경을 추적해 제조 장소를 발견할 수도 있습니다."

　"범인이 눈치 채지 못하도록 신고자의 협조를 구해 계속
해서 래더 번호를 수집하도록 하죠."

　"신고자는 소장하고 있는 번호 외에도 수집가들에게 인
기 있는 번호는 모두 사겠다고 하세요. 그러다 보면 또 두
장이 있는 번호가 나올 수도 있지 않겠습니까? 경비를 지급
할 테니 가격 불문하고 산다고 하세요."

　"그래서 몇 장이나 거둬들이겠습니까? 차라리 은행 창구
직원에게 3단계 코드를 가르쳐 들어오는 지폐를 모두 검색
하도록 합시다."

　"무슨 말씀을! 3단계 코드는 절대로 누설할 수 없습니다.
지금 알려진 두 가지도 큰일인데 또 다른 걸 가르쳐야 감식

할 것 아닙니까? 그건 3단계 코드를 공개하는 것과 다름없는 짓입니다. 또 은행원을 어떻게 믿고요?"

"그럼 기계의 지폐 인식 모듈에라도 3단계 코드를 심어 업그레이드시키세요."

"그것도 불가능합니다. 곧바로 업그레이드된 감식기를 사서 분해해 추가된 코드를 해독하고 말 겁니다. 그러면 다른 코드를 더 알려주는 결과밖에 되지 않습니다."

"허! 이래서야 3단계 코드가 무슨 소용이요? 자승자박! 핵무기처럼 가지고만 있지 쓸 수는 없는, 눈앞에서 총을 쏘아대도 어쩌지 못하는 꼴 아닙니까?"

"은행에서 위폐를 골라낸다고 해도 폐기하는 수밖에 없습니다. 생각해보십시오. 현행법상 위폐는 보상해줄 수도 없는데 현금 입출금기에서 뽑은 돈, 은행에서 찾은 돈, 1단계와 2단계 위폐 방지 코드가 다 들어 있어 아무리 봐도 위폐인지 알 수 없는 돈을 위폐라고 빼앗아 간다는 게 말이나 됩니까? 멀쩡한 자기 돈을 은행에다 맡겼다가 찾았는데 그 돈이, 은행에서 내준 돈이 위폐라니요! 어느 누가 그 돈을 내놓겠습니까? 그냥 그대로 사용하겠죠. 그러면 전 국민이 범법자가 되는 겁니다."

"절대로 이 사실이 공개되어서는 안 됩니다. 감당할 수 없는 혼란이 일어날 겁니다. 경제 기반이 송두리째 흔들릴 수도 있어요. 특히 언론이 눈치 채면 절대로 안 됩니다."

"조폐공사에서 원단에 돈을 인쇄해 한국은행이 만 원이다, 약속하고 정부가 보증해서 국민이 믿고 쓰는 것이 돈 아닙니까? 말 그대로 종이쪽에 약속과 믿음을 더한 것일 뿐이죠. 국민이 위조지폐를 구별하지 못하고 진짜 돈으로 믿고 쓰면 그걸 막을 길은 없습니다. 반대로 국민이 한국은행권을 믿지 못하면 대한민국 경제 기반이 무너지고요."

"그나마 다행인 것은 이 두 장의 위폐를 감식한 결과 그렇게 많은 지문이 묻어 있지는 않다는 사실입니다. 즉 아직은 시중에 통용된 지 얼마 되지 않은 날것이란 가정이 성립합니다. 따라서 지문 추적에 오랜 시간이 걸리지 않을 겁니다."

"지금 우리가 사용하는 ATM은 모두 국내에서 개발된 환류식 지폐 입출금 장치를 사용하고 있습니다. 즉 입금한 돈을 다시 출금해주는 구조죠. 따라서 돈을 다 내줘서 외부의 돈으로 채우지 않았다면, 입금된 돈이 다시 출금되었을 확률이 높습니다. 그러므로 해당 ATM의 CC-TV 영상을 집

중적으로 분석하면 입금자를 특정할 가능성도 있습니다."

"위폐에 사람의 지문만 묻는 게 아닙니다. 범인이 아무리 완벽하게 지문을 감췄다고 해도 무진실에서 무진복을 입고 만들지 않는 바에야 제조 과정이나 유통 과정에서 단서가 될 물질이 반드시 묻게 마련입니다. 지문 외에도 수사에 보탬이 되는 정보는 많습니다. 특정 지역의 먼지, 꽃가루, 특정 직업에서 생성된 가루, 침에 섞인 DNA까지 수사를 진행할 부분은 아주 많습니다. 그러다 보면 범인의 행동반경이 나올 것입니다. 우선 이 두 장을 과학수사연구소에 보내 초정밀 감식을 하고 앞으로 발견되는 자료를 모아 교집합을 찾아내면 뭔가 나올 겁니다. 그리고 이 정도의 위폐는 절대 혼자서 골방에서 만들 수 없습니다. 시설과 인력에 대한 탐문 수사에서도 뭔가 잡힐 겁니다."

"범인을 잡아야 합니다. 지금 이 순간에도 위폐를 마구 찍어내고 있을 게 분명하잖습니까?"

"다시 말씀드리지만 회수된 돈이 많을수록 잡기가 쉬워집니다."

"신고자는 곧바로 사방에 돈을 산다고 광고하세요."

즉각 반론이 제기되었다.

"신고자를 내세우는 방법은 별 효과가 없을 겁니다. 한정된 특정 번호일 수밖에 없고, 그것도 그 누가 수집하지 않았으면 없을 테고, 수집했다 해도 위폐가 아닐 확률이 더 높습니다. 중대한 국가적 비상사태를 그런 실낱같은 요행수에 걸다니요."

한쪽 구석에서 대화에 끼지 않고 위폐를 현미경으로 들여다보고 있던 조폐공사 감식팀장이 고개를 들었다.

"현재까지 전 세계에서 출현한 모든 위조지폐를 뛰어넘은 초정밀 슈퍼 노트가 출현한 것은 사실입니다만, 외형상 진폐에 구십 퍼센트 접근한 걸로 보일 뿐 전문가의 눈으로 보면 오십 퍼센트도 접근하지 못한 조악한 물건에 불과합니다. 지폐에서 인쇄 부분은 오십 퍼센트에 불과합니다. 나머지 오십 퍼센트는 종이입니다. 여러분도 잘 아시다시피 우리 지폐는 종이가 아니라 순면을 종이처럼 가공한 겁니다. 범인은 인쇄 전문가일 뿐 원단은 인쇄처럼 잘 만들지 못했습니다."

"무슨 근거로 그렇게 단정합니까?"

"현미경으로 들여다보면 진폐의 섬유 조직과 위폐의 섬유 조직이 다릅니다. 따라서 3단계 코드를 공개하지 않고도 위폐를 모두 식별해 거둬들일 수 있습니다. 감식기의 투과 감식 기능을 강화해 섬유 조직을 검색하도록 하면 됩니다. 모든 ATM에 적용시키려면 시간이 걸리겠지만, 어차피 위폐가 여기까지 따라 올라왔으니까 결국은 ATM의 위폐 감식 기능을 업그레이드해야 합니다. 예산을 배정해주십시오. 불철주야 작업해 모델을 만들겠습니다."

"얼마나 시간이 걸리겠습니까?"

"확답할 수는 없지만, 개발 분야를 나눠 동시 작업에 들어가면 두 달 정도면 시험 모델을 제작할 수 있을 것 같습니다."

"대량생산해서 ATM을 교체하려면 또 몇 달이 걸릴 것 아닙니까? 그 사이에는 무방비로 당할 수밖에 없습니까?"

"문제는 모델을 업그레이드해 위폐를 회수한다 해도 회수한 돈에서 범인을 색출할 단서가 없고, 또 회수한 돈을 소리 없이 폐기처분해야 할 상황이라면 결론은……."

총재의 말끝을 검찰이 받았다.

"위조지폐를 한국은행에서 세탁해주는 꼴이 됩니다. 풀어놓은 위조지폐를 한국은행이 거둬들이고 진폐를 내줄 수밖에 없다면, 위폐를 진폐로 바꿔주는 것과 다름없지 않습니까? 범인은 잡힐 걱정 없이 마구 찍어 진폐로 다 바꿀 겁니다. 일본과 미국이 위폐 때문에 국력을 기울여 돈을 바꿨다더니 그게 남의 나라 일이 아닌 것 같습니다. 6차 만 원권을 발권한 지 겨우 일 년인데 어쩌면 돈을 또 바꿔야 할지 모르겠습니다."

총재의 얼굴에 다시 그늘이 졌지만, 위조방지 센터장의 목소리는 밝았다.

"우리의 위폐 방지 기술이 자승자박이 된 건 사실입니다. 대다수 국민은 홀로그램이나 숨은 그림, 돌출 인쇄 등 복사기로 쉽게 위조할 수 없는 장치가 확인되면 그대로 진폐로 믿고 사용합니다. 즉 위조 방지 장치가 어설픈 위조자를 방지할 수는 있어도 정교한 프로의 일은 더 쉽게 만들어준다는 역설입니다."

"위조를 방지하기 위한 장치가 오히려 위조를 쉽게 해준다는 말입니까?"

"위조를 쉽게 해주는 게 아니라 위폐의 유통을 도와준다는 기가 막힌 역설입니다. 조금 전 총재님의 말씀대로 국민이 한국은행이 약속한 돈이라 믿고 사용한다면 막을 길이 없는데, 국민은 3단계 코드는커녕 2단계 기계 검색에도 접근하지 못하고 육안 식별도 대충 넘어가고 있습니다. 따라서 숨은 그림이 있다면, 홀로그램이 있다면, 글자가 볼록하게 만져진다면 진폐라고 믿을 수밖에 없다는 겁니다. 그래서 그런 부분이 위조되고, 거기에 넘버링까지 된 위폐라면 백주에 묶음으로 사용해도 의심하지 않을 겁니다. 더더욱 ATM에서 빠져나온 돈이라면 들여다보기는커녕 헤아려 보지도 않고 사용합니다. 그러한 관점에서 감식한 결과 범인도 촉감과 ATM 돌파를 주요 과제로 삼고 그 외의 부분은 대충 넘어간 흔적이 위폐에 남아 있습니다."

경찰이 나섰다.

"그것이 범인 검거에 단서가 될 수 있습니까?"

"물론입니다. 몇 가지 중요한 단서가 있습니다."

"그게 뭡니까?"

"우리 조폐공사가 위조를 막기 위해 집어넣은 장치가 위폐의 유통을 도와주는 웃지 못할 역설이라면 범인의 정교한 위폐를 만들기 위한 노력 또한 자승자박, 패러독스가 될 것입니다."

경찰이 반색하고 덤볐다.

"무슨 말입니까?"

"두 위폐의 번호 차이가 구만이 넘습니다. 그렇다면 구십억 원 이상 찍은 걸로 추산되는데, 대량의 돈을 찍기 위해 사용된 재료의 양을 생각해보십시오. 결코, 구멍가게에서 흔적 없이 구할 수 있는 양이 아닙니다. 더더욱, 위폐에 사용된 종이는 아무 데서나 팔지 않는 특수용지입니다. 아마도 우리나라에서 제조할 수 있는 업체가 몇 되지 않을 겁니다. 종이마다 유전자처럼 고유의 조직이 있으니까 과학수사연구소에서 특정 업체의 특정 종이까지 밝혀낼 수 있을 겁니다."

과학수사연구소가 기다렸다는 듯 말을 받았다.

"원단에 대한 정보는 벌써 인터폴 자료에 올라와 있습니다. 원화의 느낌이 나도록 코팅 물질을 바꾸기는 했지만, 베이스는 슈퍼 달러와 슈퍼 엔에 사용된 원단이 틀림없습니다."

"그렇다면?"

"이 년 전에 검거된 지니제지의 김산호가 만든 원단임이 분명합니다."

"김산호는 오 년 형을 받고 지금 복역 중이지 않습니까?"

"지니제지의 생산 물량이 수사에서 밝혀진 것보다 많았

든지, 아니면 누군가가 다시 만들고 있겠죠."

경찰의 별이라는 큰 무궁화를 단 경무관이 김 경위에게 명령했다.

"김산호에 대해 다시 수사하시오. 그리고 이번 사건은 김 경위가 전담해서 직접 수사하고 진행 사항을 바로 직접 내게 보고하시오."

주도권을 잡은 과학수사연구소가 보고를 계속했다.

"범인이 원단을 인쇄만큼 잘 만들었다면 정말 큰일 날 뻔했습니다. 홀로그램 확대 사진을 보시기 바랍니다."

회의실 한쪽 벽의 스크린에 만 원권의 홀로그램 사진이 커다랗게 떠올랐다.

"만 원권에 사용되어 보는 각도에 따라 한반도 지도, 태극문양, 만 원 액면 등으로 보이는 홀로그램은 일반 인쇄 시설에서 제작할 수 없습니다."

검찰이 심문하듯 꼬투리를 잡았다.

"그렇다고 해도 이제는 공개된 기술에 불과하지 않습니까?"

연구소장이 친절히 설명해줬다.

"물론 홀로그램이 대중화되어 주민센터의 인감증명에도

붙어 있고 값비싼 의약품의 포장 상자, 하다못해 양주병에 까지 사용되고 있는 것이 사실이고 왕왕 위조된 홀로그램이 은밀하게 유통되고 있는 것도 사실입니다. 그러나 지폐에 사용되는 홀로그램은 시중 유통 제품과는 차원이 다른 나노그램 하이맥스 삼차원 홀로그램입니다. 우리나라에서 찍을 수 있는 시설이 몇 군데 되지 않는데, 거의 조폐공사 수준의 보안을 유지하고 있습니다. 철저한 보안 시설 속에서 극히 제한된 인원만 공정에 참여시키고 전 과정을 감시 카메라로 촬영해 영상을 보존합니다. 제작 도중에 나온 여러 가지 부스러기 쓰레기도 모조리 기록을 남기고 소각 처분하도록 규정되어 있습니다. 이 위조지폐에 부착된 홀로그램은 전문가도 식별하기 어려운, 아니 거의 백 퍼센트 진폐와 유사한 홀로그램입니다. 그렇다면 나노그램 하이맥스 시설에서 제작되었다는 말입니다."

"그럼 홀로그램으로는 위조 여부를 판명할 수 없다는 말입니까?"

"그렇습니다만, 나노그램 하이맥스를 제조하려면 반도체 제작 공정에 필적하는 무진실에 초정밀 레이저 장비를 설치해야 합니다. 아무나 몰래 가질 수 있는 설비가 아닙니다.

따라서 범인이 사용한 홀로그램은 전문 제작팀이 공범으로 참여하지 않고서는 입수할 수 없습니다. 그렇지 않으면 범인이 시설에 접근할 수 있는 위치에 있을 겁니다. 위조방지센터의 분석대로 완벽을 추구하는 범인의 노력이 오히려 자신의 올가미가 된 패러독스라고 할 수 있습니다. 그쪽으로도 수사를 진행하면 반드시 결과가 나올 겁니다. 또, 인쇄 과정에서도 흔치 않은 기계가 여러 대 동원되었을 테니까 정밀 감식하면 어느 모델인지 추적할 수 있을 겁니다. 이 모든 가능성을 차근차근 추적해 모든 기계를 소유 또는 운용할 수 있는 교집합을 찾아내면 거기에 범인이 있을 것입니다."

국정원이 처음으로 말을 넣었다.

"돈을 찍을 정도의 인쇄기는 전략물자로 등재되어 국가 간 무역도 함부로 할 수 없는 물건 아닙니까? 이 정도의 위폐를 만들려면 조폐창에 버금가는 시설이 필요하지 않겠습니까? 조직적인 인력과 대규모 시설이 필요할 겁니다. 그렇다면 개인이 아니라, 해외 거대 범죄 조직 내지는 북한이겠지요."

경찰이 동의했다.

"대한민국에 이 정도 규모의 지능적인 범죄 집단은 없습니다. 그리고 미국이나 유럽 쪽에서야 원화를 찍어본들 이득이 없을 거고요. 그렇다면 중국이나 일본 조직이 찍어서 환치기나 환전으로 세탁을 할 가능성이 있습니다."

국정원이 고개를 흔들었다.

"우리는 북한 군부의 경제 테러 가능성에 무게를 두고 있습니다. 과거 한국전쟁 당시에도 북한은 위조지폐를 찍었고, 지금도 슈퍼 달러를 찍고 있습니다. 마음만 먹으면 얼마든지 슈퍼 원을 찍을 수도 있고, 필요하다면 찍지 않을 이유도 없습니다."

총재가 말을 받았다.

"남한 사회의 혼란을 목적으로 한 테러일 수도 있다는 말입니까?"

"충분히 고려해야 할 개연성이 있는 가설입니다. 북한에서 찍어서 국내로 밀반입한 것이 분명합니다."

경찰이 말을 받았다.

"그럼 밀수 쪽에도 수사 인력을 배치해야겠습니다."

국정원이 또 고개를 흔들었다.

"땅굴에 사람만 지나다니겠습니까?"

총재가 눈을 동그랗게 떴다.

"땅굴이 실제로 있습니까?"

국정원이 즉답을 피하고 말을 돌렸다.

"국정원에서는 국가 안보를 해치는 어떠한 사안도 소홀히 여기지 않습니다. 좌우지간 북한관련 수사는 국정원에서 전담하기로 하겠습니다. 한시가 급한 사안이니 오늘 바로 수사의 방향을 설정하고 실무 역할을 부처별로 나눕시다. 종합대책반을 이곳 한국은행 본점에 설치하고 각 기관에서 전문 인력을 파견해주십시오. 더불어 여러 상황 증거가 많이 나오고 있으니까 프로파일링으로도 접근할 수 있을 것 같습니다. 비슷한 수법의 위폐 전과자들도 모조리 찾아내 심문하면 뭔가 걸릴 겁니다."

실무적 논의에까지 은서가 참석할 수는 없었다. 김 경위가 은서에게 나직이 속삭였다.

"여기까지입니다. 나갑시다."

은서는 자리에서 일어났다. 하지만, 그냥 돌아서지 않았다. 당돌하게 말을 내던졌다.

"자리를 비키기 전에 한 말씀 드리고 싶습니다."

은서의 존재를 잊어버린 듯했던 좌중의 눈길이 은서로 집중되었다.

"지금 만 원권 한 장의 원가가 얼마죠?"

즉각 대답이 돌아왔다.

"이백 원 미만입니다."

"백팔십 원 정도로 알고 있습니다만, 그것은 수백억 원이 넘는 건물과 기계 설비, 숙련된 인력에 이미 투자가 된 상황에서 단순한 재료비만 계산한 거겠죠? 즉 조폐공사에서 만드니까 그 정도 원가에 만들 수 있는 겁니다. 하지만, 개인이 직접 만든다면 시설비와 재료비를 포함해 어느 정도 돈이 들까요?"

잠시 침묵이 흘렀다. 조폐공사에서 대답했다.

"좋은 지적입니다. 이 정도를 찍으려면 최소한 수십억 원짜리 최고 품위 동판 인쇄기를 기본으로 요판, 활판, 숨은 그림을 넣는 환망기 등등 여러 종류의 인쇄 설비가 있어야 합니다. 또한 제판기, 재단기, 건조기, 금박기 등등 무수한 설비가 있어야 합니다. 그 외에도 홀로그램을 따로 제작해야 합니다. 재료도 대량 구매하거나 직접 제조할 수 없어 원가가 올라갈 수밖에 없겠죠. 모르긴 해도 거의 만 원이 다 들어갈 겁니다. 사실 최저 단가로 찍으려니 위폐가 엉성한 것이지 만 원권에 만 원을 쓰면 이와 흡사한 초정밀 위폐를 만드는 게 어렵지 않을 수도 있겠죠."

은서는 계속해서 자신의 생각을 밝혔다.

"수십억 원을 들이고도 원가가 몇 천원이나 들어서 남는 게 적다면 본전을 찾기까지 얼마나 많은 돈을 찍어야 할까요? 일이백 억으로 어림없을 것 같네요. 어쩌면 찍을수록 손해나는 역마진 장사가 될 수도 있고요. 어느 미친 사람이 왜 이런 짓을 할까요? 제 생각에는 이건 단순한 위조지폐가 아니라 예술 작품 같습니다. 그렇다면 이게 더 진화할 가능성도 있지 않을까요? 그런 관점에서의 접근도 필요할 것 같습니다."

모두 은서를 재평가한 듯 눈빛을 달리해 쳐다봤다. 경찰이 정색한 얼굴로 은서를 보며 말했다.

"진화하기 전에 빨리 범인을 잡아야죠."

검찰이 끼어들었다.

"위폐 수집 통로가 신고자뿐입니까? 수사진이 수집가로 위장해 얼마든지 매수할 수 있지 않겠습니까?"

은서가 손사래를 쳤다.

"지폐 수집 시장은 여러분도 잘 아시다시피 많은 돈이 오가는 크고 복잡한 장터가 아닙니다. 저 혼자로도 충분합니다. 괜히 여러 사람이 쑤시면 가지고 있을수록 가격이 더 올라가겠다고 생각해 내놓지 않을 겁니다."

경무관이 김 경위에게 명령했다.

"김 경위는 어차피 위폐 전담이니까 신고자와 공조해서 의심되는 번호가 나오면 싸든 비싸든 다 사들이시오."

오월동주

한국은행 밖으로 나온 은서에게 김 경위가 말했다.

"이젠 공식적으로 한배를 타게 되었으니 어디 조용한 곳에 가서 이야기 좀 합시다."

은서도 궁금한 것이 있었다.

"바로 길 건너에 좋은 자리가 있어요. 커피 맛도 나쁘지 않더라고요."

"어디요?"

"화폐박물관이요."

본디 한국은행이었던 건물은 화폐금융박물관이 된 지 오래였다. 박물관의 2층으로 올라가는 충계참에 오롯한 공간이 있다. 박물관에 올 때면 은서가 즐겨 찾아 앉던 자리다. 층계가 휘돌아 오르는 곳 구석진 공간에 앉을 자리를 마련한 은근한 배려가 마음을 편하게 해주는 곳이다. 화폐금융박물관이란 곳이 일반인들에게 크게 흥미가 있는 곳이 아닌지라 유치원생들의 단체 견학이 아니면 소란스럽거나 붐빌 때가 거의 없어 조용히 이야기하기에도 좋은 자리다.

"1층 커피 매점의 커피가 마실 만해요. 가격도 전문점보다 저렴하고요. 한 잔씩 사서 올라가죠."

김 경위도 고개를 끄덕였다.

"저도 여기 들를 때면 꼭 한 잔씩 하고 갑니다."

둘이서 커피를 놓고 마주 앉았다. 은서는 멋쩍은 분위기에 계면쩍어 하는 김 경위에게 먼저 말문을 열었다.

"제 협조를 바란다면 저에게 재량권을 주셔야 해요."

"어느 정도를 바랍니까?"

"흥정과 구매를 제가 마음대로 할 수 있어야겠죠. 물론 어디서 누구에게 얼마에 샀는지 어떻게 접촉했는지 전부 밝히고, 필요하다면 경위님과 동행할 수도 있겠지만요, 제 사생활을 침해당하고 싶지는 않거든요."

"편할 대로 하십시오. 그런데 정 선생님. 정말로 우리 뜻대로 한 장이라도 더 회수할 수 있을까요?"

"기대하는 수밖에요. 제가 걱정하는 건 소득이 목적이 아닌 수집가가 많다는 거예요."

"무슨 말입니까?"

"아무리 많은 돈을 준다고 해도 수집품을 팔지 않는 사람들이 많다는 말이에요."

"그래도 가지고 있다고 자랑은 하고 싶을 거 아닙니까?"

"수집가들끼리 정보를 주고받는 걸로 만족하기도 하고, 드물게는 파티를 열어 자랑하는 사람도 없지는 않지만 볼 수 있는 지폐는 일부분에 불과해요."

"그런 자리에 참석하면 위폐를 발견할 확률이 높아지기는 하겠네요?"

"그렇기는 하겠지만, 이번 위폐는 그냥 보기만 해서는 감식할 수 없잖아요? 수집가들이 현미경을 들이대도록 쉽게 허락하지 않을 거예요. 아까 보니까 김 경위님은 담당자가 보여준 지폐를 보고 금방 위폐인 줄 알아보던데. 어디가 달랐는지, 아니면 뭐가 부족했는지 저한테도 알려주시면 제가 수집가들한테서 위폐를 찾아내 알려줄 수도 있지 않을까요?"

"그건 제가 결정할 수 없는 사항입니다. 절대로 누설하지 않겠다고 각서를 쓰고 받은 교육 과정에서 배운 겁니다. 남에게 누설하면 경찰복을 죄수복으로 갈아입게 됩니다. 꼭 3단계 코드를 다른 사람에게 알려줘야 할 상황이라면 윗선의 허가를 받아야 합니다."

"3단계 코드란 게 딱히 법으로 정해져서 해독하면 죄가 되는 건 아니잖아요? 단지 조폐공사의 기술일 뿐이고, 보통 사람들이 해독하면 조폐공사의 기술력이 부족한 거지 해독한 사람이 죄를 짓는 건 아니잖아요?"

"그건 그래요. 위조방지센터가 3단계 코드를 과신하는 거 같기도 하고, 자만하는 것 같기도 해요. 사실 일반인들은 지폐가 완벽한 줄 알고 있지만, 선수들 눈으로 보면 좀 정교한 인쇄물일 뿐입니다. 수십만 장을 찍다 보니 인쇄 과정에서 실수해 품질이 떨어진 것도 있고, 아주 잘못 찍힌 것도 적지 않습니다."

은서도 고개를 끄덕였다.

"잘못된 지폐는 희소성이 있어서 인기 수집품이에요. 거래도 비싸지니까 지폐수집가라면 모두 옥에 티를 잡아내는 옴부즈맨이 되죠. 심지어는 위아래 일련번호가 다르게 찍힌 것도 있고, 일련번호가 들쭉날쭉 찍힌 것도 있더라고요. 아예 홀로그램 없이 시중에 나온 것도 봤어요. 그래서 위폐범들도 지폐를 만만하게 보고 찍을 수 있다고 생각하는지도 모르죠."

"저도 위폐 수사를 전담하기 전에는 지폐가 대단한 초정밀 과학의 정점인 줄 알았는데 좀 알게 되니까 아무것도 아니더라고요."

"그럼 김 경위님은 비밀 서약을 하고 배운 거 말고도 지폐에 대해서는 잘 알겠네요?"

"그렇다고 볼 수 있죠."

"그럼 김 경위님이 위조지폐를 만든다면 대단할 거 같은데요?"

"정 선생님, 귀명창이란 말 아세요?"

이 무슨 뚱딴지같은 소리인가? 은서는 의아한 얼굴로 김 경위를 봤다.

"정 선생님 지금 표정이 참 천진난만합니다. 열 살은 어려 보이네요."

"대화의 주제를 자꾸만 바꾸려고 하는 것이 눈에 보여 불편하네요."

"정 선생님 같은 미인과 이야기하는데 마음이 흔들리지

않을 남자가 어디 있겠습니까?"

"유치한 작업 그만두시고 귀명창이 무슨 말인지나 가르쳐주세요. 아니면 휴대폰 켜서 인터넷 검색해보죠, 뭐."

"귀명창이란, 노래를 부르지는 못해도 듣는 소양이 뛰어난 사람을 말하는 겁니다. 실제로 전국대회도 있어요."

"아하, 그러니까, 돈에 대해서는 잘 알지만, 위조지폐를 찍을 줄은 모른다. 이 말이죠?"

"눈치가 빠르시네요. 제가 지금까지 위폐범을 잡으러 다니면서 알아낸 사실은 슈퍼 노트 급의 위조지폐는 인쇄 기술이 아니라, 인쇄 기계가 만든다는 겁니다."

"이번 위폐도 보통 인쇄기로 찍은 게 아니라는 말이죠?"

"무슨 말이든 속뜻을 바로 알아채시니 정 선생님과 대화가 참 편하고 좋습니다. 얼굴도 예쁘고 머리도 좋아 보이는데 왜 솔로입니까? 사귀는 사람 있죠?"

이쯤에서 은서도 맞장구를 쳐줬다.

"김 경위님처럼 외모, 능력, 돈까지 많은 남자를 기다리는데 그런 남자들은 일찍 결혼해 내 차지가 안 되더라고요."

김 경위가 픽 소리가 나게 웃었다.

"제기 유부남으로 보입니까?"

"시계와 반지, 잘 세탁된 옷, 면도한 얼굴, 단정한 머리카락을 보면요."

"정 선생이 지폐를 수집하시듯 저도 액세서리를 좋아해서 모으고 착용하고 그럽니다. 옷은 세탁소에서 챙겨 입고, 목욕, 이발 자주 하는 건 습관이고요."

"캐럿 다이아몬드와 바쉐론 콘스탄틴이 취미라고요?"

"안목이 높으시네요."

"부업으로 가끔 패션 잡지 편집을 하거든요. 허영심을 부풀리는 잡지지만, 용돈도 벌고. 제 부전공이 북 디자인이라서 재미있기도 하고요. 그거 엄청 비싸던데, 경찰 봉급이 그렇게 많아요? 부잣집 도련님이 아니라면 뒷구멍으로 돈 챙기나 보죠?"

김 경위가 의미심장한 미소를 지으며 대꾸했다.

"정 선생님 가방과 같은 겁니다."

은서는 핸드백을 탁자 위에 올려놓았다.

"원장님이 선물한 거예요. 강사가 없어 보이면 학생들이 우습게 본다나요. 진품이고 짝퉁이고 간에 싫지만, 하는 수 없이 학원에 갈 때만 가지고 다녀요. 저는 그렇다 쳐도 짝퉁을 잡으러 다니는 경찰이 짝퉁이라뇨?"

"이건 본사 전문가들도 적발해내지 못한 진짜 짝퉁이죠. 그렇잖아도 3D 업종으로 무시당하는 경찰, 가난하기까지 하면 사람 대접해주지 않아서 연출 좀 한 겁니다."

"하긴, 경찰이 짝퉁을 차겠나 생각하고 진품 대접해주는 사람도 없지는 않겠네요. 집이 가난해서 무시 좀 당하고 자라셨나 보죠?"

"저만 그런 건 아닌 것 같은데요?"

"대답이 거침이 없어서 마음에 드네요. 주제넘은 이야기일지는 몰라도, 경찰 말고 다른 직업을 선택했다면 더 성공했을 것 같은 생각이 드네요."

"집이 가난하기도 했지만, 도대체가 집안에 힘이 될 만한 직업 하나 똑바로 가진 사람이 없었어요. 오죽하면 아버지가 내 이름을 강하고 모진 놈이 되라, 강모라고 지었겠습니까?"

"그래서 강모가 되었습니까?"

"그게, 마음먹는다고 해서 되는 일이 아니더라고요. 타고난 성품이 강하고 모질지 못해서 경찰일이 제 성격에 맞지를 않아서, 강력계보다는 지능계로 떠돌고 있는 거죠."

"그럼 어렸을 때 꿈이 뭐였죠?"

"나도 정 선생처럼 디자이너가 되고 싶었다고요. 패션 디자이너."

"그 좋은 꿈을 왜 포기하셨어요?"

"아버지가 알코올중독 무능력자로 돌아가시면서 경찰이 되라 유언을 남기기도 했고, 어머니도 뒷바라지 할 힘이 없었지요. 학비도 들지 않고, 취업도 확실하고, 무엇보다도 힘이 있는 권력을 가진 아들을 보고 싶어 한 부모님의 뜻을 따른 겁니다."

"그래서 부모님의 뜻을 이루어드렸나요?"

"경찰 봉급으로 어떻게 가난에서 벗어나겠습니까? 경찰 권력이요? 옛 일제 강점기 순사에게나 있었던 일이지요."

은서는 대화를 계속할수록 흰자위에 붉은 핏줄이 솟아나는 김 경위의 눈동자를 지켜보았다. 그녀는 그 눈에서 돈과 권력에 대한 처절한 집념을 보았다.

"정 선생님은요?"

"네에?"

"정 선생님은 어렸을 때 꿈이 뭐였어요?"

김 경위가 솔직하게 말했기 때문에 되돌아온 질문에 은서도 대답을 해줬다.

"저는 어렸을 때부터 책을 참 좋아했어요."

"아하, 책을 많이 읽어서 상식이 그렇게 풍부하신가 봐요."

"책. 참 많이도 읽었지요. 밥 먹는 것보다 책 읽는 것을 더 좋아했으니까요. 그렇게 책을 읽다가 보니까 내용도 중요하지만, 책 그 자체를 좋아하게 되었고, 예쁘게 잘 만들어진 책은 보물처럼 보이더라고요. 그래서 예쁜 책을 만들고 싶어서 그래픽 디자인을 전공하고 북 디자인을 부전공했는데 어렸을 때는 그렇게 많던 잡지들이 다 망해서 사라지고, 출판사도 줄어들어 취직할 데가 없더라고요. 김 경위님은 공부라도 잘해서 어마어마한 경찰대학을 나와 고위 공무원이 되었지만, 저는 공부한 거 써먹지도 못하고 허송세월하고 있어요. 꿈을 이루기는커녕 꿈을 이룰 기회조차 잡지 못한 겁니다. 저도 공무원 고시 공부해서 대한민국 일 퍼센트인 공무원이 될까 봐요. 좀 늦기는 했어도."

"대한민국 일 퍼센트요? 빛 좋은 개살구죠. 대한민국에서 봉급 모아 가난에서 벗어난 사람 봤습니까?"

"그래도 명문대 졸업해 군대 갔다 와 대기업 취업이나 공무원 고시 합격하는 길이 대한민국 남자들의 꿈과 희망 아닌가요?"

"그렇게 일 퍼센트의 관문을 몇 번이나 뚫고 취업했다 한들 인생 대박 나는 거 아니지요. 친구들과 술 한 잔도 못하고 몇 년 돈을 모아 계약금 걸고 주택자금 융자받아 집 사고 결혼하고, 아이 낳고 승용차 굴리면 겨우 현상 유지할까? 그래도 허리띠 졸라매고 주택융자금 다 갚고 나면 아이들 대학에, 결혼에 다시 집 담보로 돈 빌리는 겁니다. 그러다 보면 퇴직! 몇 푼 안 되는 퇴직금으로 길고 긴 노년 살아남아야죠. 결국, 대한민국에서는 잘나간다고 해도 떨고 셈하면 적자 인생이라는 겁니다."

"복에 겨운 말이네요. 김 경위님처럼 못 살아서 자살하는 사람이 천지인 세상인데."

"복에 겹다니요, 현실인 것을요. 나는 정말 공부를 열심히 해서 경찰대학도 최우수 졸업했어요."

"그러니까 경찰청 지능범죄수사팀장이 되었겠지요. 최소한 범죄자보다는 머리가 더 뛰어나야 하니까요."

"그래봤자 승진은 실력이 아니라 연줄과 운이더라고요. 저보다 못한 동기 후배들이 먼저 승진하는데, 운이 좋아 엄청난 사건을 해결하여 특진하는 경우는 극소수였어요. 대부분 연줄과 배경으로 승진하는데, 그 연줄과 배경이라는 것도 돈이 있어야 잡더라고요."

"그래도 김 경위님은 안정된 직장을 가진 것에 감사해야 해요. 대한민국 젊은이 대부분이 죽을 만큼 노력해도 학자금 상환은커녕 지하 단칸방 월세도 힘겨운, 도저히 희망이 보이지 않는 절망 속에서 살고 있는데. 저도 마찬가지고요."

"그래도 정 선생님은 미인이니까, 돈 많은 남자 골라 결혼할 수 있다는 희망이라도 있지 않습니까?"

"그런 식으로는 살고 싶지 않네요. 폭력으로 얻은 복종이 충성일 수 없듯이, 돈으로 산 결혼이 사랑일 수 있겠어요?"

"정 선생님은 아직도 소녀 적 낭만을 간직하고 계신가봅니다. 사랑을 믿는 걸 보니."

"낭만씩이나? 그렇게 거창한 거 아니에요. 그저 내 삶을 남에게 기대지 않겠다, 스스로 살아내고 힘이 닿는 대로 남을 돕고 살겠다, 그뿐이죠."

"그거 말처럼 쉬운 게 아닙니다. 헤엄을 칠 수 있어야 혼자 살아날 수도, 물에 빠진 사람을 건져낼 수도 있는 거 아닙니까?"

"문제의 핵심을 찔러서 듣는 사람 기분 나쁘게 하는 데 소질이 있네요. 하긴 경찰이 하는 일이란 게 그런 일이니까 마음에 두지는 않겠습니다. 그래요. 헤엄도 치지 못하는 미생이, 스스로 밥벌이 앞가림도 다 못하는 루저가 주제 파악을 못해 죄송합니다."

두 번째 만남에서 너무 멀리 대화가 진행된 거 같아 은서는 시계를 보며 자리에서 일어났다.

"강의 시간에 맞추려면 지금 가야겠어요."

퇴근길에 은서는 광학기기 전문점에 들러 현미경을 샀다. 특별히 비싼 전문가용까지 필요치 않았다. 학습용 중에서 좀 고급품이면 충분했다. 은서는 가르치는 사람이다. 가르치는 것은 두 번 배우는 일이라는 말이 있다. 그만큼 가르치는 사람은 배우는 것도 빠른 법이다. 한국은행에서 귀중한 정보를 얻었으니 곧바로 써먹어야 하지 않겠는가.

집에 돌아와 편안한 옷으로 갈아입은 은서는 소장품을 모조리 꺼내 현미경으로 들여다봤다. 하지만 몇 번을 다시 보고 또 봐도 서로 다른 점을 발견하지 못했다. 가지고 있는 것은 모두 진폐인 모양이다.

은서의 단칸 셋방은 별로 크지 않았다. 액자에 넣거나 쇼케이스를 만들어 자랑하지 않는 바에야 기실 지폐 수집에는 큰 공간이 필요 없었다. 앨범 한 권으로도 가능하고, 사람들의 상상처럼 큰돈이 드는 일도 아니다. 돈으로 돈을 사지 않고 뒤집기 발품이나 교환하는 정도의 아마추어 수집은 수집품 전체를 액면가로 따진다면 불과 몇 십만 원에 불과할 뿐이다. 특히 은서는 처음부터 0과 1에 집착해서 모을 수 있는 지폐가 많지 않았다.

만 원 신권 중에 탈이 난 두 장 외에 눈여겨볼 만한 소장품은 1001110밖에 없었다. 하지만 1001110은 소장 가치가 없는 번호라서 다른 사람이 수집했을 가능성이 거의 없었다. 그래도 은서는 카페와 판매 사이트에 1001110을 비롯한 0과 1 번호를 구한다는 글을 뿌렸다.

기대하지 않았는데 며칠 후, 도라돈이라는 닉네임으로부터 1001110을 가지고 있다는 연락이 왔다.

"얼마에 주시겠어요?"

"뭐, 별로 특별한 건 아니니까 현금보다는 교환할 걸 찾아봅시다. 저는 7번을 모으니까 의미 있는 7번이 있으면 바꾸겠습니다."

숫자를 외우는 기억력이 남다른 은서는 모든 소장품의 번호를 외우고 있었다. 가지고 있는 천 원권 0070070이 곧바로 떠올랐다. 1001110만큼이나 별 볼 일 없는 번호였지만 도라돈은 흔쾌히 승낙했다.

"007이라서 담아두셨나 봐요? 그 정도면 제 거랑 비슷하네요. 바꿉시다."

"어떻게 교환할까요?"

"저는 직거래만 합니다. 제가 가지고 가겠습니다. 하는 일도 없어 남는 게 시간뿐이거든요. 그 핑계로 바깥 공기 좀 마시렵니다."

도라돈은 바깥 공기를 많이 마시지는 못했다. 사는 곳이 바로 은서의 학원 근처였기 때문이다. 은서는 곧바로 학원으로 찾아온 도라돈과 돈을 바꿨다.

"어디서 수집하셨어요?"

"저기, 길 건너 은행 ATM이요."

도라돈이 학원 창밖으로 보이는 은서의 주거래 은행을 가리켰다.

"언제쯤이요?"

도라돈은 휴대 전화기 메모를 열어서 보고 대답했다.

"열 달 전이네요."

도라돈을 보내고 은서는 출근할 때 가지고 온 현미경으

로 도라돈의 지폐를 살펴봤다. 보였다! 뭔가 다른 것이 보였다. 특별하게 튀어 보이지는 않았지만, 다른 지폐와는 달리 전체적으로 거친 느낌이었다. 다르다고 생각하고 다시 보니 더 다르게 보였다. 도라돈의 지폐가 위폐인 것이다! 드디어, 또 다른 위폐를 발견했다.

순간, 번쩍 떠오르는 생각이 은서의 등골에 소름을 돋게 했다. 황급히 컴퓨터를 켜 수집품의 소장 경위를 찾아봤다. 한국은행에 가지고 갔던 지폐 중 래더는 열 달쯤 전에 도라돈이 가리킨 은행에서 나왔고 지그재그는 한 블록 떨어진 다른 은행의 ATM에서 아홉 달 전에 뽑은 것이다. 그리고…… 도라돈과 일치하는 번호의 돈은 일 년 반 전에 여행을 갔던 다른 도시에서 건진 것이다. 노이만과 가우스가 사는 곳은 서로 멀리 떨어져 있고, 은서의 생활권에서도 멀었다.

그렇다면 십중팔구 가우스와 노이만의 돈이 진폐였고 은서의 것이 위폐였을 터였다. 도라돈의 지폐를 들고 있는 은서의 손이 덜덜 떨렸다. 위조지폐를 만든 사람이 은서의 주변에 있을지도 몰랐다. 어쩌면 날마다 학원 앞길에서 마주쳐 지나가는 사람일지도…….

자신의 제보로 범인이 잡힐 것만 같았다. 어쩌면 범인이 제보자인 은서를 찾아내 죽일 수도 있지 않을까? 죽음은 겁나지 않았다. 쥐꼬리 학원 강사 봉급에 목줄을 매단, 희망 없는 몸부림에 불과한 삶이었다. 그렇다고 연명을 위해 시집이 아닌 '취집'을 하기는 싫었다. 아무리 몸부림쳐도, 지하에서 벗어날 길도 없었고, 로또가 당첨되지 않는 한 삶에 커다란 변화를 기대할 수도 없었다. 그나마 위조지폐를 발견해서 최근 며칠 사이에 가슴이 두근거리는 삶을, 살아 있다는 느낌이 있는 삶을 경험하고 있지 않은가? 끝까지 가보자. 처음 마음먹은 대로 슈퍼 원을 만든 사람을 만나보자.

은서의 전화를 받은 김 경위가 부리나케 달려왔다. 김 경위는 도라돈의 지폐를 햇빛에 비춰보는 것으로 간단하게 위폐임을 알아봤다. 김 경위는 뛸 듯이 기뻐했다.

"우와! 은서 씨! 정말 고마워요. 정말이지, 내가 무슨 복으로 은서 씨를 만났는지! 점심때가 되었는데 내가 거하게 쏠게요."

김 경위가 이끄는 대로, 비싸서 엄두도 내지 못했던 학원 앞 빌딩 꼭대기의 양식집에서 스테이크를 먹고 카페에 갔다. 평소 같으면 뒷골목 분식집에서 국수 한 그릇 먹고 학원 휴게실에서 자판기 커피를 마셨을 터였다.

"남자에게 얻어먹는 거 좋아하지 않아요. 커피 값은 제가 내겠어요."

"무슨 말을! 석 달 열흘, 밥 사고 술을 사도 부족하니까 부담 갖지 마세요."

"그럼 진짜 밥값 해드리죠."

은서는 솔직하게 노이만과 가우스의 돈이 자신의 돈과 뒤바뀌었을 가능성이 크다고 털어놨다. 김 경위의 눈이 갑자기 번쩍거렸다.

"이거 정말 완전히 대박인데! 대박! 경찰대학 합격 통지받은 이후로 이렇게 기분 좋은 일은 첨입니다."

"아직 범인을 검거한 것도 아니잖아요?"

"은서 씨. 길거리 ATM이 아닌 은행의 ATM은 대부분 환류식입니다. 입금한 돈을 다시 내주다가 부족할 때만 채워넣는 거지요. 그 지폐를 뽑은 날짜 적어놓았지요? 화폐 수집가들은 소장 경위를 낱낱이 기록한다지요?"

"물론이지요."

"시간대도 적어놓았어요?"

"시간까지 적지는 않았지만, 보통 출근 때는 거의 뽑지 못하고 점심때와 퇴근 시간대에 입출금하고는 했으니까 대충은 짐작할 수 있겠네요."

"그 정도면 됩니다. 아마도 범인은 은서 씨가 출금하기 얼마 전에 그 돈을 입금했을 겁니다. 그게 돌아서 나왔다면, 분명히 그 ATM의 CC 카메라에 입금하는 범인의 얼굴이 찍혔지 않겠습니까!"

"그럼 이제 가우스와 노이만에게 진폐를 돌려줘야겠네요."

"아닙니다. 그대로 가지고 계세요. 아직은 은서 씨 수집품이 위폐라고 확정된 것도 아니잖습니까? 지금 은서 씨가 발견한 위폐만 수사하는 게 아닙니다. 이번 사건을 계기로 위폐에 대한 전방위 광역 수사를 벌이고 있습니다. 그 위폐범뿐 아니라 위폐에 관련된 모든 범죄를 이번 기회에 뿌리 뽑자는 겁니다. 아시겠어요? 노이만과 가우스의 지폐가 위폐라는 전제가 있어야 지폐수집가와 판매자들까지 수사 선상에 올릴 수가 있지 않겠습니까?"

"원단 추적은요? 원단 만든 사람이 수감되어 있다면서요? 만나봤어요?"

김 경위는 신바람 웃음을 싹 거둬들이고 침중한 표정이

되었다. 한숨을 푹 내쉬고 커피를 한 모금 마시고 쓴 입맛을 쩝쩝 다시고 나서야 대답을 했다.

"재수사해서 건질 게 처음부터 없었어요. 그래도 직속상 관의 명인지라 만나기는 했죠."

"어떤 사람이에요?"

"김산호, 그 사람 보통 사람은 아니에요. 고등학생 때 학 생 과학 발명품 대회에서 대통령상도 받았던 수재인데, 아 버지한테 폐지로 재생 화장지 만드는 제지 공장을 물려받 았어요."

"거무스름한 재생 화장지를 누가 쓴다고요? 유럽 쪽에서 는 특급 호텔에서도 재생 화장지를 쓰고 어지간한 책도 재 생지로 찍는다지만 우리나라는 깨끗한 펄프로 만든 게 아 니면 팔리지 않잖아요? 더구나, 새 종이보다 더 비싸다면서 요. 내리막길 사양 산업은 하느님도 못 살린다는데, 침몰선 상속이라니요? 수재가 아니라 어리석은 사람 같네요."

"어려서부터 보고 배운 게 종이 만드는 것이고 나름대로 남다른 아이디어가 있어서 가업을 다시 일으킬 자신이 있 었나 봅니다. 대학에서 화학을 전공하고 아버지와 함께 몇 년 공장을 운영하다가 아버지가 돌아가시자 자산보다 빚이 많은 공장을 버리지 않고 상속받았더라고요. 나중에 수사 과정에서 알았는데, 머리도 좋고 책도 많이 읽어서 상당히 똑똑한 사람이지만, 머리 좋은 사람들이 그렇듯 외골수에 자기 자랑과 야망이 커서 주변에 친구는 별로 없었습니다."

"이 발명 성공하면 갑부가 된다는 둥, 노벨상은 문제없다는 둥 저 혼자 잘나서 큰소리 뻥뻥 치는 그런 사람인가 보죠?"

"딱 그런 사람이었지만, 아주 근거 없는 자신감은 아니었어요. 공장을 물려받자 새로운 제지 공법에 대한 발명 특허로 융자를 받고, 청년 창업 자금, 벤처기업 진흥 자금에 더해 제2금융권에서 펀드 투자까지 받아 공장을 크게 늘렸거든요."

"대단한 능력이네요. 공부보다 경영에 소질이 있나 봐요. 아니면 사람을 설득하는 데 남다른 재주가 있는 사기꾼이든지요."

"그것보다도 특허가 그만큼 매력이 있었나 봅니다. 지금까지는 폐지를 재생해봐야 유독 폐기물과 함께 먼지 나는 갈색 펄프를 비싸게 생산할 뿐이었는데, 김산호의 특허는 폐지에서 곧바로 순수한 펄프를 추출해내는 기술이었어요. 막

베어낸 나무나 목화에서 만들어낸 것처럼요."

"말 그대로라면 온갖 자금 다 투자받을 만했네요."

"그랬죠. 그래서 그런대로 융자금 이자 갚아가며 폐지 재생 사업에서 특수용지 주문 생산으로 사업 분야를 확장해 가며 건실한 중소 기업인으로, 촉망받는 청년 실업가로 잡지에도 나오고, TV에 출연하기도 했는데……."

김 경위는 고개를 설레설레 흔들다가 말을 이었다.

"특허 사업이라는 것이 처음의 꿈과는 달리 실용 과정에서 십중팔구는 망하더라고요. 김산호도 생산은 성공했는데, 수익을 내지 못했습니다. 특허 공법이 예상과는 달리 생산비를 크게 낮추지 못한 겁니다. 그래서 조금만 더 연구해 공정을 바꾸고 비용 절감 기술을 개발하면 되겠지 하고 빚을 끌어대 투자를 계속했습니다. 역마진 구조지만 제품 생산을 멈추면 그나마 융자금과 빚을 갚아야 하니까 만들수록 손해가 나도 공장을 멈출 수가 없었고요. 하지만 그렇게 버티는 것도 한계가 있어서, 악마의 유혹을 떨치지 못한 거죠."

"그래서 위조지폐를 찍었대요?"

"위조지폐를 찍은 게 아니라 슈퍼 노트에 사용되는 원단을 만든 겁니다. 김산호는 지금까지도 주문받은 종이를 만들어 수출한 것뿐이라고 우기고 있는데, 손바닥으로 하늘을 가리는 겁니다. 어려서부터 종이만 만들던 사람이 어찌 그걸 몰랐겠어요? 수사 과정에서 보니까 다른 종이보다 몇 배나 더 비싸게 팔았던데, 빤한 거 아닙니까?"

"위폐에 사용될 줄 알고 만들어 비싸게 팔았다 해도 위조 지폐를 찍어 행사한 것도 아닌데 죄가 되지는 않잖아요? 무슨 혐의로 수감된 거예요?"

김 경위는 이마에 손을 대며 미간을 찡그리고 잠시 생각하다가 결심했는지 말을 내놓았다.

"은서 씨가 세운 공이 적지 않고, 또 알 만한 사람들은 다 알아서 이제는 비밀이랄 것도 아니니까 말해주지요. 몇 년 전에 미국 CIA 특별 수사관이 종이를 한 장 들고 왔어요. 중동 테러 조직의 슈퍼 달러 제조 공장에서 찾아낸 거라고요. 그 종이를 들고 중국을 거쳐 한국까지 온 겁니다. 한국이 원산지라고 말이죠. 그래서 우리와 함께 공조 수사를 해서 지니제지의 김산호가 만든 종이라는 걸 알아냈지만, 잡아들일 죄목이 없어서 CIA도 난감한 모양이었습니다. 그래서 하는 수 없이 CIA와 제가 김산호를 직접 만나 생산 중단을 요청했는데, 김산호는 이제 겨우 빚을 갚아나가는데 죽

으란 말이냐고, 빚을 탕감해주고 연구비를 대줘야 생산을
중단하겠다고 했어요."

"얼마를 달라고 했어요?"

"십억 달러요."

"십억 달러요? 세상에나! 십억 달러라니! 환율을 천 원으
로만 잡아도 일조 원인데요!"

"김산호 그 사람, 대단한 걸물이었습니다. 미국이 그 돈을
내놓고라도 슈퍼 노트를 막아야 할 상황이라는 걸 안 거죠.
그 돈으로 테러리스트들이 무기를 사고 용병을 키워 미국을
공격하고 있으니까요."

"그래서요?"

"다음 이야기는 들을 만하지 못해요."

"여기서 그치려면 왜 말을 꺼냈어요?"

"본국과 협의를 해봐야겠다는 CIA와 본청으로 돌아와 회
의하는데, 그 사람의 푸른 눈, 차갑게 빛나는 무서운 눈을
보고 아차 싶었습니다."

"왜요?"

"제 목숨이 위험하다는 것을 본능적으로 느낀 겁니다."

"뭐라고요? 김산호가 아닌 김 경위님의 목숨이요? 어떤

근거로 그런 생각을?"

"CIA가 어떤 기관입니까? 테러 방지요? 천만에요. 제삼세계에 친미 정권을 세우려고 테러리스트를 키우는 조직입니다. 사담 후세인도, 오사마 빈 라덴도 처음에는 미국에서 키운 인물 아닙니까? 그뿐 아니죠. 슈퍼 노트를 막기 위해 수사를 한다고 하지만, 실은 CIA야말로 세계 최대의 슈퍼 노트 공급 조직입니다. 이라크에 달러 원판을 준 것도, 남미 마약 카르텔 조직원들이 배당금에 기대지 않도록 슈퍼 노트를 뿌리고 있는 것도 CIA입니다. 그 사람의 눈을 보니까 무슨 생각을 하고 있는지 알겠더라고요."

"무슨 생각이요?"

"지니제지에 불을 지르고 김산호는 물론 이 사실을 알고 있는 저를 비롯한 수사 공조팀을 암살하려는 생각이요."

"설마!"

"정말입니다. 그래서 나는 그 사람에게 단도직입적으로 우리는 대한민국의 국민과 재산을 우선적으로 보호해야 하니까 김산호에 대한 어떠한 압력 행사도 우리 정부를 통해서 해야 한다고 못을 박았습니다."

"우와! 지금까지 강모 씨에게서 들은 말 중에서 가장 멋진 말이에요."

"멋진 말이 아닙니다. 살려고 한 말이죠."

"그래서, CIA가 뭐라고 하던가요?"

"그 사람도 직설적이었습니다. 지니제지의 원단 공급을 몇 년만 막으면 슈퍼 노트의 흐름을 통제할 수 있고 또 달러 갱신 준비도 끝났으니까, 십억 달러를 줄 만큼, 킬러를 보낼 만큼 크게 처리할 일은 아니라고 했어요. 그래서 곧바로 공조팀을 해체했습니다. 그런데……."

"그런데요?"

"며칠 후에 지니제지 여직원이 임신한 상태에서 김산호에게 성폭행을 당했다고 신고를 했고, 다음날에는 김산호의 죽마고우라는 지니제지 경리부장이 세금 포탈, 관세법 위반, 융자금 유용, 비자금 조성, 임금 체납, 하다못해 유독물질 무단 방류까지 증거 서류를 한 가방 들고 검찰에 찾아왔어요."

"세상에! 김산호, 그 사람이 그렇게 나쁜 사람이었어요?"

"글쎄요. 진실은 당사자들만 알겠죠. 김산호는 아무것도 인정하지 않고 CIA가 자기에게 누명을 씌운다고 소리를 지르며 길길이 날뛰었는데, 무슨 미친 소리냐고, 누구 하나 귀

담아들어줘야 말이죠. 급기야는 강제로 정신감정까지 받고, 여직원과 경리부장이 법정에서 대놓고 증언하는 걸 보고는 인생을 포기하는 것 같았어요. 인생 더럽게 꼬인 거죠."

"감옥에서 잘 버티는 것 같아요?"

"그런 상황에서 폐인이 되지 않으면 정상이 아니죠. 형과 누나가 미국에서 사는데, 혹시나 연루되어 미국에서 쫓겨날까봐 아예 의절한 모양이고. 죽마고우가 배신한 마당에 면회 오는 친구도 없고. 모든 계좌가 압류되고 추징금까지 맞아서 돈도 한 푼 없어 아주 거지꼴이었습니다. 감옥에서 쓰는 말로 개털이었어요. 하도 짠해서 내가 십만 원 넣어주고 왔다니까요."

기회

쉬는 날 늦잠을 푹 자고 일어난 은서는 흐트러진 모습 그
대로 커피를 머그잔 가득 타들고 침대 가에 걸터앉아 작년
에 돌아가신 어머니를 추억했다. 대학 다닐 때만 해도 어떻
게든 졸업만 하면 취업해서 어머니를 모시고 살 생각이었
다. 그러나 역부족이었다. 어머니는 어쩌다 한 번씩 손수 농
사 지은 고추, 마늘, 참깨 등에 각종 밑반찬을 싸들고 왔다
가 반지하가 답답해 이틀을 주무시지 못하고 돌아갔다. 그
나마 세 끼 중 집에서는 저녁 한 끼도 겨우 먹는 둥 마는 둥
하는 은서에게 양념은 거의 필요 없었다. 그래도 어머니와
함께 살고 싶었는데, 어머니는 은서에게 짐이 되려 하지 않

왔다.

밭고랑에 쓰러져 있는 어머니를 이웃 사람이 병원에 데려 갔을 때는 이미 자궁암 말기였다. 치료비를 마련하려고 은서가 딴마음을 먹을까봐 오래전부터 앓고 있으면서도 고통을 참았다는 것이다.

"이년아. 니가 취직 못하고 있을 때 술집이나 나갈까, 했잖냐?"

어머니는 그 말을 유언처럼 남기고 갔다. 몹시도 울었다. 가난이 서러워 울었고, 그 가난에서 벗어날 희망조차도 없어서 울고 또 울었다.

슬픔에 잠겨 무의식적으로 커피를 홀짝이며 멍하니 앉아 있는데 방문을 두드리는 소리가 났다. 흔치 않은 일이다. 아니, 거의 없는 일이다.

"은서 씨. 접니다. 김강모!"

"김 경위님이 여기까지 어쩐 일이에요? 전화도 없이요."

"공무로 왔습니다. 문 열어주세요."

"자, 잠깐만요, 골목 입구 카페에서 기다려주세요. 금방 옷만 갈아입고 나갈게요."

어지러운 단칸방을 보여줄 수는 없다. 은서는 아직 그 누

구에게도 방을 보여준 적이 없다. 하지만, 김 경위는 막무가
내였다.

"아닙니다. 지금 당장 문을 열어야 합니다. 그렇지 않으면
압수 수색을 받게 됩니다!"

물러서지 않겠다는 확고한 의지가 담긴 단호한 목소리였
다. 문을 열어주고 허둥지둥 머리카락을 추슬러 묶으려는
은서를 앞에 두고 김 경위는 하나뿐인 의자에 앉았다.

"화장하지 않은 모습이 더 자연스럽게 아름답습니다. 흐
트러진 머리카락이 사나이 가슴에 불을 확 지르네요. 그냥
앉으세요."

"무슨 일이에요? 압수 수색이라니요?"

김 경위는 방안을 휘둘러보다가 책상 위에 시선을 멈췄다.

"압수 수색까지 할 필요는 없겠네요. 벌써 수색이 끝났거
든요."

"저, 정말 지금 기분 더럽거든요. 마음 같아서는 압수 수
색 영장을 가지고 오든지 말든지 김 경위님을 쫓아내고 싶
거든요. 이건 정말 예의가 아니잖아요!"

강모는 책상 위의 유리판을 손가락으로 톡톡 치면서 말
했다.

"이렇게 정교한 위조지폐를 만들어놓고 경찰 앞에서 예의 따지면 안 되죠. 은서 씨. 수사 과정에서 만 원권 홀로그램을 파는 놈을 잡았습니다. 정말이지 법만 아니라면 두들겨 패 죽이고 싶은 놈입니다. 컬러 레이저 프린터로 복사해서 그놈에게서 산 홀로그램을 붙인 위폐 때문에 정말이지 죽을 맛이거든요. 그렇게 만든 위폐로 조명이 흐릿한 노점에서 이삼천 원어치 물건 사고 거스름돈 받아가는 놈들 때문에 업무가 마비될 지경입니다. 그게 먹히는 줄 알면 너도나도 더 기승을 부릴까봐 언론에 엠바고를 요청해서 보도가 안 되어 그렇지, 날마다 수십 건입니다. 사실 이번 사건도 전담하라는 명령도 명령이지만, 그쪽으로 수사 인력이 집중되어 일손이 부족해 직접 뛸 수밖에 없는 겁니다. 은서 씨. 홀로그램 파는 사람을 수사하다 보니까 은서 씨 컴퓨터 IP 주소와 계좌가 나왔어요. 은서 씨도 홀로그램을 백 장 샀더라고요."

"제 IP랑 계좌는 어떻게 알았어요? 아무리 경찰이라지만 위법 아니에요?"

"모든 범죄 신고자는 조사하는 게 원칙입니다. 그리고 위폐 사건 같은 중대 범죄에는 수사 허용 범위가 폭넓게 적용

됩니다."

은서는 한국은행으로 찾아간 자신의 발등을 찍고 싶었다.

"쓸려는 마음도 없었고, 또 쓰지도 않았는데, 위폐 용의자로 뒷조사하다니요!"

김 경위는 목소리에 힘을 주었다.

"쓰든 안 쓰든, 위조지폐를 만들면 안 됩니다. 취미나 장난으로 하다가 실제로 나가 써서 그게 돈으로 통하면 걷잡을 수 없게 됩니다. 위폐범 대부분이 그렇게 간이 커집니다. 바늘 도둑이 소도둑 되는 거죠."

김 경위는 유리판을 들춰 지폐를 모조리 꺼냈다. 은서는 기가 막혔다.

"범행 증거물을 찾아냈으니 한 건 올렸네요. 이제 체포하세요."

김 경위는 말없이 은서의 위폐를 이리저리 살펴보더니, 심각한 얼굴이 되었다.

"디자인 전공이라더니……. 이거 잉크젯만 아니라면 큰일 날 물건이네. 은서 씨. 정말로 이거 한 장도 안 썼습니까?"

"썼으면 어쩔 건데요?"

"이 정도로 정교한 물건이라면, 실형을 살아야 합니다. 이

120

정도면 역대 급입니다."

"뭐라고요?"

"정말입니다. 은서 씨, 정말로 한 장도 안 썼습니까? 썼다면 저로서도 어쩔 수 없습니다."

은서는 김 경위의 뺨을 후려치고 싶었다. 사람을 우습게 봐도 유분수지, 위조지폐로 영세 상인들에게 거스름돈이나 받아먹었다고 의심하다니! 하지만 김 경위의 표정을 보니, 더는 감정을 앞세울 일이 아닌 것 같았다.

"그거 말고도 연습한 거 몇 장 앨범에 있어요. 남은 홀로그램 개수랑 맞춰보면 썼는지 안 썼는지 알겠죠."

은서는 앨범과 홀로그램 통을 김 경위 앞에 놓았다. 김 경위는 굳은 얼굴을 풀지 않고 핀셋으로 홀로그램을 낱낱이 헤쳐 세어보고 은서의 위조지폐를 거둬 담았다.

"다행입니다. 홀로그램을 한 장이라도 버려서 지폐와 홀로그램 개수가 맞지 않았다면, 은서 씨를 제 손으로 잡아갈 뻔했습니다. 이 위폐와 홀로그램은 제가 가지고 가서 은서 씨의 무죄를 증명하겠습니다."

"성은이 망극하네요."

"뭘요. 커피나 한 잔 주세요."

"가우스와 노이만의 진폐도 가져가세요. 그걸로 또 무슨 죄를 뒤집어씌울지 누가 알겠어요?"

"왜 사람을 그렇게 나쁘게만 봅니까? 하지만, 굳이 준다면 일단 증거물로 보관하겠습니다."

"증거물이요? 제가 진폐와 위폐를 바꿔치기했다는 누명을 씌우려고요? 그거 분명히 강모 씨 앞에서 한국은행이 돌려준 거예요!"

"은서 씨. 제발 그렇게 부정적으로만 판단하지 마세요. 그 지폐들 때문에 은서 씨가 슈퍼 원을 발견한 거 아닙니까? 그래서 주신다면, 대조 증거물로 보관하려는 겁니다. 액면가는 제가 지금 보상하겠습니다."

김 경위가 지갑을 꺼냈다. 은서는 발끈했다.

"사람을 아주 거지 취급하네요. 따귀 날리기 전에 지갑 집어넣고 인수증이나 써주세요. 나중에 또 뒤통수 맞기 싫으니까요."

은서가 앨범에서 빼준 진폐를 받은 김 경위는 인수증을 써줬다.

"화나게 해서 미안합니다만, 저도 은서 씨를 보호하기 위해서 휴일인데도 달려온 겁니다. 쓰지는 않았다고 주장해

본들 위폐를 만들었으니까 수사를 피할 수는 없어요. 이 위폐와 홀로그램을 내놓는다 해도 바로 무죄가 증명되는 것도 아니고요. 다른 홀로그램이라든지, 아니면 어떤 다른 방식으로 위폐를 만들지는 않았는지, 가지고 나가 쓰지는 않았는지, 일시 구속 상태에서 심문을 받아야 합니다. 그뿐 아니라, 이 집 말고도 학원까지 압수수색하고 은서 씨가 자주 다닌 가게까지 다 탐문하게 되어 있다고요. 그런 사태를 피하려고 당직 수사관이 나온다는 걸 말리고 제가 허겁지겁 달려온 거고요."

"고마워서 어쩌죠? 뭐로 이 은혜를 갚아야 하나요?"

"커피 한 잔이면 됩니다. 덤으로 은서 씨를 걱정하는 제 진심을 알아주면 더 고맙고요."

은서는 커피를 내주며 입술을 삐죽거렸다.

"말도 아닌 소리 하지 마세요. 재벌가 외동딸 아니면 눈도 떠보지 않을 사람인 줄 잘 알고 있다고요."

"아니요. 그냥 친구 하자고……요. 말도 편하게 하고."

은서도 더는 김 경위를 대접해주고 싶은 생각이 없었다.

"그래, 친구 해줄게. 친구 많이 해라. 됐나?"

"그래, 좋다. 말 올리느라 오글거려서 죽는 줄 알았거든.

은서야. 오늘 네 생얼, 안 본 걸로 할게. 흐흐."

　김 경위를 보내놓고 은서는 분노를 억제하느라 침대에 드러누웠다. 천장을 모니터 삼아 며칠 사이에 자신을 중심으로 일어난 일련의 사태에 대한 정보를 올려놓고 분석하고 또 분석했다.

　프린터에 지폐를 올려놓은 순간부터 잘못된 일이었다. 거기에서 한 걸음 더 나아가 위폐를 밀고했다. 비천한 행동을 자행해 인격을 상실한 것이다. 그랬기에 김 경위가 자신을 우습고 천하게 보고 집까지 쳐들어와 위폐를 내놓으라 강요하고 결국에는 반말을 한 것이다. 경찰의 끄나풀, 노리갯감이 되다니! 자신을 용납할 수 없었다.

　그리고 또 하나. 은서의 마음을 괴롭히는 게 있었다. 자신의 신고로 잡힐 위조지폐범이다. 살인이나 강도처럼 흉악한 일을 저지른 것도 아니고, 은서에게 직접적인 피해를 준 것도 아니다. ATM을 통과했다면 받은 사람도 진짜 돈으로 알고 썼을 터이니 누구에게 손해를 끼친 것도 아니다. 은서는 경찰에 단서를 준 만큼, 그 사람에게도 동등한 기회를 주고 싶었다.

　은서는 컴퓨터를 켜 지상파 방송국의 제보 창을 열었다.

124

저녁 뉴스 시간에 맞춰 텔레비전을 켰다. 헤드라인에 '긴급 속보! 은행 자동화기기를 통과하는 초정밀 위조지폐 출현! 당국, 종합 수사팀 꾸려'라는 자막이 흐르면서 상기된 얼굴의 앵커가 흥분된 어조로 말을 쏟아냈다.

　"대한민국 역사상 초유의 사태가 벌어졌습니다. 은행 자동화기기를 통과하고 전문가도 식별할 수 없는 초정밀 위조지폐가 나타나 당국이 범인 검거와 수거에 고심하고 있다고 합니다. 한국은행에 나가 있는 기자를 연결합니다."

　화면이 바뀌어 한국은행 본점 건물 앞에서 마이크를 들고 있는 기자가 나왔다.

　"지금 제 뒤로 보이는 한국은행 본점 안에 국가비상사태에 버금가는 긴급대책반이 구성되어 범인 검거와 위조지폐 회수에 나섰습니다. 저희가 단독 입수한 정보에 의하면 이 주일 전, 자동화기기는 물론 위폐 전문 감식기에도 걸리지 않는 위조지폐가 발견되어 한국은행 총재를 중심으로 국정원, 경찰, 검찰의 고위급 간부들이 모인 비상대책회의가 소집되어 수사 전담반을 꾸렸다고 합니다. 은행에서 찾은 돈이 위조지폐라는, 절대로 일어나서는 안 될 경제 테러가 일어난 것입니다. 워낙 중요한 사안이라서 그런지 한국은행 관계자는 확인을 거부했고 수사 관계자들 또한 극도로 말을 아끼고 있습니다만, 저희 취재원에 의하면 지금까지 세 장의 만 원권 위폐가 발견되었으며 앞으로 몇 장이 더 발견될지는 알 수 없다고 합니다."

스튜디오와 현장을 번갈아가며 뉴스가 진행되었다. 앵커가 질문했다.

"전문가도 감식해내지 못한다는데 어떻게 발견되었습니까?"

기자가 대답했다.

"위조지폐의 번호가 수집가들이 희귀하게 여기는 래더 번호였기 때문입니다. 래더 번호는 1234321처럼 좌에서 우로, 우에서 좌로 읽어도 같은 번호를 말합니다. 발견된 위폐는 0과 1로 이루어진 번호로 세 명의 수집가가 각기 수집해 수집가 카페에서 인증하는 과정에서 발견되었다고 합니다."

다시 앵커가 말했다.

"신고된 위폐를 소장했던 수집가의 말을 들어보겠습니다."

얼굴을 모자이크로 처리하고 목소리를 변조했지만, 은서는 그 사람이 누구인지 알 수 있었다. 가우스였다.

"고등학생 때부터 이십 년 가까이 지폐를 수집했기 때문에 저도 위폐 감식에는 전문가 수준이라 자부하고 있었는데 정말로 황당합니다. 은행 자동화 기기에서 뽑은 지폐가 위조지폐라니요? 듣지도 보지도 못한 일입니다. 저는 지금도 믿을 수 없습니다. 제가 가지고 있었던 지폐는 분명히 진짜였다고요!"

"현금 입출금기에서 뽑은 것이 분명합니까?"

"그렇다니까요. 전문 수집가는 수집 경위를 기록합니다. 수집품의 소장 경위가 가격 결정에 영향을 미치기도 하고, 진위를 가려주기도 하고, 소장에 흥미를 더해주기도 하기 때문입니다. 그 지폐는 길거리나 편의점에 있는 기기에서 뽑은 것도 아닙니다. 은행 지점의 365코너에서 은행 업무 시간 중에 뽑았다고요. 그 돈이 위조지폐라면, 위조할 수 있는 지폐를 만든 한국은행이 책임질 일이죠! 아무것도 모르고 은행에서 돈을 찾은 국민을 어떻게 범법자로 몰 수 있습니까? 슈퍼 달러라면 몰라도 슈퍼 원이라니요! 보도 듣도 못한 일인데, 나를 용의자 취급하다니요!"

화면이 스튜디오로 넘어갔다. 앵커가 배석한 다른 기자에게 물었다.

"스튜디오에 경제부 기자가 자리하고 있습니다. 방금 수집가가 슈퍼 달러, 슈퍼 원이란 말을 했는데 무슨 말입니까?"

경제부 기자가 마이크를 끌어당겼다.

"정교한 백 달러 위조지폐를 슈퍼 노트 혹은 슈퍼 달러라고 합니다. 우리 원화를 정밀하게 위조했으니 슈퍼 원이라고 부르는 것 같습니다. 지금까지 북한과 남미의 거대 마약 조직, 그리고 미 중앙정보국이 공작 차원에서 중동에 제공한 달러 원판으로 제작된 백 달러 지폐 정도가 슈퍼 달러로 알려졌을 뿐, 한국은행권 슈퍼 원이 나타난 적은 없었습니다."

앵커는 들고 있는 원고를 슬쩍 보고 나서 말을 이었다.

"앞서 인터뷰한 지폐수집가는 백 달러 슈퍼 노트를 발견해 신고한 적이 있을 정도로 한국은행의 전문가에 버금가는 감식 지식을 가지고 있다고 합니다. 그러한 전문가가 진짜로 믿을 만큼 뛰어난 위폐라면, 지금까지 세상에 나온 위조지폐 중에서 가장 정교하다는 이야기가 되지 않습니까?"

"그렇습니다. 아직 실물이 공개되지 않아서 확인할 수는 없지만, 비상 소집된 관계기관의 면면을 살펴보면 정부 차원에서도 심각하게 받아들이고 있는 것 같습니다."

"만약에 초정밀 슈퍼 원이 대량으로 유통된다면 어떠한

일이 생기겠습니까?"

"위조지폐의 대량 유통은 폭탄 테러보다 더 무서운 경제 테러입니다. 2차 대전 때 히틀러의 특명으로 제작된 영국 파운드 위조지폐는 영국 경제를 파탄지경으로 몰고 가 전쟁이 끝난 후 영국은 지폐를 무효화시키는 특단의 조처를 해야만 했습니다. 이처럼 위조지폐는 한 나라의 경제를 마비시킬 정도의 위력을 가지고 있습니다. 위조지폐가 대량으로 유통되면 물가가 급등하는 인플레이션과 함께 국가 신인도가 떨어져 수출입이 정지되고 결국은 경제가 마비됩니다. 즉 전쟁에 버금가는 사회 혼란이 일어나는 겁니다."

"지금까지 세 장의 위폐밖에 발견되지 않았다고 하는데, 사태를 너무 확대해서 해석하는 것은 아닌지요?"

"그럴 수도 있겠지만, 결코 가볍게 볼 사안이 아닙니다. 지난해 발행된 6차 만 원권은 달러화보다 훨씬 더 우수한 지폐입니다. 지폐 자체의 재질도 뛰어날 뿐 아니라 인쇄의 정밀도, 위조 방지 요소 등을 비교해봐도 세계 일급 수준입니다. 이 지폐를 감별하지 못할 수준으로 위조했다면 개인이 사용하기 위해서 만든 것이 아닐 수도 있습니다. 지금 기술 수준으로 분석해보면 아주 엉성했던 2차 대전 당시의 달러

지폐를 위조하기 위해 히틀러는 이른바 베른하르트 작전을 발령했습니다. 히틀러의 특명을 받은 게슈타포의 우두머리 하인리히 히믈러는 뛰어난 인쇄공과 화가, 제도공을 차출하고 포로 중 전직 은행원들을 찾아내 독일의 정교한 기계기술을 무제한 제공했지만, 달러의 제작은 지지부진했습니다. 달러 제조에 이백 번째 실패하자 히틀러는 한 달 이내에 위조지폐를 완성하지 않으면 모조리 총살시키겠다고 협박했다고 합니다. 결국, 이백오십오 번째 시도에서 만족할 만한 위폐를 만드는 데 성공했지만, 그때는 이미 전쟁이 끝나갈 무렵이어서 위조 달러는 사용되지 못했습니다. 그만큼 슈퍼 노트의 제작은 어렵습니다. 그러니까 2차 대전 당시의 달러보다 수십 배 더 뛰어난 현재의 6차 만 원권을 슈퍼 원 수준으로 제작했다면 개인이 아닐 수도 있다는 가설이 충분히 성립합니다. 대책반에 국정원이 참여하고 있는 걸로 봐서 북한에 의한 테러일 가능성에도 무게를 두고 있는 것 같습니다. 북한은 과거 한국전쟁 때도 원화를 위조한 전과가 있고 지금도 슈퍼 노트를 만들고 있지 않습니까?"

다시 한국은행 앞의 기자로 화면이 넘어갔다.

"다행히도 수사진이 위폐를 처음 사용한 용의자의 CC 카메라 영상을 확보했다고 합니다. 아직 공식적인 발표는 없지만, 비슷한 사건의 전례에 비춰 과학수사연구소의 화질 복원을 거쳐 공개수사를 할 것 같습니다."

그쯤 해서 은서는 텔레비전을 껐다. 그녀는 만족했다. 테러를 앞세운 제보가 먹혀들어 빅뉴스가 된 것이다. 개인이 만든 한두 장의 위폐 사건이라면 다루어지지 않을 수도 있고, 보도된다고 해도 끝 부분에 단발성으로 잠깐 언급되고 말았을 수도 있었다. 이제 범인이 검거될 때까지 뉴스 시간마다 떠들어댈 것이고 결국에는 범인도 뉴스를 보게 될 것이다.

휴대전화기가 울렸다. 김 경위였다. 은서는 전화벨이 멈추도록 받지 않았다. 벨 소리가 멈추자 곧바로 김 경위에게 메시지를 보냈다. 가운뎃손가락을 위로 세워 든 이모티콘 하나였다. 휴대전화기의 전원을 꺼버린 은서는 헤드셋을 뒤집어쓰고 음악을 감상하다가 잠이 들었다.

다음 날 아침 뉴스도 위조지폐로 들썩였다. 여기저기 방송사마다 기자들이 나서서 말을 보태고 만 원권에 들어 있는 위조 방지 요소가 수십 번 되풀이되고 있었다. 인쇄 전문가들이 나서서 위조에 필요한 기술들을 나열하기도 했다. 뉴스만 보고도 위조지폐를 만들 수 있을 지경이었다.

은서는 위조지폐에 대한 관심을 접고 일상으로 돌아갔다. 며칠 후 원장이 은서를 불러 김 경위가, 약속했던 경찰 공무원 위탁 교육 건이 예산이 없어서 할 수 없다고 취소했다며 대놓고 불편한 심기를 드러냈다. 은서는 원장의 좋지 않은 눈총에 전전긍긍하며 곧 있을 자격증 시험 예상 문제를 내다가 점심을 먹으러 학원 앞 분식집에 갔다. 벽에 걸린 텔레비전에서 정오 뉴스가 한창이었다. 정치권 소식을 전하던 앵커의 화면 밑으로 갑자기 자막이 흘렀다.

긴급 속보 – 초정밀 위조지폐 슈퍼 원 제작 용의자 자수

자막이 연속해서 반복되고 앵커가 진행하던 뉴스를 서둘러 마무리하고 속보를 전했다.

"방금 긴급 속보가 들어왔습니다. 초정밀 위조지폐 슈퍼 원의 제작 용의자가 서울 경찰청으로 찾아와 자수했다고 합니다. 경찰청에 나가 있는 기자를 연결합니다."

경찰청 앞에 서 있던 기자가 말을 쏟아냈다.

"전국을 뒤흔들던 희대의 위조지폐 용의자가 조금 전 자수해 지금 범행과정을 자백하고 있다고 합니다. 담당 수사

팀장의 말을 들어보겠습니다. 팀장님. 언제 범인이 자수했습니까?"

김 경위가 화면에 들어와 기자가 내미는 마이크에 대고 말했다.

"삼십 분 전에 위조지폐를 만들었다는 용의자가 수사팀을 찾아와 자수를 했습니다."

"어떻게 용의자가 자신이 범인이라는 사실을 증명했습니까?"

"쓰지 않은 위조지폐 일곱 장을 가지고 왔습니다."

"범인은 어떤 사람입니까?"

"위폐의 회수를 위해 범인의 신원을 밝힐 수 없음을 양해해주시기 바랍니다. 조속한 시일 내에 범인이 제작한 모든 위폐를 회수하고, 제작 시설을 압수하여, 국민 여러분께서 마음 놓고 지폐를 사용하도록 하겠습니다."

기자는 쉽게 물러서지 않았다.

"수사 과정에서 더 많은 위폐가 사용되었다는 것이 밝혀지면 전국적으로 대대적인 위폐 회수 대란이 일어날 수도 있지 않겠습니까?"

"범인은 위조지폐를 대량 제작하지 않았고, 기 발견된 세

장과 가져 온 일곱 장, 도합 열 장의 위조지폐밖에 제작하지
않았다고 진술하고 있어서, 진위 파악에 수사력을 집중하고
있습니다."

"대량 제작해 사용하지 않았다면, 무엇 때문에 위조지폐
를 만들었답니까?"

"수사 중인 사안이라서 더 이상 드릴 말씀이 없습니다."

김 경위가 화면 밖으로 나갔다.

은서는 크게 만족했다. 김 경위의 꼬리를 잡아 비틀어 머
리에 붙여 뫼비우스의 띠를 만드는 데 성공했다. 승진이 물
건너간 김 경위의 일그러진 얼굴이 눈앞에 떠올라 통쾌했
다. 은서는 자신이 던져준 기회를 잡은 범인의 선택이 현명
한 것이었기를 빌었다. 위조지폐를 신고한 죄책감이 조금이
나마 덜어진 것 같아 은서는 편한 마음으로 라면을 맛있게
먹었다.

현명한 선택

"아무래도 나는 관운이 없나 봐. 출세하려면 실력보다도 연줄과 돈, 아니면 운발이라도 있어야 하는데……."

김 경위는 애써 태연한 척했다. 은서는 막상 김 경위의 풀죽은 모습을 보니 약간 미안한 생각이 들기도 했다.

"그래도 네 활약이 제일 컸잖아?"

"그 부분은 윗선의 칭찬을 들었지. 아마도 인사고과에 조금은 반영될 거야."

은서는 자기합리화로 김 경위에 대한 미안함을 덮으려 했다.

"내 욕 하지 마. 나도 나름 공헌했다고. 내 덕분에 수사가 종결되어서 얼마나 많은 세금이 절약되었는지 계산해봐."

"문제는 그 사람이 하는 말들을 다 믿기 어렵다는 거야. 자수한 것부터 수상하지 않아? 잡힐 게 뻔하니까, 잃을 것과 얻을 것을 냉정하게 계산해서 자수한 것 같단 말이야."

김 경위는 커피잔을 만지작거리며 우울하게 말을 덧붙였다.

"도대체 그 사람, 어떤 사람이야?"

"너에게 범인이 잡히면 누구인지 알려주겠다는 약속 지키려고 오늘 만나자고 했어. 오후에 현장 검증이 있어. 너, 범인 보고 싶어서 위폐 신고했다면서? 현장 검증에 데리고 갈게 직접 봐라. 하지만 조심해라. 순진하고 착하게 보이는 겉모습과는 달리, 엄청나게 음흉한 놈이니까."

"왜? 그렇게 생각해?"

"범인은 쓰려고 만들지 않았다는 말 한마디로 행사할 목적이 없었다고 형법 207조항 적용 자체를 부정해버렸어."

"그럼 왜 만들었데?"

"돈을 만들 수 있는지, 자신의 실력이 어느 정도인지 증명해보려고 만들었다는 거야."

"그게 말이 되나?"

"그러게 말이야."

"정말로 열 장만 찍었대?"

"0과 1로 이루어진 번호 열 장 찍어서 ATM을 통과하는지 보려고 세 장을 넣었다 뺐고 뺀 돈은 다 자선단체 기부금 계좌에 넣었다는 거야."

"정말일까?"

김 경위가 콧방귀를 날렸다.

"말도 아닌 소리! 그 말을 듣는 순간 등골이 서늘하더라. 이놈 보통 놈이 아니라고, 우습게 보면 큰일 날 놈이라고."

"공범은?"

"단독 범행이라고 딱 잘라 말하고는 번복하지 않고 있어."

"정말로 혼자 만들었다면 천재 아냐?"

"위폐 제작한 걸로 천재라고 할 수는 없지. 내가 말을 하지 않아서 그렇지, 너도 조금만 더 나아갔으면 자연스럽게 잉크젯을 버리고 동판 인쇄로 진화해서 ATM쯤은 통과했을 거야. 못 믿겠으면 다음에 둘이 같이 만들어보자고."

"인쇄는 그렇다 쳐도, 홀로그램은? 그 사람은 어떻게 구했대? 홀로그램 기계까지 가지고 있었어?"

"홀로그램은 일본인 브로커에게 샀다더라."

"그럼 일본 경찰에 요청해 그 사람을 잡아야겠네."

"브로커는 엔화를 찍은 것도, 원화를 찍은 것도 아닌데 무슨 혐의로? 그래서 기가 막힌다는 거야. 빠져나갈 구멍을 다 파뒀어."

"변호사는? 국선이야?"

"국선은 아니야. 자수하기 전에 변호사를 선임했어. 하지만 판사나 검사로 임관된 적이 없는 지방 대학 출신으로 밥벌이도 힘든 허접한 초짜 변호사야."

"수임료가 쌌나보지?"

"우리 입장에서는 변호사가 만만하면 수사하기 편해서 나쁘지는 않아. 어찌되었든 나름대로는 방어벽을 쌓아놓고 자수한 모양이야. 네가 그럴 기회를 준 거지. 그렇게 따지고 보면 진짜 공범은 은서 너야."

"나도 잡아갈 수 있으면 잡아가."

"이제 아주 배 째라고 내미는구나?"

"강모야. 그 사람 정말로 진짜 돈을 한 번 만들어보려는 미친 사람일까?"

"그렇게 보기에는 뭔가 미심쩍은 점이 한둘이 아니야."

"정말로 그랬을 수도 있잖아?"

"자수했다는 것 하나로 모든 것을 자기 뜻대로 끌고 가 있어. 잘 짜인 각본처럼 너무 매끄럽게 흘러간다고. 인쇄소를 압수 수색했는데 인쇄 원판과 특수 잉크, 심지어는 자르고 남은 귀퉁이 종이까지 그대로 남아 있더라고. 마치 이게 전부고 더는 없다는 증거를 일부러 남긴 것처럼. 또, 여러 번 반복 진술을 시켜도 토씨 하나 틀리지 않는데, 그것도 영 마음에 들지 않아. 뭔가 숨기는 게 있을 텐데……."

김 경위가 말꼬리를 흐리며 식어버린 커피를 홀짝거렸다.

"거짓말 찾아내는 게 수사관 일이라면서?"

"너야 아마추어니까 쉬웠지만, 프로들은 달라."

"범죄자들의 거짓말을 밝혀내지 못하면 경찰이나 마나 아냐?"

"현장 검증을 하면 뭔가 더 나올지도 모르지."

"현장이 어디야."

"여기서 멀지 않아. 점심 먹고 같이 가자."

범인의 인쇄소는 은서의 학원에서 두 블록 떨어진 곳에 있었다. 현장에는 뉴스 전문 채널의 카메라 몇 대가 범인의 도착을 기다리고 있었는데, 그나마 인쇄소 입구를 막아놓은 노란색 폴리스 라인을 넘지 못하도록 경찰들이 막아섰다.

골목 입구에 들어서 취재 카메라가 보이자 김 경위가 은서의 소매를 잡아당겼다.

"언론에 얼굴 팔리지 않으려면 카메라 쪽 보지 마."

"초상권 요구해 모자이크 처리하라고 하지."

하면서도 은서는 머리카락을 얼굴 앞쪽으로 쓸어내리고 고개를 살짝 숙였다. 다행히 골목 밖 큰길 쪽에서 사이렌을 울리며 기동대 미니버스가 들어와 카메라가 그쪽으로 돌아갔다. 그사이에 김 경위는 통제선 앞에 서 있는 의무 경찰과 동네 순경에게 신분증을 보이고는 은서를 데리고 인쇄소 안으로 들어갔다.

인쇄 잉크가 덕지덕지 묻어 지저분한, 그렇고 그런 중간 규모의 인쇄소였다. 다른 점이라면 한두 가지 인쇄기를 놓고 전문적인 부분만 찍는 방식이 아니라, 보통 사람이 봐도 전혀 다른 일을 하도록 만들어진 기계들이 여기저기 놓여 있다는 것이었다. 한쪽 벽면에는 그간 찍어서 납품한 제품의 샘플인 듯 수십 장의 인쇄물들이 집게에 주렁주렁 매달려 있었다.

치킨 가게, 중국 음식점, 태권도 도장, 신축 빌라 분양 등등의 광고지가 대부분이고, 그중에 큰 건으로 보이는 것이라야 공연 포스터 정도였다. 인쇄물을 무심코 살펴보던 은서는 심장이 덜컥 내려앉는 것 같은 충격을 받았다. 중간에 삐쭉이 귀퉁이가 보이는 전단지는 은서가 디자인해준 아파트 분양 광고지였다.

은서의 등골에 식은땀이 흐르며 다리가 후들거렸다.

여기가 장대천의 인쇄소!

그렇다면 범인은!

은서는 주저앉지 않으려고 벽에 등을 기댔다.

은서의 창백한 얼굴이 심상치 않았는지 김 경위가 다가와 은서의 얼굴을 들여다봤다.

"왜 그래? 점심 먹은 게 체했어?"

화들짝 정신을 차린 은서는 딴전을 피우느라 가게 가운데에 있는, 어지간한 책상 정도 크기밖에 되지 않는 인쇄기를 가리키며 물었다.

"바탕을 저걸로 찍었대?"

"그렇다고 진술했어."

"에게. 저렇게 작은 걸로?"

"옛날 구식 동판 인쇄기인데, 크기는 작아도 큰 인쇄기와 똑같이 정교하게 컬러 인쇄를 할 수 있다더라고."

"한 가지 색밖에 못 찍겠는데?"

"아이고, 이번 사건으로 전 국민이 인쇄 전문가가 됐네. 한 가지 색을 찍고 닦아내고 다른 색을 찍어 세 번 삼원색을 찍으면 풀 컬러가 되는 거야. 어차피 누구처럼 컬러 잉크젯 프린터로 출력하지 않는 바에야 컬러 인쇄는 그렇게 따로따로 찍는다고. 컬러가 단번에 나오는 인쇄기도 단색 인쇄기 여러 대가 연결된 구조로 되어 있을 뿐이야."

"한 대로 여러 번 찍으면 핀트를 맞추기 어려워 앞뒤 맞춤 그림 같은 건 정확하게 찍기 어려울 텐데."

"경험자의 말씀일세. 범인이 공업고등학교 기계과를 졸업하고 십오 년 동안 인쇄기만 보듬고 살았다는데, 그 정도도 못 맞추겠어?"

김 경위와 은서가 인쇄소 안을 다 둘러보기도 전에 수갑을 차고 포승에 묶인 범인이 수사관을 앞뒤로 달고 들어왔다.

설마 했는데…… 장대천이었다.

앞장선 수사관이 김 경위에게 고개를 까닥 숙였다. 비디오카메라를 든 수사관을 비롯해 서너 명이 더 들어오자 은서는 김 경위의 등에 붙어 섰다. 반장인 김 경위가 현장 검증을 진행했다.

"장대천 씨. 서로 편하게 빨리 끝냅시다."

대천이 수그리고 있던 고개를 들어 인쇄소 안을 천천히 둘러봤다. 그 중간에 대천과 은서의 눈이 마주쳤다.

은서의 심장이 순간에 방방이질 쳤다.

대천도 은서를 본 순간 눈을 감으며 비틀거렸다. 어깨를 잡고 있던 경찰이 대천을 바로 잡아 세웠다.

"자. 시작합시다. 장대천 씨, 먼저 제판부터 재현해보세요."

김 경위의 채근에 눈을 뜬 대천은 애써 은서를 외면하면서 구석에 따로 칸막이 된 작은 방으로 가서 문을 열었다. 겨우 한 사람이 돌아다닐 크기의 암실이었다. 수사관들이 작은 문을 활짝 열고 대천의 일거수일투족을 사진과 동영상으로 찍고 메모했다. 은서도 김 경위의 등 뒤에서 암실 안을 넘겨다봤다.

대천은 김 경위가 꺼내준 만 원권 지폐를 벽에 붙여놓고 제판용 카메라로 찍는 시늉을 한 다음 필름을 꺼냈다.

"필름 현상은 전문 현상소에 보내서 했습니다. 인화하지 않았으니까 현상소에서야 뭘를 찍었는지 몰랐겠죠. 현상된 필름을 받아 아날로그 드럼 스캔하고 원색분해 해서 삼원색으로 나눈 다음 동판을 떴습니다."

대천은 두 손이 묶여 있어 어설프기는 했지만, 동판에 감광액을 바르고 필름을 노출한 다음 부식시키는 과정을 차례차례 보여줬다.

"이렇게 만든 원판을 이 동판 인쇄기에 올려놓고 한 장씩 수동으로 찍었습니다."

"다음에는 뭘 했습니까?"

김 경위가 재촉했다.

"이 금박기로 홀로그램을 찍어 넣었습니다."

"어디 한번 해보세요."

커피 기계처럼 생긴 간단한 기계가 구석에 있었다. 수동으로 금박을 찍는 기계였다. 대천이 기계의 선반에 종이를 올려놓고 레버를 잡아당기자 덜커덕하며 금속 막대가 내려와 종이를 짓눌렀다. 그 바람에 기계 전체가 흔들거리며 앞으로 넘어지려 했다. 대천이 재빨리 몸으로 밀어 벽에 다시 붙여 세웠다.

"숨은 그림은 어떻게 찍었습니까?"

김 경위가 수첩에 체크를 해가며 현장을 지휘했다.

"진술한 대로 오프셋에 잉크 대신 펄프 액을 넣어 찍었습니다."

대천은 가게 구석에 있는 작은 오프셋 인쇄기를 가리켰다.

"다음 단계는 뭡니까?"

"이제 다 만들었으니까 재단했죠."

"해보세요."

칼날이 길게 가로로 끼워져 있는 재단기는 크지 않았다. 인현동 지물포에 있는, '접근금지' 붉은 글씨가 내걸린 무시무시한 단두대가 아니었다.

"크기가 작지 않습니까?"

"베이비 오프셋은 판형이 작아서 큰 재단기가 필요 없습니다."

종이를 몇 장 올려놓은 대천이 스위치를 눌렀다. 재단기는 작동하지 않았다.

"만일의 사고를 대비해 전원을 전부 차단했습니다. 그냥 그대로 넘어가세요."

"이제 뭐 지문이 묻지 않도록 보호 필름 속에 넣어두었다가 은행으로 갔죠."

"수사하면서 인쇄소 여러 곳을 둘러봤는데 이런 수동 고물 기계를 쓰고 있는 곳은 한 군데도 없었습니다. 여기 와서 보니 인쇄소가 아니고 숫제 고물상인데, 언제부터 이 기계들을 썼습니까?"

"이곳에 인쇄소를 차릴 때 중고로 구했으니까 얼마나 오래된 기계인지는 모릅니다. 제가 쓴 지는 이 년쯤 됩니다. 이년 임대 계약이 다 되어가니까요."

현장 검증이 끝날 때까지 대천은 은서를 보지 않았다. 대천이 기동대 차에 오르는 뒷모습을 보고 은서는 가슴이 터질 것 같은 통증을 느꼈다.

'세상에나! 내가 저 사람을 감옥으로 보내다니!'

후회가 밀려왔다. 김 경위도 은서의 분위기가 심상치 않은 것을 눈치 챘는지, 때가 좀 이르기는 하지만, 칵테일이나 한잔하자며, 은서의 옷소매를 잡아끌었다. 마음이 무너진 은서는 넋이 나간 사람처럼 김 경위를 따라갔다.

칵테일 바에 들어선 은서는 물부터 한잔 벌컥 들이켰다. 김 경위는 은서가 숨을 돌리도록 기다렸다가 말했다.

"은서야. 솔직히 말해봐. 범인이 아는 사람이야?"

은서는 자신의 말이 어쩌면 대천에게 불리하게 작용할지도 모른다는 생각이 들어 거짓말하기로 작정했다.

"아냐. 비슷한 사람과 착각했어."

"정말?"

"그래."

"그런데 왜 그렇게 넋이 나간 표정이야?"

"내 표정이 그래?"

"아까 인쇄소에서는 귀신을 본 표정이었어. 범인을 보기 전에 벌써."

"신경 쓰지 마."

"지금 어렵게 미녀와 술 한 잔 할 기회를 잡았는데, 신경 안 쓰게 생겼어?"

은서는 억지로 미소를 지으며 화제를 돌렸다.

"대한민국 미녀들 모두 죽었나 보네. 강모야. 그럼 우리 데이트 하는 거야?"

"그렇다고 할 수도."

"그럼 너도 웃어."

"술 한 잔 마시면 웃음이 나오겠지."

김 경위가 손을 들어 웨이터를 불러 메뉴 판을 보지도 않고 주문했다.

"보드카 마티니. 얼음 띄우고, 레몬 얇게 썰고, 젓지 말고 흔들고."

은서는 픽 소리가 나게 웃고 말았다. 007 영화에서 제임스 본드가 입에 달고 다니는 대사였기 때문이었다.

김 경위는 은서를 웃겨 분위기를 바꾸는 데 성공한 것이 기쁜 듯 얼굴을 활짝 폈다. 은서도 반격했다.

"난 달달한 거 마실래. 모히토. 화이트 럼과 라임 반반, 설탕 두 스푼에 레몬 필 꽂아주세요."

"헤밍웨이 버전이구만."

하며, 김 경위가 소리 내어 웃고, 은서도 깔깔 웃었다. 대번에 분위기가 풀어졌다.

"중학교 때 헤밍웨이의 《노인과 바다》에 푹 빠져서 아직도 못 나오고 있어. 지금도 가끔씩 카리브 해의 석양을 바라보며 모히토를 마시는 꿈을 꿔. 휴~ 죽기 전에 코히마르를 가볼 수 있으려나. 돈 생기면 제일 먼저 쿠바로 달려갈 거야."

"꿈 한번 소박하구나."

김 경위는 의자에 몸을 묻으며 한숨을 푹 쉬었다. 어차피 둘 사이의 공통 화제라고는 위조지폐밖에 없었다. 은서가 김 경위에게 물었다.

"현장 검증에서 뭔가 나올 것 같다더니, 뭐 본 게 있어?"

"짜 맞춰도 그렇게까지 빈틈이 없을 수는 없어. 한 방 얻어맞은 기분이야. 너는 뭐 본 거 있어?"

"돈을 찍든, 광고지를 찍든, 인쇄 과정은 거의 다 같더라."

"컴퓨터 프린터를 쓴 거만 빼면 네가 위폐를 만든 과정과 거의 같았을 거야."

"그래서 속으로 깜짝 놀랐어. 인쇄기 옆에도 가보지 않은 내가 상식만으로 따라갔다는 게 너무 신기하더라."

"위조지폐라는 게 마음만 먹고 연구하면 어렵지 않다는 걸 알았겠네."

"지금 유도심문 하는 거야?"

"아니, 그냥 그렇다는 거지 뭐."

"그럼 이대로 사건이 종결되는 거야?"

"더 이상 수사해도 나올 것이 없으니 어쩔 수 없어. 그대로 검찰로 송치하는 수밖에."

"태산 명동에 서일필이라더니, 딱 그 꼴이네. 그럼 이제 다 끝난 거야?"

"진술과 증거가 일치하니, 언제까지 붙잡고 있을 수 없잖아. 반박하거나, 다른 범행을 입증할 증거도 없고."

"정말로 다 끝났다고 생각해?"

"내 생각이 어찌 되었든 이제 내가 더 할 수 있는 일은 없어. 오늘로 수사 전담반 해체할거야."

"같은 위폐가 나오면 회수하도록 위폐 감식 장치는 업그레이드 하겠지?"

"글쎄. 범인이 잡히기도 했고, 예산도 없고, 자칫하면 비밀 코드를 공개하는 꼴이 될 수도 있고. 그런저런 이유로 이른 시일 내에 업그레이드하기는 힘들 거야."

은서는 표정을 지워 멍청해 보이는 얼굴로 김 경위를 슬쩍 찔러봤다.

"만약에 범인이 열 장 말고 엄청나게 많이 찍었다 해도 그 돈이 위폐감식 전문가의 손에 들어가지 않는 한 알아볼 길이 없겠네? 반복되는 이야기지만, 누가 ATM에서 출금한 돈을 위폐라고 빼앗을 수도 없고."

김 경위는 은서의 포커페이스를 보며, 야릇한 표정으로 대꾸했다.

"저런 시설로 종일 찍어봐야 몇 장이나 찍었겠어?"

"그러게. 밥 빌려 죽 쑤어 먹는 짓이지."

다음 날, 은서는 강의를 동료 강사에게 떠넘기고 아예 인현동 인쇄 골목으로 출근해 종일 인쇄 골목을 돌아다니며 오프셋과 금박 인쇄소, 재단소 등을 둘러봤다. 그리하여 대천의 인쇄소에서 보지 못한 것을 보게 되었다.

은서는 공판 때마다 방청하며 재판의 추이를 지켜봤다. 대천은 법정에 들어서면 으레 방청석을 구석구석 살펴보고 나서 자리에 앉았다. 따라서 은서와는 매번 자연스럽게 눈도장을 찍고는 했다. 둘 다 애써 표정을 드러내려 하지 않았지만, 눈길이 마주칠 때마다 은서는 자신의 존재가 대천에게 안도감을 주고 있다는 사실을 무언의 느낌으로 알아챌 수 있었다. 김 경위도 공판에 빠짐없이 참석하고 증언을 하기도 했다.

검사의 논고는 준열했다. 탁월한 기능을 가진 인쇄공으로서 위폐 제작을 시도한 것 자체가 형법 207조를 범한 것이며 위폐 제작을 실행하고 은행 ATM에 사용함으로써 그 죄를 성립시켰다고 주장했다. ATM 통과라는 미증유의 범죄를 저질러 한국은행권도 슈퍼 원이 나올 수 있다는 사실을 실증, 모방범죄가 폭증하고 있어 사회적 경종을 울리기 위해서라도 엄벌해야 한다고 열변을 토했다.

"피고의 범죄 행위가 얼마나 위중한 것이며, 우리 사회에 얼마나 큰 해악을 끼쳤는지는 인터넷을 통해 입증되고 있습니다. 피고의 범행이 알려진 후, 인터넷에 피고를 옹호하는 카페가 수백 개 생겨나고 위조지폐 제작 방법을 게시하거나 부추기는 카페도 우후죽순처럼 생겨나 하루에도 수십만 명이 접속하고 있습니다. 지폐 원단과 흡사하다는 종이, 홀로그램, 특수 잉크 따위를 판매하겠다는 사람들도 공공연히 인터넷을 떠돌고 있어 네티즌, 특히 청소년들이 위조지폐 제작의 유혹에 무방비로 노출되고 있습니다. 그에 따라 검찰청 사이버 수사대의 업무가 폭증해 또 다른 사이버 범죄의 단속이 소홀해지고 있습니다. 존경하는 재판장님! 위조지폐 제조가 얼마나 무서운 범죄인지 일벌백계로 다스려 위조지폐를 만들면 어떠한 벌을 받게 되는지 국민에게 알려야 합니다."

그에 반하여 변호사의 변론은 지리멸렬했다. 기껏 한다는 소리가, 처음부터 위폐를 행사할 목적이 없었기 때문에 형법 207조 자체가 성립하지 않는다고 주장하고, 한국은행의 저작권 침해 부분도 지폐를 복제했지만, 처음부터 상업적 이득을 목표로 하지 않았고 이득은커녕 큰 손해만 봤기 때문에 인정할 수 없다고 앵무새처럼 되새김질할 뿐이다. 그래도 나름대로 최후의 변론에서는 최선을 다하는 모습을 보였다.

"의뢰인은 자신의 행위가 사회적 물의를 일으키자 즉각 자수해 위폐를 행사할 의지가 없었음을 밝혔습니다. 또한, 위폐 제작에 사용된 모든 기자재를 공개하고 압수 파기에 동의해 대량 제작 배포할 의사가 없었음을 분명히 했습니다. 제작 과정과 적용한 기술도 숨김없이 털어놓아 재범할 뜻이 없음도 증명했습니다. 자신의 행위를 깊숙이 뉘우치고 선처를 바라는 반성문도 썼습니다. 과거에 그 어떤 범죄도 저지른 전과가 없을 뿐 아니라 고등학교 졸업 후 쉬지 않고 성실하게 일하며 우리 사회의 일원으로서 책임과 의무를 다했습니다. 의뢰인이 자신의 행위로 그 어떤 금전적 이득도 꾀하지 않고 다만 인쇄공으로서 최고의 기술을 입증하려 했을 뿐이란 점을 재판장님께서 참작하기를 바랍니다."

최후의 변론이 검사를 움직였는지, 검사는 매섭던 기세와는 달리 삼 년을 구형했다.

선고 공판 날, 법정에 들어선 대천이 언제나처럼 방청석을 먼저 둘러봤다. 눈길이 마주치자 은서는 슬며시 웃으며 손을 살짝 흔들어 보였다.

판사가 최종 선고를 했다.

"피고 장대천의 형법 제207조, 저작권법 제136조의 위법이 본 법정에 제시된 증거와 증인에 의해 입증된바, 유죄를 선고한다. 이에, 피고 장대천이 우리 사회에 끼친 해악이 결코 작다 할 수 없고, 그 어떤 이유에서건 현행 통화권을 위조해서는 안 된다는 법률의 취지를 존중하고 모방범죄에 경종을 울리기 위해 금고 2년에 범행 수법의 전파를 막기 위해 독거 방 수감을 선고한다."

법정 최저형을 선고받은 것이다. 힘없는 변호사가 이끌어냈다는 것이 믿기지 않을 만큼의 성과였다.

선고 재판정에서 나서는 은서를 변호사가 황급히 따라나왔다.

"정은서 씨죠?"

"네. 저를 어떻게 아세요? 저는 초면 같은데요?"

"법정에 자주 나타나셔서 담당 수사관에게 물어봤습니다."

"무슨 일이죠?"

"의뢰인이 정은서 씨에 대해 물었습니다."

"뭐라고요?"

"은서 씨가 무슨 일로 경찰과 함께 현장 검증을 참관하고 재판 때마다 매번 방청을 하는지요."

은서는 솔직하게 말했다.

"제가 이 모든 일을 일으킨 실마리를 제공했기 때문이에요. 제가 처음 위폐를 수집해 똑같은 지폐가 있다는 사실을 알아내 한국은행에 제보했어요."

변호사가 고개를 크게 주억거렸다.

"그런 사연이 있었군요."

"경찰과 공조하다가 범인에게 경찰과 똑같은 기회를 줘야겠다고 생각해서 방송사에 제보해 뉴스를 터트린 것도 저고요. 하지만, 범인이 제가 알고 있던 사람일 줄은 꿈에도 몰랐습니다. 미안하기도 하고 믿기지도 않아서 재판을 지켜본 겁니다. 지금도 장 사장이 위조지폐를 만들었다는 사실이 믿기지 않네요. 인쇄실력도 별로였고, 너무 순진해 보여서 좀 덜 떨어진 사람으로 알고 있었거든요."

"제 의도도 그랬어요. 저로서는 온 힘을 다했는데, 선고 결과에는 만족하십니까?"

"무죄나, 집행 유예로 석방되지 않은 바에야 만족할 수는 없겠죠. 하지만 법정 최하형이니 성공하신 거죠. 처음에는 무척 걱정했는데 말입니다. 수고하셨어요."

"저도 예상하지 못해 깜짝 놀랄 만큼 검사가 구형량을 낮게 잡아 가능한 일이었습니다."

변호사는 잠시 말을 멈추었다가 조심스럽게 입을 열었다.

"정은서 씨는 아군입니까, 적군입니까?"

이 무슨 뚱딴지같은 소리인가?

"그런 흑백 질문에는 답하지 않겠어요. 다만, 장대천 씨가 저를 해치지 않는 한 저도 장대천 씨를 해치지는 않겠습니다."

"장대천 씨에게 오늘 대화 내용을 전해도 되겠죠?"

"저에 대해서 무슨 말씀을 하시려고요?"

"별거 아닙니다. 지금 나눈 대화 그대로입니다. 은서 씨가 위폐 신고자이지만, 언론에 터트려 의뢰인에게 방어할 시간을 주었다고 말입니다. 그리고 해칠 의도도 없다고요."

"그 정도라면 괜찮아요."

"또 연락을 드려도 되겠습니까?"

은서는 변호사와 명함을 교환했다.

이 주일 쯤 후, 변호사가 전화를 걸어왔다.

"만나 뵙고 드릴 말씀이 있습니다. 바쁘시더라도 시간을 내주시면 제가 그쪽으로 가겠습니다. 가까운 곳이니까 삼십 분 내로 갈 수 있습니다."

정중한 부탁이다. 꼭 자신이 장대천을 감옥으로 보낸 것만 같아 마음이 편치 않은 은서였다. 기다리겠다고 대답했다.

이십 분도 채 되지 않아 변호사가 소형 승용차를 직접 몰고 왔다. 변호사는 운전석에서 내려 조수석의 문을 열었다.

"차에서 이야기해도 되겠습니까?"

"그냥 여기서 말씀하세요. 무슨 일인지 들어보고 차에 탈지 말지 결정할게요."

"장대천 씨가 은서 씨를 한번 만나고 싶어 합니다. 시간과 수고에 대해 충분히 보답하겠다면서요. 저와 함께 가시면 언제든지 면회할 수 있습니다."

변호사의 전화를 받고 생각해둔 여러 갈래 예측 중의 하나였기에 바로 대답했다.

"교도관이 입회하지 않고 대천 씨와 둘이서만 이야기할 수 있다면 가겠어요."

"장소 변경 접견을 신청해야 가능합니다. 3급 이상의 고위직 공무원이나 기관원이 교도소장에게 요청해 특별 허락을 받으면요."

"그럼 안 된다는 말인가요?"

"아뇨! 다행히도 제 동기 중에 그런 위치에 있는 친구가 있습니다."

대천은 서울에서 멀찍이 떨어진 중부 지방의 교도소에 수감되었다. 변호사는 교도소가 제집인 양 했다. 보는 사람마다 인사를 나누며 일반 면회실이 아닌 다른 방으로 은서를 데리고 들어갔다.

은서는 긴장되어 떨리는 마음을 다독이며 대천을 기다렸다. 첫 데이트에 나갈 때보다 더 설레는 것 같았다. 대천이 들어왔다. 은서는 대천의 얼굴보다 먼저, 대천이 신고 있는 신발을 봤다. 언젠가 사교육법 위반으로 교도소에 갔다 온 학원장의 이야기를 들은 적이 있다. 교도소처럼 돈이 필요 없을 것 같은 곳에서 돈의 위력이 더 크다는 이야기였다. 담배 한 개비가 몇 만 원, 고급 신발이 몇 십만 원으로 현금처럼 유통된다는 것이다. 그래서 그곳에서 고급 신발을 신고 담배를 피우면 감방 동료는 물론 교도관들까지 함부로 하지 않는다고 한다.

대천은 최고급 신발을 신었다. 은서는 자신의 추리가 정확하게 맞아떨어지는 것을 느끼며 떨리는 가슴을 진정시켰다. 대천은 수감 생활에 불편이 없는 듯, 불안한 기색 없이 안정된 표정이었다. 교도관이 자리를 비우자, 은서가 먼저 말을 건넸다.

"반갑습니다. 학원 밖에서는 처음이네요."

은서의 웃는 얼굴을 보고 대천도 따라 미소를 지었다.

"이런 자리에서 만나자고 해서 정말 죄송합니다. 여기까지 와주셔서 정말 고맙습니다."

"무엇 때문에 저를 보자고 하셨어요?"

"고맙다는 말하려고요."

"고마워요? 나 때문에 감옥에 왔는데 고맙다니요?"

"죄를 지었으니 감옥에 와야지요. 그래도 선생님 때문에 그나마 변호사님 자문을 구하고 자수를 해서 옥살이를 조금 하게 되었지요."

은서는 순진무구해 뵈는 대천의 눈동자를 물끄러미 들여다보았다. 대천은 부담스러운 듯 눈길을 벽으로 돌렸다. 은서는 잠시 망설이다가 생각해두었던 말을 해버렸다.

"오프셋 인쇄기 다리와 바닥 사이에 묵은 때가 없더라고요. 인쇄기는 흔들리면 인쇄 정밀도가 떨어지니까 바닥에 단단히 고정하잖아요? 그래서 한 자리에 오래 놓고 쓴 기계들은 끈끈한 잉크와 종이 먼지가 엉켜 다리와 바닥이 한 몸이 되기 마련 아니에요? 금박기도 정밀한 인쇄를 위해 아주 용접해 벽에 고정해놓은 곳도 있고, 금박에 열을 올리기 위해 전기를 꼽아 쓰던데. 현장에 있던 금박기는 고정도 되어 있지 않고 그쪽 벽면에는 콘센트도 없었어요. 그래서 알게 되었어요. 장 사장님이 내놓은 증거가 모조리 조작되었다는 것을."

귀신을 만난 사람의 얼굴이 그렇게 될까? 순간에 넋을 잃은 사람이 된 대천이 신음처럼 말을 흘렸다.

"어, 어떻게 그런 것을!"

단번에 주도권을 잡은 은서는 짐짓 목소리를 부드럽게 깔았다.

"예전에 인쇄물 가지고 깐깐하게 굴어서 제 인상이 별로였나 봐요? 장 사장님, 저 그렇게 나쁜 사람 아니니까 마음 놔요. 장 사장님과 인쇄물 거래할 때 참 성실하고 착한 사람이라고 생각했어요. 그런 사람이 돈을 찍었다니, 지금도 믿을 수 없네요. 대천 씨를 해칠 마음이 있었다면 내가 알아낸 걸 경찰에 일러 수사를 원점으로 돌렸겠죠. 저는 처음부터 슈퍼 원을 찍은 사람을 한번 만나고 싶어 한국은행에 위폐를 가지고 갔어요. 대한민국 공권력의 힘으로 범인을 찾아내려고요. 그런데, 세상에 장 사장님이 범인이라뇨!"

분위기가 심상치 않자, 구석에서 뒷짐을 지고 있던 변호사가 끼어들었다.

"새로운 증거가 도출되지 않는 한 재수사는 없을 거요. 정 선생이 제기한 의혹에 대한 증거도 벌써 치워버렸으니까 여기서 끝냅시다. 사건은 종결되었소. 장대천 씨는 마음을 놓으시고, 정은서 씨는 더 이상 의혹을 제기하지 마시길 바랍니다. 더 이상은 제가 용납하지 않겠습니다."

목소리에 심상치 않는 기운이 들어 있어 은서는 변호사를 쳐다봤다. 얼굴이 굳어 있고 눈꼬리가 치켜 올라가 있었다. 재판정에서는 한 번도 보지 못했던 강단 있는, 표독한 표정에 은서는 움찔했다.

대천이 한숨을 푹 내쉬며 은서에게 물었다.

"은서 씨를 믿어도 되겠습니까?"

"그건 본인이 알아서 판단하세요. 우선은 여기 법칙에 순응해서 몸 상하지 마시고, 모범수가 되어 한 달이라도 빨리 나와 그때 술이나 한 잔 같이 마십시다. 따지고 보면 서로 알고 지낸 지 오래된 사이잖아요?"

"은서 씨 말대로 모범수가 되어 건강하게 출소해 꼭 술 한 잔 사겠습니다."

교도관이 들어오는 바람에 은서와 대천의 대화는 끝났다. 변호사가 불편한 일이나 필요한 물건은 없나 묻고 대천은 변호사가 아닌 은서에게 읽을 만한 책 몇 권을 골라 넣어 달라 했다. 교도소를 나서기 전에 변호사가 영치금을 넣었다. 돌아오는 차 안에서 은서가 변호사에게 말했다.

"재판이 끝났는데도 계속 보살펴주는 걸 보니 장 사장이 겉보기처럼 가난하지는 않은가 보네요."

"마음대로 생각하세요. 은서 씨를 보자고 한 진짜 이유는 따로 있습니다."

"말씀해보세요."

"수감 기간 동안 장대천 씨를 보살펴줄 사람이 필요합니다. 면회를 다니고 필요한 물건을 넣어주고 영치금을 채워놓을 사람이요. 제가 언제까지 다닐 수는 없거든요."

"왜요? 가족이 없어요?"

"결혼도 하지 않았고, 가족도 없답니다. 가족이 있다 해도 대천 씨 같은 경우 가까운 사람이 돈을 쓰게 되면 위험하죠."

"무슨 말인지 알겠네요."

"학원 강의가 없는 시간을 택해 자유롭게 다니면 됩니다. 하루 일당과 식비, 차편을 제공하겠습니다. 장대천 씨가 원하는 대로 넣어줄 영치금하고요."

대천의 손가락 잘린 거친 손이 눈앞에 떠올랐다. 돌볼 이 없는 혼자라는 사실도 남의 일 같지 않았다. 무엇보다도 은서가 보살필 사람이 생기는 것이다. 은서는 모성애와 자립심이 강한 시골 출신이다.

"제가 형편 닿는 대로 다녀보겠습니다. 대중교통을 이용하더라도요."

"아닙니다. 그러면 장대천 씨가 면회에 응하지 않을 겁니다. 언제 면회를 가신다고만 하면 제가 경비를 입금하고 차를 보내겠습니다."

"알겠습니다. 언제까지라고 약속은 할 수 없지만, 일단 몇 번 다녀볼게요."

변호사는 친절하게 은서의 학원 앞까지 데려다 주고 봉투를 내밀었다.

"수고하셨습니다. 장대천 씨의 인사이니 받으십시오."

은서가 선뜻 받지 않자, 변호사는 빙그레 웃으며 봉투 속에서 돈을 꺼내 보였다.

"진짜 돈입니다."

하긴, 대천의 위폐라 할지라도 ATM에 입금하고 은행 창구에서 출금하면 한국은행이 알아서 세탁해줄 터였다.

용의주도

교도소의 담은 높고 감방은 깊었다.

"조폐공사 떴다!"

누군가가 비명처럼 소리를 질렀다. 우르르 죄수들이 복도를 향해 몰려들었다.

"한국은행도 속아 넘어간 돈을 찍었다며?"

"자수하지 않았다면 잡히지 않았을 거라며?"

"야! 나 금방 나간다. 밖에서 빼줄 테니까 제대로 한번 찍자!"

"나, 인쇄 공장에 출역한다. 좀 가르쳐주라!"

"우리 방으로 들어와 범털 대우해줄게!"

너도 나도 한 마디씩 보태 누가 무슨 말을 하는지 모를 지경이다.

"조용히 해!"

대천을 데리고 가는 교도관이 소리를 꽥 질렀다. 순식간에 소리가 싹 사라졌다. 교도관이 대천에게 말했다.

"여기는 죄와 벌과 돈과 폭력이 서로 겨루는 정글이야. 네가 이기면 사람이 되어 나갈 것이고, 지면 더 끔찍한 놈이 되어 나갈 테지. 너는 특별관리 대상이라서 정치범이나 수감 중 사고 친 놈들 넣는 독방에 들어가고, 또 일하러 나가지 않는 금고형이니까, 저런 놈들과 만날 일은 운동 시간 외에는 없을 거야. 나쁜 놈들한테는 독방이 형벌이겠지만, 달리 생각하면 최대의 은총일 수도 있어. 잘 생각해봐. 죄와벌, 돈과 폭력. 이 네 가지 중에 어떤 힘에 기대 여기서 생존해야 할지."

"돈과 폭력은 그렇다 쳐도, 죄와 벌도 힘이 됩니까?"

"큰 죄 지은 놈, 큰 벌 받은 놈이 대우받는 곳이 여기뿐일까?"

"몇 사람을 죽이면 살인자지만, 수천 수만 명을 죽이면 영웅이 되고, 다 죽이면 신이 되고, 몇 사람 홀린 놈은 사기꾼이고, 수만 명 홀린 사람은 교주, 수천만 국민을 홀린 사람은 대통령이라는 말입니까?"

교도관은 걸음을 멈추고 대천의 얼굴을 들여다보다가 다시 걸음을 옮기며 말을 흘렸다.

"내가 사람을 잘못 봤나? 어디서 주워들은 개똥철학을 앵무새처럼 쫑알거리는 조무래기 피라미 아냐? 너, 공부 좀 많이 해야겠다."

며칠째 말없이 혼자서 넋을 잃고 앉아 있는 대천을 유심히 들여다보고 다니던, 맨 처음 대천을 데리고 들어온 교도관이 말을 붙여왔다. 정년이 다 되어가는 나이의 선임이었다.

"왜 그렇게 힘이 없어? 잡힌 게 억울해? 이 사람아! 돈을 찍을 때는 다 각오가 있었을 것 아냐? 도둑도 남의 집 담이 교도소 담이라는 각오가 서야 넘는 것이고, 옷 벗을 각오를 하지 않고서야 어찌 창녀가 돈을 받겠냐고! 빨리 적응해서 몸 건강하게 하루라도 빨리 나가는 게 최선 아니겠나? 마음 잡고 열심히 살아. 여기도 다 사람이 사는 곳이야. 너무 겁먹지 말라고."

대천은 대꾸하지 않았다. 교도관도 대천의 대답을 기다리지 않고 혀를 끌끌 차면서 지나가 버렸다. 교도관이 멀어지자 옆방의 무기수가 말을 건넸다. 한방을 쓰는 죄수와 싸움을 해 잠시 징벌방에 와 있다는 사람이다.

"조폐공사! '능사'가 뭔지 알아?"

조폐공사가 아주 대천의 별명으로 굳어져 누구든 대천을 그렇게 불렀다. 대답하지 않으면 해코지를 할지 몰라서 대답을 해주었다.

"능사요? 뱀 말입니까?"

"능구렁이란 말이야. 능구렁이! 소리 없이 기어 다니며 쥐를 잡아먹는 능구렁이. 산이나 들판보다는 주로 마을 주변 빈집 같은 곳에서 살기 때문에 뱀 중에서 사람과 가장 가까이 사는 뱀이지. 저 늙다리 별명이 능사야, 능사. 우리 학생들과 가장 가까이 살면서 우리를 잡아먹는 능구렁이. 하지만, 능사의 한자를 능할 능能에 일 사事로 바꾸면 모든 일을 다 잘한다는 뜻이지 않겠어? 여기서 살아남으려면 능사와 친해야 해. 능사가 돈만 주면 필요한 거 다 구해줄 거야. 좀 비싸기는 하지만 말이야. 공짜로 먹여주고 재워주고 입혀줘 돈 없이도 살 수 있는 곳이 교도소인 줄 알았겠지만, 천만의 말씀! 교도소야말로 돈이 가장 큰 힘인 곳이야. 돈만 많이 풀면 아무도 무시 못해. 잘 알아둬. 여기서는 능사가 조폐공 사야. 왠지 알아? 그 사람이 가진 물건과 정보가 바로 돈이 기 때문이지. 능사를 우습게 보면 큰일 나. 섣불리 대들다가 는 뼈도 못 추려."

무기수는 오랜 수감 생활 동안의 사색으로 제법 인생의 비밀을 엿본 듯했다.

"능사와 거래할 일은 없을 거 같은데요."

"글쎄. 과연 그럴까? 자네에게는 아직도 다른 사람의 능 력을 깔보는 자존심이 남아 있구먼. 그거 버리지 않으면 또 다시 죄를 짓게 될걸. 하긴 자존심만 버려도 석가, 예수보다 더 큰 깨달음을 얻겠지. 능사는 고수 중의 고수야. 너는 눈 에 보이는 것만 거래할 수 있다고 생각하겠지만, 정작 비싼 것은 눈에 보이지 않는 정보야. 너는 어떻게든 능사에게 돈 을 뜯기게 되어 있어."

다음 날 능사가 또다시 철창 앞에 서서 일장 훈시를 했다.

"아직도 뭘 잘못했는지 모르고 잡힌 게 억울하고 가두어 놓은 우리가 밉지? 나가서 다시 시작하면 절대로 잡히지 않 겠다고 다짐하고 있지? 그러지 말고 마음잡아. 기숙학교에 들어온 셈 치고 선생들 힘들지 않게 얌전히 살다가 가. 그게 누이 좋고 매부 좋은 길이야. 이 속에서 공부해 나간 사람들 많아. 옛날에도 귀양 가서 학문하고 예술 해서 이름을 남긴 사람들 많지? 서양에도 유배 생활 중에 철학을 완성한 사람들이 어디 한둘이야? 여기서 검정고시 합격해 나가 대학 간 사람도 많고, 책 읽고 종교 생활해 마음잡아 나간 사람도 많아. 세상사 다 마음먹기에 따른 거야. 그렇게 가만히 앉아 있으면 몸이 녹슬어. 옆방에 무기수 봐봐. 언젠가는 내보내 주겠지 하는 희망 버리지 않고 날마다 시도 때도 없이 철창 붙잡고 운동해서 아주 징역살이 붙어서 보디빌딩 대회에 나가도 입상하게 생겼어. 너도 하다못해 팔굽혀펴기라도 좀 해."

"저도 못다 한 공부를 할 기회라고 생각하고 있습니다."

"학사 고시반에 넣어줄까? 여기서 일 년 만에 학위 딴 사람도 많아."

"컴퓨터반이 있던데 지금 들어갈 수 있습니까?"

"지금 들어가려면 책을 좀 사야 할 거야. 그럼 내가 바로 넣어주지."

무슨 말인지 알 만했다.

"책을 넣어줄 사람은 있습니다."

"면회 다니는 아가씨 말이야? 미녀에 부자라고 소문이 자자하더라. 명품 백 들고 외제 스포츠 카 몰고 와 영치금 꽉 꽉 채워놓고 간다면서?"

변호사가 은서에게 보내주는 차는 십 리 밖에서도 눈에 확 띄는 빨간색 스포츠카였다. 변호사의 주도면밀한 예상은 적중했다. 은서에 대한 소문이 교도소에서 대천을 지켜주는 방패였다. 대천은 은서가 따로 사용하는 전화번호를 능사에게 가르쳐주었다.

은서는 계약을 충실히 이행했다. 일주일에 두 번씩 꼬박 꼬박 면회를 가서 책을 넣어주고 세상 돌아가는 이야기를 해줬다. 변호사 사무실에서 받는 돈은 곰팡내 나는 반지하 단칸방을 벗어날 꿈을 꾸며 한 푼도 쓰지 않고 모았다.

김 경위는 시도 때도 없이 지나가는 길이라며 학원으로 찾아오기도 하고 주말마다 은서와 데이트를 하려 안달했다. 덕분에 은서는 값비싸 엄두도 내지 못하던 뮤지컬도 로열석에서 보았고, 라면으로 때우던 점심도 호텔 레스토랑에서 먹곤 했다.

"장대천, 그 친구 일주일에 두 번 은서 너만 기다리며 사

는데, 네가 오면 얼마나 반갑겠어? 네가 할머니라 해도 정들
겠다야."

대천을 면회하러 나서는 은서를 김 경위가 건드렸다. 은
서는 발끈했다.

"대천 씨가 아니라, 내가 대천 씨를 좋아한다. 어쩔래?"

"대천 씨? 아쭈구리, 아주 친구가 되었나 보네."

"그래, 대천 씨도 나를 은서 씨라 부른다. 어쩔래?"

"하긴 알바 주는 사장님인데 어련하겠어? 그렇지 않아도
거기 갈 일이 있는데, 쫄리는 거 없으면 같이 가자."

"누가 너를 말리겠냐? 담당 수사관이었는데, 대천 씨가
싫다고 해도 마음만 먹으면 강제로 끌어내 면회하겠지. 그
럴 바에야 같이 가자."

"내가 운전할게."

고속도로에 들어서 강모는 과속 단속 카메라 사이 구간
엔 무섭게 몰았다.

"속도 줄여. 아니면 내가 운전한다."

"내가 언제 외제 스포츠카를 이렇게 몰아 보겠냐?"

"남자들은 차만 보면 어린애가 된다더니."

"아이고, 언제쯤이나 이런 차 사서 맘껏 한번 밟아볼까?"

"경찰 봉급으로는 어림도 없으니까 애저녁에 꿈 깨라."

"그래서 매주 로또 사서 혼자만 당첨되게 해달라고 기도 한다고."

"꿈이 소박해서 백억이면 다 되나 봐?"

"백억? 글쎄. 내 꿈을 다 이루려면 어림도 없지. 제트기, 요트, 말리부 별장, 미스코리아까지 다 가지려면."

"그래, 꿈은 소중한 거야. 월트 디즈니가 그랬다며? 꿈을 꿀 수 있다면 이룰 수 있다고. 잘해봐라."

"그게 내 좌우명이야."

"그래, 그렇고말고. 당신의 꿈이 두렵지 않다면, 꿈이 충분히 크지 않은 것이다!"

"역시 너하고는 꿈이 통한다니까."

"꿈 그만 꾸고 운전이나 똑바로 해."

대천은 은서와 함께 면회실에 들어온 김 경위를 보고도 놀라지 않았다.

"내 나름대로 안면을 통해 대천 씨 수감 생활 보살펴 달라고는 했습니다만, 어떻습니까? 특별히 어려운 점은 없습니까? 괴롭히는 사람이라든가, 몸이 아픈 곳이라든가?"

"불편한 것은 없습니다. 이렇게 와주셔서 감사합니다. 그렇지 않아도, 수사 과정에서 친절하게 대해주셔서 고마웠는데 어떻게 인사를 드려야 하나 고민했거든요. 정말 고맙습니다. 여기서 생활하는 건 불편하거나 힘들지 않습니다. 어려서부터 힘들게 살아와서 이 정도쯤은 견딜 만합니다."

"이곳 규칙 잘 지켜서 건강하게 출소하기를 바랍니다. 건강한 모습 보니까 마음이 놓입니다. 나는 이곳에 볼일이 좀 있어서 먼저 나가겠으니, 은서와 편하게 이야기 나누세요."

김 경위가 나가자 대천이 물었다.

"은서 씨. 김 경위랑 사귑니까? 서로 말 놓는 사이로 보이는데, 잘해보세요. 경위면 고시 합격한 판검사 부럽지 않은 신랑감 아닙니까? 은서 씨를 백마에 태우고 갈 왕자잖아요?"

은서는 일부러 픽 소리 나게 웃었다.

"사람 뒤통수 칠 수밖에 없는 경찰이라는 직업도 싫고, 김 경위처럼 거들먹거리며 사람 얕잡아 보는 사람은 더더욱 싫어요. 나처럼 돈 없고 배경 없는 여자가 김 경위 눈에 차겠어요? 괜스레 마음 있는 척 사람 가지고 놀면서 대천 씨 감시하는 거죠. 그래서 저도 김 경위가 나를 대하는 그대로 똑같이 얕잡아 반말하는 거예요."

"아, 예. 그래도 너무 멀리 두지는 마세요."

"그래서 대천 씨가 출소할 때까지는 너무 멀리도 가까이도 하지 않고 꼴 봐주려고 해요."

돌아오는 길에 김 경위가 농담처럼 가볍게 말을 던졌다.

"장대천이 너 보는 눈길이 장난이 아니더라."

"야가, 이제 아주 돌았나. 나한테는 대천 씨보다 네가 더 위험인물이다."

"내가? 설마? 왜?"

"건방진 경찰 마누라 되기는 싫거든."

"우와 거기까지 생각했어? 이거 대박인데. 지금까지 장대천 돈 얼마나 썼냐?"

"대천 씨 돈이라니?"

"변호사가 주는 돈 말이야. 네가 그 돈으로 사방에 기름 칠하고 있잖아. 대천이 살기 편하게."

"생사람 잡지 마. 영치금 말고 받는 돈은 몇 푼 되지 않는다고."

"글쎄. 못 믿겠는데? 장대천 관리하고 있는 능사라는 교도관, 그놈 죄수들 등쳐먹고 사는 아주, 아주 진짜 나쁜 놈이야. 돈 안 먹고는 뒤를 봐줄 놈이 절대 아니지."

"나는 몰라."

"아까 장대천 잘 돌보고 있으니 걱정하지 말라는 말을 능사한테 들었는데, 이제야 확실히 알았어."

"뭘 알았다는 거야?"

"장대천이 왜 자수했는지 말이야."

"체포되는 것보다 자수하는 편이 유리했잖아. 너도 그렇게 이야기하지 않았어? 그래서 형도 조금 받고."

"나도 처음에는 그렇게 생각했는데, 그게 아니었어. 장대천은 감옥으로 도망 온 거야. 바로 너 때문에!"

"뭐라고?"

"네가 위조지폐를 발견해 신고한 것까지는 잘했다고 하자. 하지만, 네가 언론에 정보를 흘린 건 대천을 도와준 게 아니라 죽음의 구렁텅이로 몰아넣는 짓이었어."

"너 뒤끝 작렬이다. 아직도 나 때문에 승진 못 했다는, 꽁한 마음 가지고 있나 봐. 강모야. 헛소리 마, 내가 언론에 알리지 않았으면 대천 씨는 아무것도 대비하지 못하고 붙잡혀 중형을 받았을 거 아냐."

"천만의 말씀! 장대천은 네가 언론에 떠들지 않았으면 자수하지 않았을 거야. 장대천이 ATM에 입금하는 순간의 CC 카메라 화면을 찾아냈는데, 장대천이 아니었어."

"그럼 공범이 있었다는 말이야?"

"아니, 장대천은 가발과 안경을 쓰고 여장을 하고 있었는데, 폐쇄회로 카메라 화면으로는 절대 잡을 수 없을 만큼 완벽한 변장이었어. 장대천이 자수한 다음에, 장대천이라고 생각하고 그 화면을 다시 봤는데도 알아볼 수 없었단 말이야. 그런데도 장대천은 자수했어. 뭔가 이상하지 않아? 그래서 나는 대천이 자수한 꿍꿍이가 따로 있을 거로 생각했는데, 오늘에야 비로소 확실히 알게 되었어."

"뭘 알았다고 자꾸만 이상한 소리를 하는 거야?"

"장대천이 재판 때마다 방청석을 둘러볼 때, 너를 찾는 줄 알았지? 아니야. 대천이 찾는 사람은 따로 있었어."

"누군데?"

"마루보."

"마루보가 누군데?"

"일본 야쿠자를 경찰에서는 그렇게 불러."

"야쿠자? 일본 조직깡패 말이야?"

"그냥 폭력 조직이 아니야. 정계와 재계까지 침투해 있고,

합법적인 사업체도 많이 가지고 있어. 홈페이지도 있고 대변인도 있고 공개적인 조직 사무실도 있다고."

"왜 마루보가 대천을 쫓는데?"

"왜 그런지는 모르지만, 카즈키 지로라는 마루보 중견 간부가 대천의 공판장에 두 번이나 왔어."

"카즈키 지로?"

"한국 관련 사업을 총괄하는 사람이야. 인터폴에 등록될 정도로 얼굴이 알려진 거물급 국제 조폭이 왜 대천의 공판장에 두 번씩이나 와서 고개를 당당히 들고 장대천을 쏘아보고 있었을까? 장대천이 그 정도 거물은 아닌데 말이야."

"그걸 내가 어떻게 알아?"

"정은서. 너 장대천에 대해서 얼마나 알고 있어?"

"내가 뭘 알겠어? 다 네가 아는 그런 정도지 뭐. 개인적인 이야기를 할 기회도 없었고."

"장대천이 어떻게 카즈키 지로를 알게 되었을까?"

"카즈키 지로 한 사람 보고 너무 비약하는 거 아냐?"

"아니야. 대천이 자수한 날부터 일본 경찰에서 인터폴을 통해 자꾸만 수사 기록을 요청하고 전담 경찰이 한국까지 출장 오기도 했어. 그때 일본 경찰이 그리더라고, 마루보가 대천에 대한 자료를 수집한다고. 은서야. 튼튼한 담 속에서 총을 들고 보초를 서주는 교도소보다 더 안전한 곳이 대한 민국에 어디 있겠어?"

"말은 그럴듯한데, 너 진짜 머리 나쁘다. 한국 돈 몇 장 찍었다고 일본 야쿠자가 죽이려고 달려든다는 게 말이나 되냐? 아예 소설을 써라 소설을."

대천의 수감 생활은 평온했다. 대천은 모범 학생이었다. 책 보고 운동하고 규칙적으로 밥 먹고 규칙적으로 잤다. 컴퓨터 공부도 열심이었다. 수형 규칙을 단 한 가지도 어기지 않는 착한 학생이었다. 그렇게 일 년이 다 되어가던 어느 날, 대천의 평화를 송두리째 깨트리는 사건이 발생했다.

면회를 온 은서가 막 발권된 오만 원권 지폐를 보여준 것이었다. 대천은 은서가 면회실 유리창에 밀착시킨 오만 원권을 면회 시간 내내 숨소리도 내지 않고 뚫어지게 봤다.

감방으로 돌아온 대천은 그때까지의 규칙적이던 생활을 다 던져버리고 돌아누워 멍하니 초점 잃은 눈동자로 벽면만 바라봤다. 밥도 거의 먹지 않아 능사가 걱정했다.

"무슨 일이야? 애인이 변심했어? 몸이 좋지 않으면 진료를 신청해. 잘하던 사람이 갑자기 왜 이래?"

능사를 물끄러미 쳐다보던 대천이 결심한 듯 철창에 바짝 다가서 능사에게 속삭였다.

"새로 나온 오만 원짜리 한 장 넣어주는 데 얼마면 되겠습니까? 그걸 보면 기운을 차릴 것 같습니다."

"현금 반입은 열 배야."

다음 면회 때, 은서가 반입한 책을 능사가 가지고 왔다.

"내가 검열 넘겨서 가져왔어. 검방할 때 걸리지 않도록 잘 지켜."

책 표지 날개 안쪽에 칼날처럼 빳빳한 오만 원권 새 지폐 한 장과 만 원 크기의 하얀 종이 한 장이 끼워져 있었다.

다음 날부터 대천의 생활 자체가 바뀌었다. 편지지와 필기구를 신청해 종일 그림만 그렸다. 눈에 보이는 건 뭐든 정밀 묘사했다. 왼손을 여러 가지 모양으로 쥐어가며 그리기도 했고 자화상을 그리기도 했다. 어느 날은 능사의 초상화도 그렸다. 능사도 감탄했다.

"재주 좋네. 정말 그냥 썩히기 아까운 재주구먼. 보아하니 돈 좀 짱박아 놓은 거 같은데 그 돈으로 손 씻고 공부 좀 해서 화가로 나서도 밥벌이는 하겠는걸."

"뭘요. 잔재주일 뿐이죠. 교도관 생활 오래 하시면서 저보다 뛰어난 실력자들 많이 보셨잖습니까?"

"그래서 하는 말이야. 나도 그림 보는 눈깨나 있는데 자네는 정말로 타고난 게 보인다고."

능사의 이야기를 귀담아듣는 듯 공손한 태도를 보이던 대천이 말을 던졌다.

"김산호란 사람이 얼마 전에 이쪽으로 이감되었다는데 찾을 수 있겠습니까?"

"김산호라……. 알지, 알고말고."

능사가 정말로 능구렁이 같은 징그러운 미소를 지으며 말을 이었다.

"네가 언제쯤 산호를 찾을까 기다렸지. 만나고 싶어?"

"네. 얼마면 되겠습니까?"

다음 운동 시간에 대천은 김산호를 만날 수 있었다. 김산호는 멀리서 봐도 몹시 불안한 모습이었다. 옷도, 신발도 허름하기 그지없었다. 마흔이라는 나이보다 열 살은 더 늙어 보였다. 비쩍 말라 광대뼈가 산처럼 솟아 보이는 창백한 얼굴이었다. 수감 생활이 쉽지 않은 모양이었다.

아무 말 없이 산호에게 다가간 대천은 은서가 끼워 넣어준 빈 종이를 내밀었다. 선뜻 받지 않고 무슨 일인가 의아한 표정으로 종이를 보던 산호의 얼굴이 순식간에 얼어붙었다. 한참 동안 종이를 쏘아보다가 주춤주춤 손을 내밀어 종이를 만져본 산호가 고개를 들어 대천을 봤다. 겁이 잔뜩 든 얼굴이었다.

"이, 이 원단을 어, 어디서?"

"장대천입니다. 경찰도 아니고 조직도 아니니까 마음 놓으세요."

김산호는 대천의 부드러운 말에도 얼어붙은 낯을 풀지 않고, 한걸음 물러서며 다시 물었다.

"경찰의 함정 수사가 아니라면, 이 원단을 어디서 구했는지 말해."

"삼 년쯤 전, 일본 사람들이 가져다준 겁니다."

김산호는 뒤로 주춤주춤 물러서다가 몸을 돌려서 가려고 했다. 대천이 황급히 산호의 옷깃을 잡았다.

"형님을 만나려고 일부러 자수해 여기까지 왔습니다."

산호는 대천보다 다섯 살 연상이다. 걸음을 멈춘 산호가 잠시 눈을 감았다가 떴다.

"장대천. 장대천. 아! 조폐공사가 바로 너야?"

"그렇습니다."

김산호의 얼굴이 다시금 어두워졌다.

"삼 년쯤 전, 일본이라고? 네가 어떻게 그걸……."

김산호가 말을 맺기 전에 운동 시간의 끝을 알리는 사이렌이 울렸다. 황급히 돌아서 가는 산호의 뒤통수에 대고 운동장이 울리도록 큰소리로 대천이 말을 던졌다.

"형님! 이제부터 제가 모실 터이니 마음 놓으십시오!"

조폐공사가 모두가 듣도록 형님이라 불렀으니, 다른 말이 필요 없었다. 그 시간부터 수감자든 교도관이든 김산호를 알아서 모셨다. 은서는 다음 주부터 김산호도 면회하고 영치금을 넣어줬다. 변호사가 경비를 조금 더 입금시켜주고 산호도 돌봐달라고 했기 때문이다. 산호를 먼저 면회하고 온 은서가 대천에게 물었다.

"산호 씨가 몇 사람이 지금 어디서 뭐 하고 있는지 조사해달라고 하는데 어쩔까요?"

"변호사에게 연락해서 부탁을 들어주고, 조사 결과를 저한테도 알려주세요."

그럭저럭 속절없는 세월이 흘러 대천의 출소일이 다가왔다. 모처럼 은서가 김 경위에게 만나자고 전화를 했다. 김 경위가 두말없이 왔다.

"무슨 일이야? 네가 먼저 만나자고 하다니?"

"이 주 후면 대천 씨가 출소해."

"벌써 그렇게 되었나?"

"그래서 말이야. 출소할 때 나랑 같이 대천 씨를 데리러
가자."

"대천이 부탁한 거야?"

"그래. 네가 와주면 정말 고맙겠다고 하더라."

"또 다른 말은?"

"너랑 같이 오지 않을 거면, 나도 절대 오지 말래."

김 경위는 입을 다물고 눈을 감고 잠시 생각을 한 다음에
대답했다.

"은서야. 대천이 왜 그런 말을 했는지 알아?"

"모르겠는데?"

"출소하는 날 교도소 앞에서 마루보가 기다리고 있을 거
니까 그런 거야."

"정말?"

"틀림없어. 은서야. 지난 이 년 동안 나를 괴롭혔던 생각
이 하나 있었어."

"뭔데?"

"대천의 형량이야. 어떻게 해서 그렇게 잡아 죽일 듯 사납게 달려들었던 검사가 겨우 삼년을 구형하고, 그렇게 허접한 변호사가 법정 최하형을 받아냈는지. 도저히 이해할 수 없었어. 내 예상은 구형 10년에 실형 5년 이상이었어. 지금까지 내가 예측한 형량이 그렇게 빗나간 적은 거의 없었거든."

"대천 씨가 지은 죄가 그렇게 크지 않았던 거야. 변호사도 최선을 다했고."

김 경위가 고개를 천천히 흔들며, 대답했다.

"아냐. 아냐. 은서, 너는 아직도 세상을 모르고 있어. 판사, 검사, 변호사. 이 세 사짜들 그렇게 순진하고 만만한, 상식적인 놈들이 아니야. 그래서 그 찌질이 변호사 뒤를 좀 팠어. 그래서 퍼즐을 다 맞추었지."

"변호사, 지금 봐도 별 볼일 없는 찌질이던데, 뭘. 조그만 오피스텔에 전화 받는 사무원 아가씨 하나 두고 사무장도 없이 발로 뛰는 모양이던걸."

"그래, 돈 되는 변변한 사건 하나 수임하지 못하고 파산이나, 개인회생 따위나 대행하면서 서류 심부름으로 목구멍에 풀칠하는 걸로 보이지. 하지만!"

"하지만?"

"겉보기와는 다른 놈이었어. 그놈이 서류 심부름 전담해 주는 회사가 티비에서 전화 한 통화로 돈을 빌려준다는 일본계 대부회사야. 그리고 그 회사를 마루보가 운영하고 있다는 것은 비밀도 아니고."

"그게 뭐 어때서? 변호사도 먹고 살아야지."

"은서야. 아직도 모르겠냐? 우리 모두 지금까지 장대천, 그놈 손바닥 위에서 놀고 있어. 그놈이 돈이 없어서 허접한 변호사 선임한 게 아니야. 일단 허접하게 보이는 변호사를 선임해서 경찰과 검찰을 물 먹인 뒤, 마루보가 윗선에서 손을 써 최저형을 이끌어내도록 한 거야."

"말도 안 돼. 대천 씨는 그럴 만한 머리가 없어."

"과연 그럴까?"

"그럼, 왜 대천 씨가 마루보 변호사를 선임해 뒤를 봐주도록 하고서는, 막상 출소할 때는 마루보를 무서워하는 거야?"

"은서야. 대천이는 자수한다는 것을 마루보에 알리려고 자수하러 오는 길 경찰청 앞에서 전화를 걸어 그 변호사를 수임했어. 그래서 마루보는 대천의 예상대로 대천을 빨리 꺼내어 잡아가려고 뒤를 봐주었고."

"그건 네 추리 소설이고. 어쩔 거야? 대천 씨 데리러갈 거야?"

"가야지. 정식으로 출소자 신변 보호 요청해서 순찰차 차출해 갈게. 그것이 대천이가 원하는 거야. 그날은 그렇게 하기로 하고. 은서, 너 장대천 출소하면 어떻게 할 거야? 한 달에 여덟 번씩 꼬박꼬박 짭짤한 알바였는데."

"뭘, 어떻게 해. 살던 대로 학원 나가며 살아야지."

"학원생도 줄어 문 닫을 거 같던데?"

"누가 내 걱정하래? 식당 서빙이라도 하지 뭐."

출소 날 새벽 여섯 시, 은서와 김 경위는 순찰차 두 대를 차출해, 한 대에 은서를 태우고 직접 운전을 해 교도소 정문에 바싹 정차했다.

대천은 건강한 모습으로 나와 김 경위와 은서에게 말없이 고개를 숙여 인사했다. 김 경위는 대천과 은서를 뒷좌석에 태우고 운전석 문을 열기 전에 교도소 앞길을 천천히 둘러봤다. 건너편 차선에 육중한 대형 벤츠가 세 대 세워져 있었다. 김 경위는 차에 타지 않고, 보란 듯 수첩을 꺼내 차 번호를 적고 스마트폰으로 차적을 조회했다. 교도소 정문 앞의 서치라이트 안이라서 길 건너편에서 환히 보일 터였다.

김 경위는 차적 조회를 본 다음에야 운전석에 올라 출발했다. 순찰차 한 대가 앞장서 에스코트 했다.

벤츠들은 따라오지 않았다. 김 경위는 고속도로에 진입할 때까지 입을 꼭 다물었다.

은서가 참지 못하고 물었다.

"그 벤츠들 정말로 대천 씨와 연관이 있는 차들이야?"

김 경위는 은서의 말을 무시하고 대천에게 말했다.

"장대천 씨. 여기까지 정말 멋있게 헤쳐 나왔소그려."

대천이 약간 쉰 듯한 목소리로 대답했다.

"김 경위님과 은서 씨가 도와준 덕분이죠."

김 경위가 목소리를 약간 높였다.

"대천 씨. 이 마당에 더 이상 선수끼리 공 차지 맙시다."

은서가 끼어들어 김 경위를 나무랐다.

"이제 출소한 사람에게 무슨 시비야!"

"시비 붙은 게 아니야. 이제 그만 서로 피곤하게 하지 말자는 거지."

"교도소에 있었던 대천 씨가 김 경위, 너를 어떻게 피곤하게 했다는 거야?"

"대천 씨가 더 잘 알겠지. 은서야. 교도소 앞에 세워져 있던 벤츠는 내 예상대로 그 대부회사 법인 등록 차량들이었어. 아무리 마루보라 해도 순찰차를 뒤쫓을 수는 없었겠지. 그건 대천 씨의 예상대로고."

대천은 눈을 감고 헤드 레스트에 머리를 기댔다.

한참 후, 김 경위가 다시 말을 걸었다.

"대천 씨, 수사 과정에서는 어쩔 수 없이 좋지 않은 말을 했지만, 개인적인 감정은 없는 줄 알지요? 앞으로는 편하게 지냅시다."

대천이 대답했다.

"뭐, 우리가 다시 만날 일이 있겠습니까?"

"글쎄. 사람 일을 누가 알겠습니까? 어디로 갈 겁니까? 은서 집으로 갈까요?"

대천이 황급히 손사래를 쳤다.

"내가 감히 어떻게! 은서 씨와는 오늘 부로 계약이 끝났습니다. 서울 들어서면 가까운 전철역에 내려주세요."

은서가 민망할 정도로 대천은 손을 내저었다. 김 경위가 의외라는 표정을 지으며 다시 물었다.

"기왕에 탔으니까 목적지까지 데려다 줄게요."

은서가 거들었다.

"그래요. 갈 곳까지 가세요."

대천은 창밖으로 고개를 돌리며 풀죽은 목소리로 말했다.

"내가 갈 곳이 어디 있겠어요. 집도 가게도 없는데……. 꼭 데려다 주려면 예전 내 인쇄소 부근에 내려주세요. 거기 단골 모텔에서 편한 잠 좀 자고 전에 대놓고 먹던 단골 중국집 짜장면을 시켜 먹고 싶네요. 안에 있을 때 정말 그 집 짜장면이 간절하더라고요. 그런 다음에 뭘 해먹고 살아야 할지 찾아봐야지요."

김 경위가 고개를 흔들었다.

"좀스럽게 모텔이 뭐고 짜장면이 뭡니까? 호텔 앞에 내려줄 테니, 사우나 하고 마사지 받고……."

김 경위는 말을 도중에 흐렸다가 덧붙였다.

"여자도 부르고요."

"그럴 돈도 없고, 그러고 싶은 생각도 없습니다."

"뭐라고? 돈이 없다고요?"

김 경위가 반사적으로 되물었다.

"그래요."

"변호사에게 맡겨놓은 돈 다 썼습니까?"

"맡겨놓은 돈도 없고, 출소했으니까, 김 경위님 예상대로 나를 보살피는 게 아니라 나를 잡아 죽이려고 달려들겠지요."

김 경위가 슬쩍 말을 던져 대천을 떠보았다.

"도대체, 무슨 일로 마루보가 대천 씨를 추적하는 거요? 내가 신변을 보호해줄 테니 말해요."

은서가 끼어들어 김 경위에게 쏘아 붙였다.

"너 지금 대천 씨 유도심문 하냐? 무슨 꼬투리 잡아서 다시 집어넣으려고?"

"아냐, 여죄 추궁하려고 했으면 벌써 수사 초기에 했겠지."

"그럼 대천 씨를 미끼로 배후 세력을 잡으려고? 너 아직도 대천 씨 붙잡고 팔자 고치려는 생각 포기하지 않은 거야?"

김 경위가 대답하기 전에 대천이 한탄하듯 말을 뱉었다.

"김 경위님이 그럴 능력만 된다면 얼마나 좋겠습니까."

대천은 새끼손가락 끝이 잘린 왼손을 은서의 눈앞에 내밀며 덧붙였다.

"여기서 한 걸음만 더 나가면 우리 모두 죽어요."

은서는 한참 동안 입을 다물고 있다가 뒷좌석에 두었던

쇼핑백에서 옷을 꺼냈다. 고급 상표 아웃도어 한 벌이다.

"이건 내가 출소기념으로 선물하는 거예요. 일단 이 옷으로 갈아입고 가서 좋은 옷 사 입으세요."

입소할 때는 초여름이었지만, 지금은 늦가을이다. 대천은 들어갈 때 입었던 반소매 티셔츠를 찾아 입고 나왔다. 대천은 선뜻 옷을 받지 못하고 눈을 껌벅거리며 은서를 한참 동안 보았다. 눈동자에 눈물이 어렸다.

"고마워요. 이 은혜를 어떻게······."

대천은 말을 맺지 못했다. 김 경위가 헛기침으로 분위기를 깼다.

"역시 남자에게는 여자가 필요하구먼. 은서에게 그런 깊은 정이 있는 줄 몰랐네."

은서가 톡 쏘았다.

"귀신 씨나락 까먹는 소리 하지 말고. 대천 씨 뜻대로 우리 동네로 가. 좀 이르기는 하지만, 나도 바로 출근할래."

서울에 도착하도록 대천은 더는 입을 열지 않았다. 뒷골목 허름한 모텔 앞에서 은서가 걱정스럽다는 듯 물었다.

"마루보들이 여기까지 쫓아오면 어떻게 해요? 그리고 우선 생활할 돈은 있어요?"

"마루보도 당분간은 내가 무슨 짓을 하는지 지켜보겠지요. 영치금 남은 거 찾아서 돈은 조금 있으니까 걱정 말아요. 김 경위님도, 은서 씨도 제 옆에서 멀리 떨어지는 것이 만수무강하는 길일 겁니다. 잘들 가세요. 가능하면 다시 보지 맙시다."

은서는 갑자기 가슴 속에 찬바람이 일어나는 것을 느끼고 내심 놀랐다. 대천과 헤어지는 것이 이렇게 서운할 줄은 몰랐다.

"대천 씨, 술 한 잔 사준다는 약속은 지킬 거죠?"

목까지 메어 목소리가 갈라져 나왔다.

"시장의 순대와 소주라도 좋다면 언젠가는 사겠습니다."

대천은 뒤도 돌아보지 않고 모텔 안으로 들어가 버렸다. 은서도 학원이 멀지 않아 차에서 내렸다.

대천과 은서를 보내놓고 김 경위는 에스코트 하던 차의 부하 수사관을 불렀다.

"모텔 뒷문 쪽에 잠복해. 나는 정문에서 지킬게. 짙은 회색에 연노랑 줄무늬가 있는 등산복 스타일 아웃도어 입고 나올 거야."

수사관을 배치해놓고 김 경위는 모텔 건너편 커피숍에
자리를 잡고 앉아 끈질기게 기다렸다. 장사가 잘되는 모텔
은 아닌 모양이다. 오전이라서 당연히 체크인하는 사람은
없겠지만, 어제 저녁에 든 사람도 거의 없는 모양, 나오는 사
람이 거의 없어 지켜볼 것도 없었다. 열한 시쯤 되어 철가방
을 실은 중국집 오토바이가 요란한 소리를 내며 달려와 멈
추었다. 하얀 위생복 윗도리를 입고 헬멧을 쓴 배달부가 철
가방을 들고 모텔로 들어갔다가 이내 나와 가버렸다. 김 경
위는 수사관에게 전화했다.

"곧 나올 것 같으니까 긴장해."

아니나 다를까 이십 분쯤 후에 수사관에게서 연락이 왔다.

"지금 뒷문으로 나왔습니다."

"조심히 따라붙어. 그 자식, 분명히 감추어둔 돈 찾으러
갈 거야. 그때 덮쳐야 해. 다른 조직에서 미행할 가능성이 있
으니까 조심해. 내가 그쪽으로 갈게."

김 경위가 서둘러 뒷문 쪽으로 가보니 등산복으로 갈아
입은 대천이 저만큼 앞의 골목 어귀를 돌아 나가고 있었다.
김 경위는 수사관과 함께 대천을 미행했다. 대천은 멀리 가
지 않고 큰길가 중국 음식점으로 들어갔다. 중국집 정문 앞

을 지키며 김 경위는 수사관에게 뒷문이 있는지 살펴보게
했다. 뒷문은 없었다. 얼마 지나지 않아 조금 전에 들어갔던
사내가 나와 가게 앞에 물을 뿌렸다. 얼굴을 보니 대천이 아
니었다. 화들짝 놀란 김 경위는 냅다 뛰어가 사내를 붙잡았
다. 만만해 뵈지 않는 인상의 중년 사내였다. 김 경위는 경
찰 신분증을 내보이며 물었다.

"당신이 누군데, 그 옷을 입고 있습니까?"

사내가 인상을 우그러뜨리며 퉁명스럽게 대꾸했다.

"내가 이 집 주인이요. 내 돈 주고 내가 사 입은 옷인데 당
신이 뭔 상관이야?"

"아까 모텔로 짜장면 배달을 가지 않았습니까?"

"아니, 중국집에서 짜장면 배달 갔는데 뭐가 잘못이요?"

그제야 김 경위는 무엇이 잘못되었는지 깨달았다. 김 경
위는 손바닥으로 이마를 치며 소리쳤다.

"그렇다면, 당신이 대천에게 헬멧을 주고 옷을 바꾸어 입
은 거요?"

"장사 시작 시각인데 재수 옴 붙는 헛소리 하지 말고 비
키시오."

김 경위는 기가 막혔다. 뒷문으로 나온 사람은 중국집 사

장이었고, 대천은 벌써 김 경위의 눈앞에서 오토바이를 타고 달아나버린 것이다.

벌써 삼십 분 이상 지났다. 서울 어디든 숨어들었을 것이다.

현행범이나 수배범을 뒤쫓은 것이 아니었다. 죗값 치르고 나온 사람을 빼돌렸다고 중국집 사장을 추궁할 수는 없었다. 김 경위는 이를 악물고 돌아섰다.

일주일 뒤, 김 경위는 이를 갈며 김산호의 출소 시간에 맞추어 수사용 일반 차를 가지고 교도소 앞에서 멀찌감치 떨어져 기다렸다. 예상대로 대천이 렌터카를 몰고 와 김산호를 태웠다.

대천은 과속하지 않고 제한 속도보다 더 천천히 운전해 가다가 고속도로 중간의 휴게소에 들렀다. 대천의 차를 따라가면서 김 경위는 미행하는 차가 또 없나, 주의 깊게 살폈다. 모두 과속 단속 카메라만 지나면 과속해 김 경위와 대천의 차를 추월해갔다.

김 경위는 대천을 얕잡아본 것을 다시 한번 후회했다. 미행을 따돌리는 방법은 과속이 아니라 저속이다. 천천히 가는데도 추월하지 않고 따라오고, 속도를 낼 때도 따라붙으면 미행하는 것이고, 천천히 따라가다가 의심을 피하느라 잠시 추월이라도 할라 치면 재빨리 곁길로 빠지면 되는 것이다. 김 경위는 들키지 않으려고 어쩔 수 없이 열 대쯤 뒤에 섞여 따를 수밖에 없었다. 다행히 대천이 멀리서부터 우측 깜빡이를 켜면서 휴게소로 천천히 진입해 들어갔다. 김 경위도 느긋하게 따라 들어가 대천의 차가 나가면 바로 뒤따를 수 있도록 출구 쪽에 차를 세워놓고 대천과 산호가 식당으로 들어가는 것을 지켜봤다.

하지만, 한 시간이 넘도록 대천가 산호가 나오지 않았다. 그러더니, 이십 대 후반으로 보이는 키 큰 청년이 대천의 차로 가 키를 꽂았다. 김 경위는 황급히 뛰어가 청년을 붙잡고 신분증을 꺼내 보였다.

"누군데 이 차 문을 엽니까?"

당황한 청년이 한걸음 물러서며 얼떨결에 대답했다.

"렌터카 회사 직원입니다. 뭐가 잘못되었습니까?"

"이 차를 빌린 사람은요?"

"두 시간쯤 전에 서울 본사에서 엔진 온도가 비정상적으로 올라가 바꿔줘야 할 차가 있다고 이 휴게소에서 기다리라고 해서 가장 가까운 지점에서 다른 차를 몰고 왔습니다.

자세한 건 본사에 물어보세요."

청년이 광고용 명함을 내밀었다.

"얼마쯤 전에 서로 키를 바꿨습니까?"

"한 시간쯤 전에요. 차 엔진이 뜨거우니까 식으면 열어보라고 해서 그 사이에 아침도 먹고 커피도 한잔하고 나오는 길입니다."

김 경위는 또다시 얼이 빠진 사람이 되었다. 자신의 눈앞을 느긋하게 지나가며 비웃음을 날렸을 대천과 산호의 얼굴이 눈앞에 선했다. 한 시간이면 얼추 서울 요금소를 나갈 시간이었고, 중간에 나들목도 여러 군데였다.

발상의 전환

김산호는 말을 하지 않고, 밥도 두어 숟가락 시늉으로 먹고는 통유리 창 앞 소파에 앉아 하염없이 창밖의 숲을 내다보고만 있다.

강원도 산속의 오래된 통나무 펜션이다. 경치도 좋고, 공기도 좋았지만, 낡은 펜션엔 투숙객이 별로 없어서 한가했다. 가까운 곳에 호화로운 시설을 자랑하는 신축 펜션들이 줄지어 들어섰기 때문이었다. 따라서 대천과 산호는 뜻하던 대로 독채에서 다른 사람들의 시선에 신경 쓸 필요 없이 편히 쉴 수 있었다.

조금 걸어 산모퉁이를 돌면 신축 펜션촌 앞에 쌀과 찬거리를 비롯한 생활용품을 파는 편의점이 있고, 도로를 따라 산마루까지 올라가면 강원도와 경기도를 가르는 경계선에 관광객을 상대로 하는 제법 큰 토산물 장터도 있다. 장터에 강원도 특산물과 함께 술과 밥을 파는 식당도 여러 곳 있어서 생활에 큰 불편은 없었다. 자취 생활을 오래 한 덕분에 대천의 요리도 먹을 만했다. 대천의 정성이 통했는지 산호도 점차 식사량과 수면시간을 늘려 갔다.

대천은 핏기 하나 없이 창백하던 산호의 뺨에 온기가 돌고, 얼이 빠진 듯 초점이 없던 눈동자에 빛이 살아나는 것을 지켜보다가 며칠 만에 말을 붙였다.

"오늘은 밖에 나가 식사를 합시다. 산마루에 올라가면 먹을 만한 식당이 있습니다. 곤드레 밥에 올챙이국수도 있고, 도토리묵에 옥수수 막걸리 한 잔도 좋죠."

산호가 말없이 일어서 외투를 집어 들었다. 두 사람은 천천히 한참을 걸어서 고갯마루까지 올라갔다. 주말도 아니고 관광 성수기도 아니라서 장터는 한산했다. 대천과 산호는 막걸리와 도토리묵을 놓고 마주앉았다.

"형님께 정식으로 한 잔 올리겠습니다."

대천이 일어나 두 손으로 술병을 들어 산호의 잔을 채웠다. 벌써 일 년 이상을 교도소에서 호형호제로 지낸 사이였다. 막걸리 한 잔을 단숨에 들이켠 산호가 잔을 내려놓으며 입을 떼었다.

"입에 발린 고맙다는 말은 하지 않을게. 돈으로 표현되지 않는 고마움은 고마움이 아니라는 일본 속담이 있거든. 입에 발린 고맙다는 말 천 번 해본들 보답이 아니라는 말이지. 네가 나를 찾아왔을 때, 나는 이미 자아가 무너져 내 정체성을 잃어가던 때였어. 돈과 폭력이 인간을 그렇게 부숴버릴 줄은 몰랐거든. 네가 아니었으면 나는 자살했거나 미치광이가 되었을 거야. 나는 은혜와 원한이 분명한 사람이야. 꼭 네가 원하는 돈으로 은혜를 갚고, 내 인생을 망가뜨린 놈들에게도 반드시 복수할 거야."

"정말 고생 많이 하셨어요. 그래도 잘 버티고 이렇게 무사히 나오셨잖아요."

"무사히? 그래, 무엇이 무사하게 나왔을까? 내 몸? 내 정신? 모르겠어. 하지만, 오 년 전의 나와 지금의 내가 다르다는 것은 분명해."

갑자기 감정이 복받치는지 산호는 두 주먹을 불끈 쥐고 부르르 떨었다.

"임신한 여직원이 내가 성폭행했다고 법정에서 증언하고, 친구가 내 눈앞에서 나를 도둑놈 사기꾼이라고 증언하다니! 재판이 끝나지 않아 유죄가 확정되지도 않았는데 은행에서 대출금을 회수하겠다고 공장을 압류하다니! 반드시 되갚아주고 말겠어."

대천은 섣불리 위로의 말을 할 수가 없었다. 말을 하는 사이에 산호의 눈에 총기가 더해져서 번쩍거렸다.

"여관 달방에서 백수건달과 동거하면서 임신했던 여직원이 강남 아파트에 살고 있고, 경리부장 친구는 미국에서 내 특허를 무단 도용해 큰 부자가 되었다지."

"은서 씨에게 그 사람들 근황을 물었다는 말 들었습니다."

"돈이 좋기는 좋은가 봐. 샘 커밍스라는 세계적인 무기 상인이 아무리 고매한 이상과 신념도 돈 앞에서는 무용지물이라고 했는데, 그 말이 틀리지 않았어."

"CIA가 형님이 원단을 만들지 못하도록 농간을 부렸다고 들었습니다."

"법이 제일 무서운 폭력이었어. 법을 빙자한 권력이 제일 무서운 것이었어. 그렇지만, 그 법도 돈 앞에서는 아무것도 아니야. 돈이 있어야 해. 대천아. 너 정말로 내가 원단 만들어주면 절대로 걸리지 않는 지폐 찍을 자신 있어?"

"물론이죠. 지폐, 그거 공업생산품일 뿐입니다. 조폐공사
도 만드는데 우리가 못 만들 이유가 없죠."

"내가 말하는 것은 위조지폐가 아니라 진짜 지폐를 말하
는 거야."

"형님이 진짜 원단을 만들어주신다면!"

총기를 넘어 광기가 어린 눈빛으로 산호가 대천의 눈을
똑바로 쏘아보며 재차 물었다.

"자신 있다고?"

"예."

"언제부터 위조지폐를 연구했는데 자신 있다고 장담하는
거야?"

산호의 마음을 움직이려면 솔직해야 했다.

"오래되었죠. 아버님께서 일찍 돌아가시고, 어머니마저 편
찮은 가정에서 자랐습니다. 고등학교도 가지 못한 누나가
어린 나이에 과자 공장에 다녀 생계를 꾸렸는데, 속없는 저
는 공부를 하거나 어머니 병구완할 생각은 하지 않고 밖으
로만 나돌았습니다. 그때 어머니와 누나는 입버릇처럼 제게
말했습니다. 아버지처럼 돈이 안 되는 놈이라고 말입니다."

"돈이 안 되는 놈이라고?"

"아버지는 무명 화가였습니다. 평생 그림 값 대신에 술 한 잔 얻어먹는 그림만 그리다가 알코올 중독으로 제가 초등학교 삼 학년 때 돌아가셨거든요. 그래서 아버지를 닮아 그림에 소질이 있는 내가 낙서라도 할라치면, 돈 안 되는 짓 그만두라고, 손가락을 분질러버린다고 어머니는 소리를 지르고는 했습니다. 그러다가 중학교 이 학년 때 결정적인 계기가 찾아왔습니다. 제법 조숙했던지 사춘기가 일찍 찾아와 뒷집에 사는 여자 애를 좋아하게 되었는데 걔는 거지처럼 사는 나는 돌아보지도 않고 우리 동네에서 제일 부자인 교도관 아들놈하고 놀았습니다."

"그래서 그 현실을 어떻게 받아들였는데?"

"해답은 간단한 곳에 있었습니다. 돈이 되는 놈이 되기로 한 겁니다."

"돈이 되는 놈?"

초등학교 미술 시간이었다.

"대천아! 자, 봐라. 천 원짜리야. 어제 고모가 와서 주고 갔디."

과연 짝꿍이 내민 돈은 붉은 색조의 천 원짜리 지폐였다. 한 달에 백 원짜리 동전 하나도 용돈으로 받지 못하는 대천에겐 그림의 떡이었다. 대천은 그림 속의 떡이나마 먹고 싶었다. 친구의 돈을 책상에 펴놓고 똑같이 그렸다.

"야, 정말로 잘 그린다."

"너는 그냥 손으로 쓱 그어도 자에 대고 그은 것처럼 똑바르게 직선을 긋는구나. 신기하다."

연필로 그렸지만 만만치 않았다.

"진짜 같다. 색깔만 똑같이 칠하면 진짜 돈 같겠다."

친구들이 기웃거리며 한 마디씩 보탰다. 그때 누가 대천의 뒤통수를 사정없이 후려쳤다. 대천의 눈에서 불이 번쩍 튀었다.

"장대천! 이 녀석. 지금 뭐 하는 거야!"

담임선생이었다. 담임은 돈 그림과 함께 대천의 귀를 잡고 교단으로 끌고가 무릎 꿇려 앉히고 돈 그림을 입에 물렸다.

"다들 조용히! 주목!"

담임은 칠판에 '돈을 그리면 감옥에 간다!'라고 커다랗게 적었다.

"알았어! 전부 큰 소리로 읽어봐!"

대천은 미술 시간이 끝나도록 묵묵히 벌을 다 받았다. 그리하여 남이 보는 앞에서 돈을 만들면 안 된다는 사실을 깨달았다.

가난은 모질었다. 초등학생 때는 몰랐지만, 중학교에 들어가서는 달랐다. 학교에 내야 할 돈도 많았고 등굣길도 멀어서 걸어 다니기에 벅찼다. 대천보다 학교에서 가까운 곳에 사는 아이들도 모두 버스를 타고 다녔으나, 대천은 눈비가 오는 날에도 걸어 다녀야 했다. 등굣길 중간에 여자중학교가 있어서 막 이성에 눈을 뜨기 시작한 대천에게 초라한 옷과 신발, 살이 부러진 우산 차림은 비참했다.

초등학생 때는 대충 공부해도 그런대로 상위권을 유지하던 성적도 곤두박질이었다. 모두 방과 후 학원에 다니거나 교과목 선생한테 비밀과외를 받는 아이들도 있었고, 실제로 시험문제를 가르쳐준다는 소문도 무성했다. 하다못해 문제집이라도 사서 풀어야 성적을 올릴 수 있었다. 대천은 별 볼 일 없는 녀석들의 성적이 자신을 제치고 쑥쑥 올라서는 것을 멀거니 보고만 있어야 했다. 처음에는 오기가 생겨 나름대로 노력을 해보기도 했다. 하지만, 턱부족이었다. 2학년 중반쯤 대천은 공부를 포기했다. 그의 공책은 그어 내리는 선과 만화 모사로 가득했다.

비 오는 어느 날, 초등학교부터 함께 다닌 동네 친구가 대천에게 버스표 한 장을 줬다. 서울에서는 토큰이 사용되고 있었지만, 지방 시내버스는 종이에 인쇄된 버스표를 정류장 가까운 곳의 구멍가게에서 사거나, 현금 승차를 해야 했다.

"장맛비 속을 어떻게 걸어 가냐? 같이 버스 타고 가자."

"너는 어떡하려고?"

"엄마가 열 장씩 사주니까 몇 장 더 있지만, 그거 팔아서 만화방 갈 거야."

"같이 버스 타고 가자면서?"

"나한테 다 방법이 있어. 너는 보고만 있어."

버스표는 조악했다. 분홍색 종이에 어설픈 문양의 밑그림과 함께 학생이라는 고딕 글씨가 커다랗게 찍혀 있고, 뒷면에는 그냥 굵은 붉은 줄만 비스듬히 두 줄 그어져 있었다. 친구는 비슷한 색깔의 도화지를 꺼내 자를 대고 버스표와 똑같은 크기로 자른 다음 사인펜으로 붉은 줄을 그렸다. 아주 간단한 작업이었으나, 뒷면만 봐서는 얼핏 버스표와 비슷했다.

하교 시간의 버스 정류장은 몹시 혼잡했다. 빗속이라 더욱 난장판이었다. 북새통의 가운데쯤으로 비집고 들어간 친구는 사람들이 우르르 밀려 탈 때 가짜 버스표를 뒤집어 요금통에 쑤셔 넣었다.

친구를 지켜보는 대천의 가슴이 뛰고 다리가 후들거렸다. 버스를 타고 가는 시간이 그렇게 길 수가 없었다. 금방이라도 운전기사가 '네 이놈' 하고 친구가 아닌 대천의 목덜미를 잡아 경찰서로 끌고 갈 것만 같았다. 버스에서 내려 우산 하나를 같이 쓰고 가면서 친구는 의기양양했다.

"이건 아무것도 아니야. 너만 바보처럼 모르지 더 센 놈들도 많아."

"다른 애들도?"

"천 원짜리를 물에 담가 불리년 반으로 갈라 두 장을 만들 수 있어. 그걸 접어서 요금통에 넣는 애들도 있고, 간단하게 가위로 돈을 반으로 뚝 잘라 접어넣는 애들도 있어. 그 애들은 잔돈까지 받아쓴다고."

충격이었다. 그리하여 대천은 인생이란 용기와 행동이라는 사실을 깨달았다. 하지만, 그렇게 어설픈 짓을 흉내 내고 싶지는 않았다. 대천은 더 잘할 자신이 있었다. 문제는 그걸 실제로 해치울 용기였다.

며칠 후 맑은 날, 친구가 버스표 다섯 장을 네 장 값에 팔아 챙긴 돈으로 과자를 사 나눠 먹으며 걸어갔다. 친구도 제법 신중해서 만날 가짜 표를 사용하지는 않았다. 만만찮은 길을 땀을 흘리며 걸어가며 동네 어귀에 들어섰을 때였다.

"이놈의 새끼가! 버스표는 어디 두고 이 더운 날에 걸어오냐?"

손수레에 과일을 싣고 다니며 노점을 하는 친구 어머니의 불호령이었다. 하필이면 그날은 집에 가는 길목에서 장사하고 있었다.

"길바닥에서 피땀 쏟으며 번 돈으로 버스표 사줬더니 이놈의 새끼가! 빨리 집에 가서 공부할 생각하지 않고 꼴찌하고 어울려 군것질하며 걸어 다녀? 이따가 너 집에 가서 보자!"

저녁때 친구의 어머니가 대천의 집으로 찾아왔다.

"우리 애는 그럴 애가 아니야. 집에 내가 팔다 남은 과일이랑 애 아빠가 사오는 과자가 많아 버스비로 군것질할 애가 아니야. 새끼를 얼마나 골렸으면 친구 버스비를 홀려서 빼앗아 먹겠어! 대천 저놈 단속 잘해. 저런 놈이 커서 뭐가 되겠어. 공부도 못하는 것이 하는 짓도 모로 터져서 말이야.

대천, 너 다시는 우리 수철이랑 놀지 마라."

사실 대천은 초등학교 때 반에서 1, 2등 했고 그때 수철이는 공부하는 축에도 끼지 못했다. 그때는 수철이 엄마도 대천이랑 노는 것을 환영했었다.

수철이 엄마는 악담을 한참 더 늘어놓고 갔다. 변명이 필요 없었다. 쫓겨난 대천은 셋방살이 처마 밑에서 날을 새워야 했다.

'공짜는 위험하다. 친구도 믿을 수 없다. 이제는 혼자서 가자.'

날이 훤하도록 뼈에 새겼다. 수철 엄마의 모진 소리는 대천으로 하여금 생각을 실천에 옮길 용기를 줬다.

토요일 오후. 집에 아무도 없을 때, 대천은 수철에게 얻었으나 쓰지 않고 책갈피 속에 소중히 끼워두었던 버스표를 꺼냈다.

오래 걸리지 않아 대천은 미술 시간에 판화를 새기던 딱딱한 고무판 세 조각에 버스표를 옮겨 새길 수 있었다. 검은색 판과 붉은색 판, 그리고 뒷면 사선이었다. 그림물감을 풀어 색깔을 맞춘 후 찍어봤다. 감쪽같았다. 일부러 의심하여 들여다보지 않는 한 쉽게 가려낼 수 없었다. 특히 등하교 시간에 학생들이 한꺼번에 몰려 버스를 타는 순간에는 더더욱.

대천은 진짜 버스표도 그렇게 만든다고 스스로 최면을 걸어 그 표를 진짜라고 믿고 당당하게 버스를 탔다.

성공이었다. 몇 번의 시도에도 들통 나지 않았다. 대천은 친구들을 꼬드겼다. 위조라는 걸 말하지 않고 반값 세일을 했다. 다섯 장 값에 열 장을 준다는 말에 친구들이 달려들었다. 돈이 생겼다. 맨 먼저 그렇게도 신고 싶었던 날개표 운동화를 샀다. 엄마에게 들킬까봐, 집 앞에서는 떨어져 구멍이 난 싸구려 운동화로 바꿔 신고 다녔다.

하지만, 일찍 퇴근하던 누나의 눈에 뜨이고 말았다. 누나는 곧바로 엄마에게 일렀다. 편찮은 몸에서 어찌 그런 악착이 나오는지 어머니는 빗자루로 대천을 죽도록 두들겨 팼다.

"무슨 돈으로 샀어? 아니면 어디서 훔쳤어?"

끈질긴 어머니의 추궁에 결국 실토하고 말았다. 고무도장은 운동화와 함께 아궁이 속으로 들어가고 엄동설한에 맨발로 쫓겨났다. 누나가 어머니 몰래 창문 밖으로 던져준 마른걸레로 발을 감싸고 동이 트도록 떨었다. 그리하여 깨달은 것이 있었다.

'돈은 만들 때보다 쓸 때가 더 위험하다.'

"그래서 본격적으로 인쇄 기술을 배워서 위조지폐를 찍은 거냐?"

"아니요. 어렸을 때 제 소원은 아버지처럼 화가가 되는 거였어요. 아버지는 모택동과 장개석이 모두 탐을 냈던 위대한 화가 장대천 화백에 버금가는 대가가 되기를 바라면서 제 이름을 똑같이 지었다고 귀에 못이 박히도록 말했어요. 실제로 저도 그림 그리기를 좋아했고, 타고난 소질도 있는 편이었어요. 하지만 화가의 길은 아버지가 일찍 돌아가시면서 말 그대로 꿈으로 끝나고 말았습니다. 엄마와 누나가 허락하지도 않았고 미술학원에 다닐 돈도 없었으니까요. 그래서 누나와 엄마가 등 떠미는 대로, 공업고등학교 기계과를 졸업했습니다. 손재주가 있어서 자격증도 따고 취업 추천도 받았는데, 돈에 한이 맺혀 자꾸만 진짜 돈을 만들 수 있을 것만 같은 마음을 억누를 수가 없어서 무작정 상경해 서울 인현동 인쇄 골목에 심부름꾼으로 들어가 인쇄 기술을 배웠는데, 인쇄는 인쇄기라는 기계를 다루는 것이고, 좋은 인쇄물은 좋은 기계가 찍는다는 것을 금방 알아챘습니다. 그래서 인쇄물보다는 인쇄 기계를 연구했는데, 인쇄기를 잘 고친다고 소문이 나서 아예 인쇄기 수리로 밥을 벌어먹으며, 온갖 인쇄기를 다 연구했죠."

"나도 인쇄를 조금 아는데, 지폐를 망점으로 색 분해한 원판을 오프셋 기계로 찍어서는 금방 들통 나지 않나?"

"그렇습니다. 모든 인쇄가 컴퓨터 조판과 오프셋 윤전기로 발전해서 아무리 잘 찍어봐야 돋보기를 들이대면 망점이 보일 수밖에 없죠. 저도 그런 지폐를 만들고 싶지는 않아서 열심히 인쇄기를 연구해 지폐를 찍을 수 있는 아날로그 동판 인쇄기를 하나 직접 만들어보려 했는데, 그만한 돈이 있어야죠. 그러던 차에 일본 사람들이 저를 찾아왔습니다."

"일본 사람들이 왜?"

"창원 보세 수출 공단에서 인쇄 공장을 하는데 기계를 정비할 사람이 필요해서 수소문 끝에 저를 찾았다고 하더라고요. 숙식을 제공하고 월급도 많이 준다고 해서 얼씨구나 따라갔지요."

"일본 보세공장이라면, 일본에서 최신식 기계를 가져오고 원판과 종이를 비롯한 모든 소모품까지 가져와 인쇄해서 다시 일본으로 가져갈 터인데 네 손이 필요하다니?"

"저도 공장에 들어설 때까지 제가 할 일이 뭐가 있겠나 싶었는데, 인쇄기를 보자마자 알겠더군요."

"무슨 기계였기에?"

"우리나라에서도 고철로 사라진 활판 인쇄기였습니다."

"활판이라고?"

"네. 타임머신을 타고 몇 십 년 과거로 간 거 같았습니다. 활자로 조판하고 그 판을 물에 불린 두꺼운 지형에 눌러 글자를 옮기고 그 지형에 납을 끓여 부어 원판을 만든 다음 인쇄기에 올려 인쇄하는데, 이거 뭐 조선시대도 아니고, 정말 어이가 없을 지경이었습니다. 그렇게 수작업을 하는 부분이 많아서 인력 수준 대비 임금이 싼 데다 일본에 가까워서 물류비용이 적게 드는 창원에 보세공장을 차린 거죠."

"무슨 책을 찍는데 그렇게 요란을 떨었어?"

"형님도 아시다시피 현대의 펄프로 대량생산한 산성용지에 오프셋 인쇄를 하면 백 년도 되기 전에 종이가 부스러지고 잉크가 날아가 책 자체가 사라지지 않습니까?"

"그게 전 세계 도서관의 최대 골칫거리지. 그래서 나도 중성지를 많이 만들어 납품했었어."

"중성지에 활판으로, 글씨가 오목하게 들어갈 만큼 잉크를 때려 박은 책은 몇 백 년이 가도 보존이 가능하다더라고요. 그래서 일본 사람들은 보존해야 할 중요한 책들을 전부 중성지에 활판 인쇄로 바꿔 도서관에 소장하려고 창원공단에 보세공장을 차려놓고 일본어로 번역한 세계문학전집, 백과사전, 학술 논문, 기타 등등 엄청나게 찍어서 가져갔습니다."

"선견지명 있는 사람들이야. 국제저작권협약에 서명하기 전에 쓸 만한 책들을 다 번역 출판해서 학생들과 학자들이 쉽게 볼 수 있도록 국가적으로 대비한 거지. 저작권 협약은 소급 적용되지 않으니까. 그에 비하면 우리나라는 완전 무방비로 저작권 협약에 서명해서 저작권 때문에 학술 서적이나 현대 문학 작품은 출판하기 어렵게 되어버렸잖아."

"정확한 말씀입니다만, 일본을 욕할 수만은 없는 일이죠. 그때 저는 물 만난 고기가 되어 정말 열심히 일했습니다. 기계 구조와 작동 원리를 금방 깨우쳐 가동률을 백 퍼센트로 올려줬습니다. 몇 달 지나지 않아 기계와 한 몸이 되어 어디에서 고장 날지 감각적으로 알아내 미리 수리하기도 하고, 가동 중에는 곁에 대기하고 있다가 곧바로 고쳐주었죠. 객지라서 친구도 없고 애인도 없고 하니 아예 밤낮 휴일 따지지 않고 조판기, 제책기, 재단기는 물론 고장 난 공장 문짝까지 다 고쳐줬더니 일본인 사장이 아주 미덥게 보고 기숙사 방도 따로 주고 월급도 올려줬습니다."

"일본인 사장이?"

"예. 인쇄에 대해서는 아무것도 모르는 걸 보니, 일본 본사에서 파견한 월급 사장이었나 봐요. 공장 한쪽에 지어놓은 사택에서 혼자 살면서 새벽마다 진짜 일본도를 들고 검도 수련을 하는데, 카리스마가 장난이 아니었습니다. 이십 대였던 제 눈에 정말 멋있게 보였고요. 사장은 자기관리가 아주 철저해서 존경할 만한 구석이 많았습니다. 나이가 오십 대라서 저도 아버지처럼 믿고 공손하게 따랐습니다. 그러던 어느 날 갑자기 한밤중에 저를 불러 믿어도 되느냐고 물었어요."

"믿어도 되느냐고?"

"예. 너를 믿어도 되냐고."

"대답하기 어려웠겠네. 뭔지 모르지만 엄청난 책임을 지워줄 것 같은데."

"그러게 말입니다. 그냥, 별 생각 없이 절대로 실망하는 일 없을 거라고 대답했는데, 목숨을 걸고라도 비밀을 지킬 수 있느냐고 다시 묻더라고요. 그때야 뭔가 심상치 않은 분위기를 느꼈지만, 꼴에 저도 남자인지라, 금방 한 말을 뒤집을 수도 없어 목에 칼이 들어와도 사장님을 배신하지 않겠다고 맹세했죠. 그랬더니 목까지는 필요 없고, 왼손 새끼손가락 한 마디를 내놓으면 평생 돌봐주겠다고 했습니다. 존경하며 믿고 따르던 사장이고, 그때까지 그렇게 많은 봉급을 제날짜에 착착 받아보면서 일한 적이 없어서 장난처럼 새끼손가락을 탁자 위에 올렸습니다. 그런데 진짜로 일본도를 휘둘러 손가락을 자르더군요."

"많이 놀라고 아팠겠구나."

"예, 하지만 아픔에 대한 대가가 충분했습니다. 사장이 그날부터 진짜 친아들 대하듯 뒤를 봐주고, 인쇄를 책임지고 있는 일본인 기장에게 저에게 모든 인쇄 기술을 전수하라고 명령했거든요. 장인정신으로 무장한 최고 마스터에게 기술을 배우는 행운을 잡은 거죠. 그렇게 삼 년을 재미있게 일했습니다. 그때 저는 정말로 온 힘을 다했습니다. 월급이 차근차근 쌓여가서 동판기를 만들 돈이 되겠다 싶어 신바람이 났거든요. 하지만, 당초부터 한정된 일감을 정해진 시간 안에 찍고 문을 닫을 공장이었습니다. 결국, 폐업하고 헤어질 시간이 다가왔습니다. 한국인들을 모조리 해고한 날 사장과 기장이 나를 불러 사무실 안쪽에 있는 작은 창고의 문을 열고 인쇄기 부품을 꺼냈습니다. 그걸 보고서야 내가 아직도 인쇄기에 대해서 다 알려면 멀었다는 것을 알게 되었습니다."

"무슨 부품이었는데?"

"동판 인쇄기 부품이었습니다. 그 부품을 지금까지 책을 찍던 활판 인쇄기의 활판 부분을 떼어내고 조립했더니 초정밀 동판 인쇄기가 된 겁니다."

"처음부터 계획적이었나 보구나."

"그러게요. 인쇄기를 조립해놓으니까 사장이 금고에서 엔화 동판을 꺼냈습니다. 그래서 그날부터 여섯 달 동안 공장 밖으로 나가기는커녕 전화도 하지 못하고 24시간, 일본도를 찬 사장의 감시 아래 기장과 슈퍼 엔을 어마어마하게 찍었습니다. 하지만, 죄를 짓는다는 생각은 들지 않았습니다. 옛날에 일본 놈들도 조선의 돈을 위조했다잖아요."

"그랬지. 일본은 대한제국 말기에 일본 제일은행의 부산 지점을 차려놓고 제일은행 총재인 시부사와 에이치의 초상화가 든 제일 은행권을 한국 정부의 허락도 없이 맘대로 찍어내다가 한일협정이 체결되자 아예 조선의 화폐발행권을 빼앗아 조선의 조폐 시설을 오사카로 옮겨놓고 조선의 주화를 마구 찍어내기도 했고, 오사카의 일본 상인들은 일본 정부의 비호 아래 조직적으로 조선 상인들의 어음을 위조해 결국 조선을 망하게 했어."

"맞습니다. 그래서 늦게나마 제가 되갚아준다고 생각하니까 은근히 재미도 났습니다."

"그래, 그때쯤이었어. 일본 사람들이 샘플 종이를 가져와서 똑같이 만들어 달라고 해서 백 톤 단위로 몇 번 수출한 적이 있었어. 그러고 보니 너 때문에 일본이 그렇게 급하게 지폐를 바꿨나 보구나."

"아마도요. 참 기가 막히네요."

"뭐가?"

"세상에, 형님 종이 때문에 미국은 달러, 일본은 엔을 바꿨다고요! 달러와 엔! 지구상에서 가장 강력한 지폐를 바꾸게 한 장본인이 여기 대한민국 강원도 산골 고갯마루 장터에서 막걸리를 마시고 있을 줄 누가 꿈이라도 꾸겠습니까?"

"대천아. 너와 내가 어떻게 만나게 된 거 같아?"

"저도 종이에 자신이 없어서 항상 불안했기 때문에 전문가를 찾고 있었습니다. 하늘의 도움으로 형님을 만나게 된 거지요."

"하늘의 도움? 그런 게 있다고 생각해? 심기혈정心氣血情이란 말 들어본 적 있어?"

대화의 주제에 어긋난 것 같은 산호의 물음에 대천은 고개를 갸웃했다.

"무슨 말입니까?"

"마음이 있는 곳에 기가 있고, 기가 있는 곳에 혈이 있고, 혈이 있는 곳에 정이 있다는 말이다."

"네? 풀이가 더 어렵네요."

"사람은 마음먹은 대로 된다는 말이야. 돈을 만들고 싶은 네 마음이 돈을 만들 수 있는 곳으로 너를 이끌고, 그곳에서 돈을 만들 기술을 배우고, 그 기술로 실제 돈을 만들었다는 말이지. 너는 보세공장에 가지 않았어도 결국은 돈을 만들었을 거야. 사람들이 팔자니 운명이니 하는데, 아니야. 마음이 인생을 필연으로 끌고 가는 거야. 나도 원단에 돈을 찍을 마음을 먹었기 때문에 너와 만나게 된 거라고. 나도 지폐에 대해서 연구를 좀 하는 중이었거든. 내가 원단을 만들고 네가 인쇄를 한다고 해도 비밀 코드는 어떡할 거야? ATM만 통과할 돈을 만들 거 같으면 시작하고 싶지 않다. 네가 거기까지 가야 내가 마음 놓고 지르지!"

"전에 만 원짜리에서 비밀 코드를 두 개나 해독한 경험도 있고 해서, 오만 원짜리를 뚫어지도록 몇 날 며칠 보고 있었더니 눈에 신기가 올라 보이지 않는 것이 보이더라고요. 그래서 몇 가지 알아냈고, 나머지도 곧 알게 될 겁니다."

"어떻게 말이냐?"

"위폐 방지 관련 특허가 세계적으로 삼천 건이 넘습니다. 그중에서 실제 사용하고 있거나 사용된 적이 있는 주요 특허가 오백 건 정도, 그리고 꼭 필요한 핵심 특허가 팔십 건 정도 되니까 지폐는 특허 덩어리인 셈입니다."

"특허는 내 전공이지. 돈에 대한 특허가 그렇게 많아?"

"네. 형님이 더 잘 아시겠지만, 특허를 내려면 내용을 공개해야 하잖습니까?"

"그렇지. 그래서 코카콜라도 특허를 내지 않고 성분을 비밀로 하는 거야. 특허를 보고 흉내 내거나 더 좋은 걸 만들지 못하게."

"그러니까 그 특허를 역추적하면 어떻겠습니까?"

"오호, 너도 보통은 넘는 놈이구나. 돈을 놓고 거꾸로 특허를 찾는다니. 역발상이 발명의 원천이라고 하지만 실제로는 참 어려운 일인데 말이야. 발상의 전환이 바로 천재의 영역이거든. 좋다. 대천아. 나는 원단에 전념할 테니, 너는 코드를 완벽하게 다 알아내라. 하지만, 명심해라. 나는 돈 통이 큰 사람이다. 조무래기들처럼 몇 푼 찍으려면 시작하지 않을 거야."

갑자기 바깥이 소란스러웠다. 관광버스에서 사람들이 떼지어 내려 식당으로 들어왔다. 사람들이 있는 자리에서 나눌 이야기가 아니었다.

"천천히 건강을 회복하고 일합시다. 서둘러서 될 일이 아니죠."

대천과 산호는 자리를 털고 일어나 장터에서 요깃거리를 좀 사서 펜션으로 돌아갔다.

악마의 서약

　한 달 넘도록 은서는 수십 군데 학원과 회사에 이력서와 포트폴리오를 넣었지만, 취업에 성공하지 못했다. 명문대를 나와 유학까지 갔다 온 프로페셔널, 아니면 대학을 갓 졸업한 재기 발랄한 청춘과의 경쟁에서 밀릴 수밖에 없었다.

　유학도 다녀오지 않았고, 큰 프로젝트를 수행한 경력도 없는, 나이가 먹어 손과 머리가 굳어져가는 은서가 끼어들 자리는 없었다. 이러다가는 정말로 식당에 나가 설거지라도 해야 할 판이다. 원장이 그렇게 냉정하게 해고할 줄은 몰랐고, 대천도 이렇게 매정하게 연락을 끊을 줄은 몰랐다. 하긴 대천에게 돈이 남아 있었다 할지라도 이유 없는 돈은 긁어 죽는다 해도 받을 수 없었다.

은서를 찾는 사람은 김 경위밖에 없었다. 알량한 학원 강사에서 잘린 이유 중 하나도 김 경위의 학원 출입이다. 은서는 김 경위가 마뜩찮았다.

"대천이 출소했으면 이제 나랑 볼일 없잖아? 나 찾아올 시간에 돈 많고 배경 좋은 여자 찾아봐야지! 강남 마담뚜를 찾아가든지, 상류층만 소개한다는 결혼정보회사에 등록하든지 해보라고."

"재벌 사위? 돈 많고 배경 좋은 여자? 은서야, 나는 내 주제를 알아, 내 스펙으로는 어림도 없는 잠꼬대라고. 그런 여자 잡으려면 계급도 더 높아야 하고 돈도 더 많이 있어야 해. 나는 꿈이 큰 사람이야, 총장, 아니면 재벌 둘 중 하나야."

"경무관부터는 정치권이 움직여야 한다던데? 별처럼 말이야."

"그래서 돈이 많아야지. 로비하려면."

"다시 돈으로 돌아왔네, 뭐. 경찰이 비리 저지르지 않는 한 큰돈 벌 수가 있겠어?"

김 경위가 짐짓 표정을 엄숙하게 바꾸며 진지하게 말했다.

"그럼 우리도 위조지폐를 만들어볼까?"

"그것도 수지맞는 장사가 아니잖아? 제대로 만들려면 제조 원가가 액면가를 넘어야 할 판이니 찍을수록 손해나는 미친 짓이지."

"그건 만 원권밖에 없었을 때 이야기지. 오만 원권을 만드나 만 원권을 만드나, 원가는 거기에서 거긴데 한 장 만드는 데 만 원이 든다면 만 원짜리는 찍으나 마나지만, 오만 원짜리라면 사만 원이 남는 장사야. 기계 설비를 갖춰서 대량으로 찍으면 제조 단가가 더욱 떨어질 거고. 모르긴 해도 장대천, 그 자식도 어디선가 분명히 오만 원권을 만들고 있을 거야."

"그러니까 대천 씨가 오만 원짜리 만들면 그때 또 덮치려고? 그럼 대천 씨를 쫓아야지 왜 나를 귀찮게 하냐?"

"정은서라는 스위치를 누르면 장대천이라는 벨이 울리지 않겠어?"

"대천 씨가 나랑 만날 이유가 뭐 있겠어. 나 강사 자리 쫓겨난 거, 네 책임도 있어. 그러니까 내 주변에 좀 나타나지 마라."

"그 정도 강사 자리는 내가 소개해줄 수도 있어."

"아주 직업소개소까지 차렸냐. 너 그러다가 경찰복 오래 못 입겠다."

저축해둔 쥐꼬리 돈이 동나기 전에 월세라도 벌어야 했다. 편의점 야간 아르바이트라도 나가려고 생활정보지를 뒤적이는 은서에게 느닷없이 대천에게서 전화가 왔다. 반가웠다. 정말로 시장 골목 순대집이라도 좋다면 술 사겠다는 약속을 지키겠다고 했다. 거절할 이유가 없었다. 재래시장의 순대 골목에서 소주잔을 놓고 마주 앉았다.

"산호 씨와 같이 있죠?"

"네."

"돌아가면 내 안부 전해줘요."

"그럴게요. 그동안 어떻게 지냈어요?"

거짓말이나 허세가 통할 사이가 아니다. 은서는 솔직하게 대답했다.

"학원에서 해고되어 먹고살 길이 없네요. 방세라도 벌까 하고 생활정보지 뒤적이고 있다가 대천 씨 전화 받았어요."

대천과 은서는 말없이 잔을 나눠 술을 두어 잔 마셨다.

"미안해요. 말을 하지 않아도 알겠어요. 저 때문에 경찰이 오가고, 수강 시간도 못 맞췄겠죠. 정말 미안해요. 결국은 제가 은서 씨를 어렵게 만든 셈이군요. 은서 씨가 돈 몇 푼 때문에 면회 다니지 않았다는 것을 알기에 더 미안하네요."

대천의 목소리에는 미안한 마음이 고스란히 담겨 있었다.

"뭘요, 그런 생각 하지 마세요. 어차피 제가 시작한 일, 아무도 원망하지 않아요. 그래도 대천 씨 뒷바라지하면서 일당 받은 돈 모아놓은 게 남아 있으니까 몇 달은 버틸 수 있어요. 그 안에 무슨 일이든 시작할 거고요."

"그게 몇 푼이나 된다고."

"몇 푼이라니요? 그 돈이 지금 제게는 얼마나 큰 힘인데. 그 돈마저 없었으면, 어쩌면……."

은서는 눈동자에 스미는 물기를 어쩌지 못했다. 서러움이 묻어나는 목소리로 은서가 말을 이었다.

"공산주의도 민주주의도 사회주의도 자유시장경제도 부의 분배에 성공하지 못했어요. 그래서 어느 나라나 빈부의 격차가 없을 수는 없어요. 유독 그 정도가 이 나라에서 심하기는 하지만, 그것도 나 혼자만 겪는 일도 아니라서 돈 없는 것은 참을 수 있는데, 꿈과 희망이 사라진다는 건 무서워요. 나의 존재 의미 자체가 없어지는 거잖아요. 이 나라의 가장 큰 문제는 부의 편재보다도 기회의 편재에요. 가난한 사람들은 부자가 될 기회를 잡을 수가 없어요. 아니, 부자까지는 바라지 않더라도 최소한 꿈과 희망을 이룰 기회를 단한 번만이라도 가지고 청춘을 불태울 수 있다면……. 설혹, 실패할지라도 태어난 것이 후회스럽지는 않을 텐데, 기회 자체가 없으니 스스로의 존재가치를 찾을 수 없어 생존 의지가 꺾이는 거예요."

은서의 어두운 말을 따라, 대천 얼굴에 그늘이 짙어졌다. 대천의 얼굴은 술을 마셔도 붉어지지 않고 오히려 핏기가 가셔서 더욱 작고 초라해 보였다.

"저도 삶에 큰 집착이 없기는 마찬가지입니다. 앞으로 살길도 문제지만, 살아온 지난날도 참 쉽지 않았어요. 소모성 질환인 결핵에 걸리신 어머니께서 가난 때문에 영양가 있는 좋은 음식을 드시지 못해 일찍 돌아가셨고, 중학교를 겨우 마친 누나도 어린 나이에 공장에 다니다가 무식한 술주정뱅이에, 나이도 열 살은 더 많은 공장 선임한테 성폭행당해 억지로 동거 생활하다가 자살했죠. 그래서 가난에서 벗어나려고 정말 열심히 일해서 돈을 모았는데도 대한민국에서는 일만 해서는 돈을 모을 수가 없더라고요. 인쇄일도 전망이 없어요. 컴퓨터와 잉크젯 프린터가 보급되어 개인 주문은 씨가 마르고, 큰 건은 기업형 윤전기가 쏟아내는 딘가와 품질을 조무래기 인쇄기로는 맞출 수 없고, 책은 출판도

시에서 다 찍어서 우리 같은 인쇄공이 먹고살 길이 없어요. 정말로 어렸을 때부터 돈 자체가 좋아서 위조지폐를 연구했지만, 이제는 위조지폐가 생존이 되었어요. 마흔을 바라보는 나이에 집도 가게도 없어, 오갈 데 없는 전과자 신세입니다. 이제는 위폐를 찍지 않으면 굶어 죽는다고요."

남의 일이 아니었다. 대천의 얼굴에 서린 비감이 은서를 서럽게 했다. 대천의 얼굴은 늙어버린 손과는 반대로 크기도 작고 피부도 고와서 나이보다 어려 보였는데, 수감 생활 동안 눈초리가 더욱 처지고 눈 주위에 잔주름이 생겨 이젠 제 나이로 보였다. 은서는 술잔을 들어 단숨에 털어 마시고는 말을 꺼냈다.

"대천 씨. 둘이서 처음으로 마주 앉아 하는 이야기예요. 진지하게 들어주세요."

은서의 정색에 대천이 표정을 굳히며 귀를 기울였다.

"무슨 말입니까?"

"꼭 끝까지 가야 해요?"

대천은 가게 안을 힐끗 둘러보았다. 술 시간이 일러 손님도 없었고, 주인은 밖에서 순대를 손질하고 있다.

"진폐는 내 종교요, 나의 존재 이유입니다. 그리고 방금 말했듯이, 이젠 생업이 되었고요."

"정말로 진짜 지폐를 만들 자신이 있어요?"

"끝까지 포기하지 않을 겁니다."

"성공해서 엄청난 돈이 생기면 뭘 할 거예요?"

"뭘 하다니요? 돈으로 못할 게 뭐가 있습니까? 세상이 내 것이 될 텐데요."

은서는 잔을 비운 대천이 안주를 먹도록 기다린 다음에 잔을 채웠다. 대천은 황송한 표정으로 잔을 받아놓고 은서의 잔에 조심스럽게 술을 따랐다. 은서도 두 손으로 잔을 받았다.

"대천 씨, 리디아라는 나라를 아세요?"

"리디아요? 그런 나라도 있어요? 러시아 귀퉁이에서 떨어져 나와 새로 생긴 나라입니까?"

"지금 있는 나라가 아니고 약 삼천 년쯤 전에 지금의 터키 서부 지역 지중해 연안에 있었던 왕국이에요. 국토의 길이가 이천사백 킬로미터에 달해 동양과 서양의 다리가 되었던 나라였대요. 지금부터 육십 년쯤 전, 삼천 년 전 리디아 땅이었던 이오니아의 에베소에서 기원전 육백 년에 건설되었던 아르테미스 신전을 발굴하던 고고학자들이 신선 밑에서 놀라운 것을 발견했어요. 삼천 개가 넘는 리디아 동전이 그 속에 들어 있었던 거예요. 서구 문명 최초의 장편산문인 헤로도토스의 《히스토리어스》, 즉 역사라는 제목의 책 첫 페이지에 돈은 리디아에서 탄생했다고 기록되어 있는데 그 말이 사실이라는 확실한 증거가 나온 거죠. 그렇게 돈이란 게 세상에 생겨나 인류의 삶이 어떻게 바뀌었는지 아세요?"

"은서 씨. 저 공고 출신입니다. 역사나 지리는 꽝이에요."

"돈이 생기자 맨 먼저 시장이 생겨났다고 해요. 부정확한 물물교환보다는 돈으로 환산된 정확한 거래 기준이 생겼으니까 말이에요. 전에는 크기나 희소성의 차이 때문에 주고받기 곤란했던 모든 재화와 용역을 돈으로 따져서 거래할 수 있게 된 거죠. 그렇게 리디아의 수도 사르디스에 시장이 열리자마자 바로 뒤따라 생겨난 게 뭔 줄 아세요?"

"모르니까 묻지 말고 그냥 가르쳐주세요."

"성 매매하는 사창굴이 생겼답니다. 그전에도 왕이나 귀족, 신관, 지주들에게서 물질적 보상을 받고 몸을 주는 여자들은 있었겠지만, 신분의 귀천에 상관없이 돈만 있으면 여자를 데리고 잘 수 있는 매매춘 서비스는 사르디스에서 시작되었다고 해요."

"아하, 그래서 매춘을 가장 오래된 직업이라고 하는 거네요."

"그다음에 사르디스 사람들은 주사위를 발명했어요."

"정말이요?"

"예. 역사적 기록은 물론 고고학적 발굴에서도 증명된 사실이에요. 사르디스 사람들이 왜 주사위를 발명했을까요?"

"글쎄요."

대천은 뒷머리를 긁적거렸다.

"주사위 도박판이 생긴 거예요. 그전의 내기나 제비뽑기 같은, 비슷한 집단 속의 내기에서 벗어나, 판돈만 있으면 누구나 끼어들 수 있는 도박판이 생겨난 거죠. 이 역사적 사실이 뭘 말하는 거 같아요?"

"그냥 말해주세요. 처음 듣는 이야기예요."

"왜 사람들이 돈이 생기면 물건을 사고 여자를 사고 도박을 하는지 말해주는 거예요. 졸부든, 주식 떼부자든, 할리우드 스타든, 재벌 상속자든 간에 돈벼락 맞은 사람들 보세요. 우선 집 사고, 고급 가전제품 들여놓고, 패물로 치장하고, 차 바꾸고, 배우자 바꾸고 난 다음 도박에 알코올, 마약 중독 끝에 병들어 죽잖아요? 미국 영화를 보세요. 은행을 털든 미술품 사기를 치든, 좌우지간 큰돈을 훔친 범인들의 마지막 장면이요. 오픈카에 금발 미녀 태우고 쿠바산 시가 물고 가는 거잖아요."

"모두라고는 할 수 없지만, 대부분 그렇더라고요."

"대천 씨는 안 그러겠다고 생각하겠지만, 전 그게 인간과 돈이 맺은 악마의 서약이라고 생각해요. 태생적 원죄라고요."

"그러니까 저도 돈이 많이 생기면 그럴 거라는 말이죠?"

"대천 씨뿐 아니라, 저도 피해가기 어려운 악마의 유혹이죠. 여자들도 명품에 성형수술에, 파티에, 불륜에, 돈으로 행복해지는 게 아니라 돈 때문에 인생 추락하더라고요. 로또가 인생을 행복하게 역전시키는 것이 아니라 반대로 천하게 역전시키는 꽝또가 되는 거죠."

대천은 탁자에 팔꿈치를 세워 손바닥으로 이마를 괴고 잠시 생각하더니 말을 깨물어 내놓았다.

"솔직하게 말할게요. 추하게 되어도 좋고, 돌아서서 총 맞고 죽어도 좋으니까 제발 돈 좀 많아 봤으면 좋겠어요. 은서 씨, 멍청한 놈 잡아오랬더니 가난한 놈 잡아왔다는 옛말이 있습니다. 가난한 놈은 억울해도 항거하는 힘이 없다는 말이죠. 배고픈 사람은 절대 자유로운 사람이 아닙니다. 밥을 벌기 위해 자유를 내놓을 수밖에 없지요. 굶지 않으려고 굽실거리며 사람대접 못 받는 노비에게 행복이란 게 있을 수 있겠어요? 돈이 없으면 사람 노릇도 못하고 목숨도 부지하지 못합니다. 짐승처럼 살다가 죽는데 인간다운 삶이 어디 있겠습니까?"

"대천 씨 말이 맞아요. 구구절절 옳은 이야기임에는 틀림이 없어요. 하지만, 내 생각과는 조금 다르네요. 세계적인 석학이라는 영국 노팅엄 대학의 교수 리처드 윌킨슨 박사가 국민평균소득과 평균수명과의 관계를 조사했는데요, 소득이 늘어나면 인간이 오래 사는 것은 틀림이 없었어요. 영양, 위생, 교육, 교통, 주거, 범죄 등등 인간의 수명을 늘려주는 모든 환경이 좋아지니까 말이죠. 아프리카의 잠비아는 일인당 국민소득인 GNP가 구백사십삼 달러에 평균 수명이 서른일곱 살 남짓한 최빈국인데, 중앙아메리카의 코스타리카는 국민소득이 구천 달러를 약간 넘는데 평균 수명이 일흔여덟 살이 넘었거든요. 국민소득 팔천 달러 차이가 사람을 두 배 이상 더 오래 살게 한 거예요."

은서의 말이라면 한 마디도 놓치지 않으려는 듯 대천도 귀를 세우고 듣다가 반문했다.

"연구 조사까지도 필요 없는, 누구나 다 알 수 있고 또 알고 있는 사실 아닙니까?"

"중요한 건 그게 아니고요. 윌킨슨 박사가 주목한 것은 코스타리카보다 국민 소득이 다섯 배 가까운 미국의 평균수명이 일흔일곱 살 정도라는 사실이었어요. 잠비아와는 반대로 부자인 미국이 훨씬 가난한 코스타리카보다 오래 살지 못한다는 통계를 보고 깜짝 놀란 박사는 세계 각국을 비교 연구해 결론을 내렸어요."

"어떤 결론이요?"

"일인당 평균 국민소득이 만 달러가 될 때까지는 소득에 따라 수명이 극적으로 연장되는데, 만 달러가 넘으면 정지하거나 오히려 퇴보한다는 거예요. 그 말은 의식주가 해결된 다음의 잉여소득은 인간의 삶에 크게 보탬이 되지 않고, 그때부터는 그 돈을 움직이는 인간의 마음이 행복과 불행을 결정한다는 거죠."

"은서 씨."

대천이 정색한 목소리로 은서를 불렀다. 은서는 잔을 들다 말고 놓았다.

"평균 국민소득이라는 게 우리나라에서도 통한다고 생각

하세요? 평균이라는 건 학과목당 점수에나 내는 겁니다. 특히 우리나라처럼 상위 이십 퍼센트가 부의 팔십 퍼센트 이상을 독차지하고 상하위 소득격차가 열 배나 되는 나라에서 평균이라뇨? 십억 가진 사람과 한 푼도 없는 사람 평균내 오억이라니 말이 됩니까? 빈부격차가 어느 정도여야 평균소득이죠. 특히 우리나라에서는 그런 말 정부에서 많이 쓰는데, 그거 국민에게 사기 치는 말이라고요."

은서는 뜻밖으로 격렬한 대천의 반응에 눈을 동그랗게 치떴다. 대천은 은서의 놀란 표정에도 아랑곳하지 않고, 가슴 속에 맺힌 말을 쏟아내듯 말을 터트렸다.

"그리고 의식주 해결이요? 그 말도 우리나라에서는 하늘나라 방언입니다. 은서 씨도 잘 아시잖아요? 가난한 집 아이가 죽도록 공부해서 일류대 나와 좋은 직장 취직해도, 결혼하고 애 키우고, 승용차 사면 아파트 장만은 물 건너간 겁니다. 실업계 나와서 성실하게 직업병 얻어가며 밤낮없이 일해도 전세는커녕 월세도 못 벗어납니다. 자영업이요? 대기업 프랜차이즈 아니면 할 게 없는데 가맹점은 본사의 개미나 다름없잖아요? 죽도록 장사해본들 어느 세상에 내 가게 차려 나갑니까? 우리나라에서는 건강하고 성실하고 착한 젊은이가 맨손으로 사회에 나와서는, 허리띠 졸라매고 먹을 거 아껴가며, 길거리 옷 입으며, 지하방이나 회사 기숙사에 살아도 절대로 가난에서 벗어나지 못합니다. 은서 씨도 마찬가지고 저 같은 기계공도 마찬가지입니다. 우리가 뭘 잘못했습니까? 사회의 시스템에 따라 열심히 일한 죄밖에 없는데 우리 손에 가진 게 뭡니까? 의식주 해결이요? 이렇게 생존하는 게 의식주를 해결한 겁니까? 변명하는 말이 아닙니다. 진폐가 내 삶의 목표이긴 하지만, 의식주를 해결하고 가난에서 벗어나려면 이젠 진폐를 만드는 길밖에 없어요. 부자는 집을 사서 임대해주고 월세 받아 놀고먹고, 가난한 사람은 월세 내다 영원히 전세금을 마련하지 못합니다. 부자는 학군 좋은 데서 살면서 자식들도 끼리끼리 키웁니다. 가난한 집 아이들은 상류사회, 기회와 돈을 독식하고 있는 기득권 사회에 영원히 낄 수 없도록 원천 차단하는 거지요. 은서 씨, 우리도 가난에서 탈출해 부자의 줄에 서야 합니다. 진폐라도 찍어서 말입니다. 삶과 죽음의 다리를 건너지 않고서야 어찌 빈자가 부자의 대열에 서겠습니까? 대통령을 해도 월급으로는 부자가 되지 못하니까 목숨을 걸고 뒷돈을 챙기고, 재벌 회장도 정상적으로는 부를 축적하지 못하니까 정치가에게 뒷돈 주고 정부 사업 따냅니다. 정치가든 기업가든 거물들은 충복을 키워 뒀다가 일이 터지면, 대리 징역을 보내고 잠깐 눈속임으로 뒤로 물러나 쌓아놓은 돈 뽑아 호화찬란하게 삽니다. 대리로 감옥에 가면서라도 부의 대열에 끼려는 충복들이 넘쳐나니까 걱정 없이 법을 어기는 거죠. 서민들은 가난에서 벗어나려고 목숨 걸고 차에 뛰어 드는 자해로 보험사기를 치고, 돈을 놓고 부모형제가 칼부림을 합니다. 이런 지옥에서 벗어나는 길이 있다면, 유황불 속이라도 걸어가야죠."

말을 쏟아내서 목이 마른 듯 대천은 술잔을 거푸 비웠다. 은서는 냉온수기에서 시원한 물을 한 컵 받아와 대천에게 줬다. 더는 대천을 자극하고 싶지 않았다.

"대천 씨. 저를 만나자고 한 이유가 따로 있지 않아요?"

대천은 지갑 속에서 작은 메모지 한 장을 꺼냈다.

"이거 은서 씨가 가르쳐줄 수 있습니까?"

"뭔데요?"

"컴퓨터 프로그램입니다."

은서는 메모지를 받아 보고 대답했다.

"다쏘 카티야랑 오토데스크 인벤터 최상위 버전이네요.

238

저도 지금 당장은 할 수 없고, 소프트웨어 사서 공부 좀 해야 마음대로 다룰 수 있는 고급 프로그램입니다. 이 분야 전공자들이 아니면 자유자재로 다룰 수 없는 최상급 디자인 설계 프로그램이에요."

"제가 다루기는 어렵다는 이야기죠?"

"당연하죠. 왜 이런 프로그램이 대천 씨에게 필요……."

은서는 말을 도중에 멈추고 대천을 바라봤다. 그러다가 손을 내밀어 대천의 왼손을 부여잡았다. 대천의 손이 은서의 손안에서 바르르 떨었다. 은서는 대천의 손가락이 잘린 부분을 쓰다듬으며 말했다.

"일을 쉬어서 손이 아주 고와졌네요. 대천 씨, 제가 대천 씨 옥바라지를 결심한 건 바로 이 손 때문이었어요. 꼭 돌아가신 아버지 손 같았거든요. 대천 씨, 서로 눈을 똑바로 보면서 이야기해요."

은서의 눈에 대천이 눈을 맞췄다.

"대천 씨, 지금 우리가 쓰고 있는 것 같은, 제대로 된 지폐가 어떻게 생겨났는지 알고 있죠?"

"인쇄에 관한 건, 나도 알죠. 15세기에 구텐베르크가 인쇄기를 발명해서 찍기 시작했지요. 물론 구텐베르크보다 칠팔

백 년 전 중국에서 발달한 목판 인쇄 기술이 유럽에 전파되었고 금속 활자도 구텐베르크보다 이백 년 전에 우리 고려 시대 때 만들어졌기 때문에 구텐베르크는 서양에서 금속활자를 처음 만들고 기계식 인쇄기를 만든 것에 불과했지만, 구텐베르크의 인쇄기를 만들고 나서야 품질이 고르고 우수한, 오늘날 지폐의 원형이 된 인쇄물이 나 올 수 있게 된 거지요."

"대천 씨, 인쇄를 하려면 종이가 있어야 하죠?"

"하나 마나 한 말 아닙니까? 그래서 산호 형을 찾은 거잖아요."

"구텐베르크는 값싸고 품질 좋은 종이가 대량으로 생산된 이후에 인쇄기를 만들 생각을 했어요. 종이가 없는데 어떻게 인쇄기를 만들 생각을 했겠어요? 깡통이 나오기 전에 깡통따개를 만들 수는 없잖아요."

"종이야 중국에서 이천 년 전에 채륜이 만들어 유럽에도 널리 퍼졌죠."

"유럽은 중국과 달라서 종이가 널리 사용되지 못했어요. 왜냐면 내구성이 강하고 물에 젖어도 풀어지지 않는 종이를 만들려면 면섬유가 있어야 하는데, 유럽에는 목화가 거의 재배되지 않았거든요. 그래서 대부분 동양에서 수입해야 했기 때문에 옷감을 만들기에도 부족해 값이 비쌌어요. 그래서 14세기 초반까지만 해도 서양의 책은 양피지에 쓴 필사본이어서 귀족들이나 보고 가질 수 있는 보물이었죠. 그러다가 14세기에 들어서 면섬유가 갑자기 거의 공짜로 엄청 생겨나 품질 좋은 종이를 대량 생산할 수 있게 되었어요. 그래서 구텐베르크가 인쇄기를 만들 수 있었고, 그 인쇄기가 지폐를 찍을 수 있게 된 거예요."

"면섬유가 어디서 그렇게 생겨났어요? 그것도 공짜로요?"

"14세기 초, 유럽에 페스트가 대유행해 당시 인구의 삼분의 일이 죽은 후 그 시체에서 벗겨낸 옷가지가 굴러다니게 되었답니다. 값싼 면섬유가 대량으로 생긴 거죠. 그래서 그 넝마들을 갈아서 지폐를 찍을 만큼 질긴 종이를 만들 수 있었대요. 근대적인 지폐는 그렇게 태어났어요. 대천 씨, 잊지 마세요. 지폐는 인간의 죽음 속에서 피어난 악의 꽃이란 것을."

은서가 손을 놓자 대천은 은서가 잡았던 손을 물끄러미 보면서 말했다.

"악의 꽃일지라도 돈이 없으면 인간은 살 수 없어요."

"제가 지금 가장 극복하기 어려운 것은, 시급 몇 천 원의 야간 아르바이트도, 식당 설거지도 아니에요. 무너진 자존심도 아니고요. 벗어날 희망이 없는 가난도 아니고요."

"그러면?"

"이룰 기회를 한 번도 잡지 못하고 사라져버린 제 꿈이죠. 결국은 이렇게 사라지고 말 꿈을 위해 죽을힘을 다했던, 그 모든 공부와 노력이 너무 허무해 이제는 점점 내가 누구였는지도 희미해져 가요. 나 정은서의 정체성이 사라져 가고 있어요. 대천 씨. 그 프로그램 내가 해주지 않으면 다른 누구에게 부탁하더라도 끝까지 갈 거죠?"

"산호 형과 내가 공부해서라도 끝까지 갈 겁니다. 좀 늦어지더라도요. 여기서 다른 사람을 붙이면 너무 위험하니까요."

"대천 씨, 왜 우리나라의 자살률이 세계 최고인 줄 아세요?"

"빈부 격차가 너무 커서 도저히 부자가 될 희망이 없다는 상대적 박탈감 때문이죠."

"그래요. 꿈의 좌절이 곧 삶의 좌절이니까요. 요즘 그걸 뼈저리게 느끼고 있어요. 꿈의 좌절이 얼마나 뼈아픈지를 알고 있으니까 대천 씨가 꿈을 이루도록 도와드릴게요. 전에 잉크젯으로 장난삼아 위조지폐를 만들면서 다 해본 일이라서 뭘 어떻게 해야 할지 잘 알고 있어요. 전공을 버리기 전에 마지막으로 내가 배운 것을 후회 없이 전부 써버리겠어요. 대천 씨의 꿈의 종착역이 어디일지는 모르지만, 이루어진 꿈이 대천 씨를 스스로 망치지 않기를 바라면서요."

자리를 털고 일어서려는 은서의 손을 대천이 잡았다. 여전히 떨리는 손길이었다.

"은서 씨. 잠깐만요."

은서가 자리에 앉자 대천은 은서의 손을 잡은 채로 탁자 위에 올려놓았다.

"손을 잡게 해줘서 정말 고마워요. 은서 씨 손을 꼭 한번 잡아보고 싶었거든요. 은서 씨의 꿈이 뭐였는지 말해줄 수 있어요?"

은서는 기꺼이 대답해주었다. 허무한 마음이 그대로 스민 목소리였다.

"어려서부터 책을 참 좋아했어요. 책 내용도 내용이지만, 대천 씨가 돈 자체를 좋아했듯, 책 그 자체를요. 그래서 세상에서 가장 아름다운 이야기가 담겨 있는 가장 아름다운 책을 만들고 싶어서 편집디자인을 부전공했는데, 다 부질없는 짓이었어요."

은서가 말을 마치자, 대천은 가지고 온 과일주스 상자를 탁자 위에 올려놓았다. 두 박스가 함께 들어 있는, 커다랗고 단단한 선물용 패키지였다.

"여기서 열어보지 말고 조심히 가지고 가세요."

"괜찮아요. 주스 별로 좋아하지도 않고, 이렇게 많이 든 걸 저 혼자 어떻게 다 먹겠어요. 마음만 받을게요. 가지고 가서 산호 씨와 드세요."

대천이 은서에게 다시 눈을 맞췄다. 그렇잖아도 슬프게 생긴 눈에 눈물이 그렁했다.

"이 속에는 음료수가 아닌, 제가 손가락을 잘라주고 모은 돈이 들어 있어요. 위조지폐가 아닌 진짜 지폐예요. 자수하기 전에 은행에서 찾아 강원도 산골 바위 밑에 숨겨뒀다가 며칠 전에 찾아내 오만 원권으로 바꿨어요. 이 돈은 정직한 노동의 대가입니다. 너무나 아까워서, 너무나 소중해서 저는 못 쓰겠어요. 은서 씨, 이 돈 가지고 가세요. 큰돈이 아니라서 꿈을 이루기에 부족할지는 모르지만, 최소한 꿈을 꿀 수 있는 종잣돈은 될 겁니다."

은서는 대천의 손을 잡아당겨 다시금 손가락의 흉터를 어루만졌다.

　"그럴 수는 없어요. 이 돈, 대천 씨 꿈을 이루는 데 쓰세요."

　"이 돈은 죄를 짓는 데 쓰기에는 아까운 돈입니다. 정말로 내 피와 땀이, 인내와 굴종이 스민 돈입니다. 죄를 짓는 데는 죄가 되는 돈을 쓰면 됩니다. 은서 씨. 밤낮없이 일을 해번 깨끗한 돈입니다. 이 돈을 아름답게 써줘요."

　"그래도 받을 수 없어요."

　"그냥 주는 건 아닙니다. 은서 씨 꿈이 이루어지면 갚을 수 있잖아요? 저도 받을 희망이 있으니까 빌려주는 겁니다. 이 돈으로 세상에서 가장 아름다운 이야기를 찾아서 세상에서 가장 아름다운 책을 만드세요. 책은 제가 그냥 찍어드릴게요. 제 인쇄 기술을 다해서 최고의 책을 찍을 기회를 주세요."

두 천재

"일본 사람들이 슈퍼 엔을 만들고는 공장 문을 닫았다면 서? 그럼 슈퍼 원은 너 혼자 만든 거냐?"

산호는 대천이 미덥지 않은 듯, 자꾸만 물었다. 남보다 지 능이 뛰어난 사람들의 오만과 편견이었다.

"아니요. 서울로 올라와 허름한 인쇄소를 차려서 일단은 자질구레한 동네 일감을 물어와 밥벌이하면서 슈퍼 엔을 찍 었던 동판 인쇄기를 복제하려고 부품을 모으고 있었는데, 일본에서 사장이 저를 가르쳤던 기장을 데리고 다시 찾아 왔습니다. 만 원권 신권 조각판을 들고요. 일본이 지폐를 바 꿔서 전에 찍었던 돈이 무용지물이 되고 그걸 성능부가 수사를 받고 있어서 엔화를 움직일 수 없게 되었다면서 이번에는 원화를 찍어서 보내야겠다고 했습니다. 선택의 여지가 없었습니다. 거절은 곧 죽음 아닙니까. 사장이 감춰두었던 인쇄기를 가져오고 일본에서 홀로그램 기계도 가져와 변두리 빈 창고를 빌려 작업을 했습니다."

"홀로그램이 그렇게 쉽더냐?"

"홀로그램도 인쇄의 일종일 뿐입니다. 레이저로 마스터 원판을 만드는 것이 어렵지, 그다음은 별거 아닙니다. 대량생산용 심Shim 하고 엠보 원단만 있으면 스티커 찍는 것과 별로 다르지 않습니다."

"그래도 무진실에서 찍어야 하잖아?"

"무진실이요? 컨테이너 하나에 집진기하고 공기 청정기 붙이면 됩니다. 그렇게 일체형으로 파는 것도 있고요."

"얼마나 찍었는데?"

"원단이 부족해 많이 찍지는 못했습니다. 그때 사장이 형님 이야기를 했습니다. 원단을 납품하던 공장이 문 닫고 사장이 구속되어 더 구하지 못한다고요. 그래서 찍은 돈을 한 장 한 장 철저히 관리해 모두 일본으로 보냈습니다. 일본 조직의 환전소에서 엔화를 받고 위조 원화를 내주는 식으로 세탁해서 쓰는 모양이더라고요."

"네 몫은 얼마나 주던?"

"원단이 없어 많이 찍지 못해 조금밖에 받지 못했습니다."

"그래서 그 돈을 쓰다가 걸린 거야?"

"몇 푼 쓰지도 못하고 은서 씨에게 걸릴 줄 누가 알았겠습니까. 은서 씨만 아니었으면 지금까지도 잡히지 않았을 겁니다."

"네 말을 종합해보면, 일본 사람들이 혹시나 자기들과의 관계를 불까봐 재판정에서 무언의 압력을 넣고 뒤를 봐주었다는 이야긴데, 좀 미심쩍다."

"뭐가요?"

"뭐긴 뭐야. 그냥 너를 제거해버리면 간단할 텐데, 왜 살려뒀을까?"

"저도 그게 무섭기도 하고 형님도 찾아볼 겸해서 자수했습니다. 총 들고 지켜주는 교도소에서 다리 뻗고 살면서 이곳저곳 이감되다 보면 언젠가는 형님을 만나겠지, 생각하고요"

"글쎄, 일본 조직이라면 교도소에서도 얼마든지 너를 죽일 수 있었어. 아마도 너를 살려놓은 다른 이유가 있을 거야."

"다른 이유라면 한 가지뿐이죠. 저를 잡아다 갱신된 신권 엔화를 찍으려고요. 그것도 제가 교도소로 도망간 이유 중 하나입니다. 심부름 그만하려고요. 이번에는 형님도 저와 함께 있으니까 당당하게 협상할 겁니다."

"어떻게?"

"엔화를 찍어줄 테니 원화를 찍게 해달라고요."

"그런 놈들이 독립할 수 있게 목줄을 풀어줄 것 같아?"

"그러니까 형님이 도와주셔야죠. 어차피 형님도 복수하려면 돈이 있어야 하지 않습니까? 내일 저랑 같이 갈 곳이 있어요."

서울에서 가까운 경기도 야산 한 귀퉁이에 컨테이너 야적장이 있다. 거칠게 평토한 공터에 철조망을 둘러쳐 놓고 '야적장 임대, 위탁 보관. 장기임대 할인' 현수막을 커다랗게 걸어놓았다.

"수출이 지연되거나 하자 걸린 상품, 공장 망해 땡처리 된 물건, 부채 불이행으로 담보 잡히기 전에 빼돌린 물건, 장기 외국 근무로 이사 가면서 보관해둔 이삿짐, 보관 장소가 없는 영세 업체 원자재 등등 뭐든지 컨테이너에 담아오면 보관해주는 곳입니다. 주차장보다 더 관리가 쉽고 수입도 짭

짤하다고 하네요."

하긴, 철조망 입구에 관리인이 거주하도록 개조된 컨테이너 하나와 컨테이너를 트레일러에 싣고 내릴 수 있는 크레인이 장사 밑천 전부였다.

대천이 관리인에게 보관증을 보여줬다.

"출고하시려면 미리 연락해야 입구로 옮겨놓습니다."

"보관 상태를 점검하러 왔습니다. 선불한 임대 기간도 많이 남아 있고요."

"위치는 아시죠?"

"그럼요."

대천은 산호와 함께 구석 쪽의 사십 피트짜리 컨테이너가 겹겹이 쌓여 있는 곳으로 가 맨 아래에 있는 컨테이너의 디지털 자물쇠 번호를 눌러 문을 열어젖혔다. 하얀 포장을 뒤집어쓴 커다란 물건이 들어 있었다. 겨우 사람 하나 서 있을 정도의 공간밖에 남아 있지 않은 걸로 보아 길이가 십 미터는 됨직했다.

"이게 뭐야?"

"보면 아실 겁니다."

대천이 포장의 끝자락을 잡고 끌어내렸다. 인쇄기였다.

"이런 인쇄기는 처음 보는데."

"독일제 다색 요판인쇄기 몸체입니다. 달러는 물론, 엔화, 원화도 다 이 기계 나란히 붙여 윤전식으로 개조해 찍습니다. 컨테이너 두 개 다 열어 조립하면 완전한 기계 한 세트가 되죠. 이게 바로 창원에서 제가 관리하던 기계였습니다."

"이런 건 정부 간에 수출입 허가가 나지 않으면 구할 수 없는 전략물자라던데? 지정된 장소에서 신고한 원판만 찍을 수 있도록 철저히 관리하고."

"그건 등록된 물건일 때 하는 말이죠. 일본 사람들이 분해하고 개조해서 가져다 놓은 거니까 누가 알겠습니까?"

"일본 사람들이 네게 관리를 맡겼다는 거야?"

"아뇨, 창원 공장 문 닫을 때 이렇게 분해해서 신고 갔는데, 슈퍼 원 찍을 때 사장이 가져왔더라고요. 그래서 슈퍼 원을 찍고 다시 분해해 컨테이너에 넣을 때 스마트폰의 GPS를 켜서 넣어두었다가 위치를 추적했습니다."

"너도 어지간하구나. 그래서 훔쳐온 거야?"

"그런 일 전문으로 하는 녀석들에게 가져오라고 돈을 줬습니다. 녀석들이 빈 컨테이너를 보관소에 집어넣고 찾으러 갈 때 예쁜 여자를 데리고 가서 관리인을 홀리고 이걸로 슬쩍 바꿔 실어왔어요. 여기로는 제가 직접 옮겨왔고요. 저도 야쿠자 놈들에게 죽지 않으려고 생명보험을 든 겁니다. 이거라도 가지고 있으니까 사장이 저를 죽이지 못하고 있고 뒤를 봐주는 거죠. 제가 칼자루를 쥐고 있으니까 연락하면 즉시 달려와 협상할 겁니다."

산호는 호기심이 생겼는지 눈을 빛내며 컨테이너 안으로 들어가 기계를 낱낱이 살펴봤다.

"원래 활판이나 동판이나 원리는 다 똑같고 기계 구조도 크게 다르지 않아요. 지형으로 뜬 납 활자 원판을 올리느냐 조각한 동판을 올리느냐의 차이뿐이죠."

대천의 설명을 들으며 산호가 캐물었다.

"돈을 만들자면 다른 기계도 많이 있어야 하지 않아?"

"이쪽에 있는 큰 컨테이너 다섯 개에 전부 들어 있습니다. 무진실, 홀로그램 기계, 재단기까지 전부요."

그제야 산호는 대천의 장담에 대한 믿음이 생긴 듯했다.

"알았다. 나도 너를 데리고 가볼 데가 있다."

1980년대 초부터 전국적으로 시골에 농어촌 공업단지가 조성되었다. 남아도는 농촌의 인력을 활용해 공업제품을 생산해서 도시와 농촌 간의 소득 격차를 줄이고 이농 현상까지 잡아보겠다는 야심 찬 계획이었다.

입주 업체에 상당한 혜택을 주며 추진된 국가 중요 시책이었으나 성공하지는 못했다. 몇몇 곳이 지역 특산물 가공단지로 명맥을 유지하고 있지만 폐허가 된 곳이 수두룩했다. 농촌에 사람이 사라져 일손 자체가 없어지고, 물류비용이 많이 드는 지방 공단에 입주하려는 업체 또한 없었다.

산호가 대천을 데리고 간 충청도 구석의 농공단지도 그렇게 버려진 곳이었다. 수십 개의 공장이 모조리 문을 닫고 인적이 끊어진 공장지대는 살벌했다. 무너져 내린 곳도 없지 않아서 전쟁이 휩쓸고 지나간 자리 같았다.

공장 대부분에 금융기관에서 압류를 통보하는 벽보가 붙어, 사람들의 출입을 제한했다. 철조망을 겹겹이 치고, 경고문을 무수히 붙여둬 단지의 초입부터 분위기가 무시무시했다. 도로에까지 잡초가 자라고 있어 차에서 내려 걷는 것도 으스스했다.

진입로에서 한 블록 들어간 곳에 산호가 경영하던 제지공장이 있었다. 입구 철문에 묵직한 쇠사슬이 칭칭 감겨 있었다.

"내 공장이 마지막까지 버텼었는데……"

감개가 무량한 산호의 목소리가 인적이 끊긴 폐허에 맴돌았다.

"오 년이란 세월도 길다면 길구나. 그사이에 이렇게 망가지다니."

산호는 출입금지 경고문을 무시하고 철문 옆 무너진 담장 사이를 지나 공장으로 들어섰다. 시멘트로 포장되었던 넓은 마당은 풀밭이 되었다. 그래도 건물의 외관은 멀쩡했다. 유리창이 몇 군데 깨져 있을 뿐 출입문도 부서지지 않고 그대로 붙어 있다.

"돈이 될 만한 것은 다 경매로 팔려나갔겠지."

깨진 유리창을 넘어 공장 안으로 들어가 보니 산호의 말대로 텅 비어 있었다.

"내 꿈을 펼쳐 보이겠다고, 내 발명이 성공하면 갑부가 될 수 있다는 희망을 품고 시작해 밤낮없이 이곳에서 살았어. 커다란 기계들이 24시간 돌아가고 원자재를 실은 트럭과 생산된 제품을 실은 트럭이 쉴 사이 없이 들고 났었어. 겨울에 난방하지 않아도 기계의 열기와 사람들의 열정으로 공장 안이 훈훈했었어."

공장은 내부가 3층 높이까지 탁 트인 거대한 공간이었다. 한쪽에 2층 높이의 커다란 탱크가 부서지지 않고 남아 있었다. 산호를 따라 탱크 곁에 붙어 있는, 녹이 슬어 군데군데 구멍 나 위태로운 철 계단을 올라갔다. 탱크 꼭대기까지 계단이 이어져 있다. 탱크 입구에 컨트롤 박스를 세우고 철판으로 바닥을 깔아놓은 대여섯 평 남짓한 공간이 있었다. 그곳까지 올라간 산호는 겁도 없이 커다란 탱크 가장자리에 서서 내려다보면서 정작 대친이 다가가자 말렸다.

"위험해. 떨어지면 죽는다."

"2층 정도인데요, 뭘. 떨어진다 해도 죽기야 하겠습니까. 조심하겠습니다."

"아니야. 바닥에 칼날이 들어 있어서 위험해. 내가 특허를 내 설치한 탱크거든."

"무슨 일을 하는 탱크입니까?"

"이 탱크가 하는 일을 알려면 우선 종이를 어떻게 만드는지 알아야 해. 종이 제조 공정은 기본 재료인 지료紙料를 만드는 조성, 조성된 지료로 종이 모양을 만드는 초지, 만들어진 초지에 종이 용도에 따라 코팅 등의 가공을 하는 도공, 완성된 종이를 필요한 형태로 자르거나 감아서 포장하는 완공. 이렇게 네 가지 공정으로 크게 나눌 수 있어."

"그 정도는 저도 알고 있습니다. 직접 만들어보려고도 했
거든요. 그런데 각각의 공정마다 세부적인 가공 공정이 또
따로따로 있어서 생각보다는 엄청나게 복잡하고, 정교하고,
시간도 오래 걸리는 과정이더군요."

"모든 것이 자동화되어 기계만 준비하면 그렇게 어렵지
않아. 함께 일하게 되면 내가 다 가르쳐줄게. 첫 단계인 지
료 조성만 잘하면 어떤 종이든지 자동으로 뽑아낼 수 있거
든. 그래서 지료가 비밀인 거야. 이 탱크가 바로 지료 조성
공정에 필요한 가장 중요한 설비라고 할 수 있지. 제일 먼저
재생용지나 펄프, 섬유 등을 잘게 잘라서 풀어헤쳐 죽을 만
드는 이해離解라는 작업을 해야 해. 그래서 재생지로 화장지
를 만들려고 이렇게 큰 탱크를 설치했어. 나는 일반적인 제
지 공정을 단축해 특허를 냈어. 이해 과정에서 풀어진 원료
에서 불순물을 걸러내는 정선을 거쳐 섬유가 잘 섞이도록
잘게 부수는 고해叩解를 해야 비로소 제지할 수 있는 지료가
되고, 그 지료를 가지고 용도에 따라서 여러 가지 약품을 섞
는 조합調合을 한 다음에야 비로소 종이를 뜨는 초조抄造를
할 수 있는데, 나는 이해부터 조합까지 이 탱크 하나로 할

수 있게 하여 원가를 절감했어. 화학약품을 섞은 백 톤 용량의 재료를 갈아 죽을 만들어 뒤섞는 과정이라서 사람들이 떨어지지 않도록 커다란 스테인리스 뚜껑을 덮고 작업을 했는데 뚜껑은 도둑들이 가져가 버렸나 보다."

"백 톤이라니, 상당합니다."

"화장지 백 톤, 십 톤 트럭 열 대 팔아봐야 몇 푼이나 되겠어. 더구나 이 탱크는 경제성을 입증하려는 실험 설비라서 돌리면 돌릴수록 손해가 났어. 하지만 신제 펄프보다 더 값싸게 더 좋은 원료를 뽑아낼 수 있다면, 아니 더 싸지 않고 비슷하기만 해도 이 공장 시스템을 통째로 팔아먹을 수 있겠더라고. 환경 보호와 자원 재활용! 지구를 살리는 그린산업이라는 절대적 가치가 있으니까. 개인이 아닌 정부 차원에서 부르는 대로 값을 치르고 사지 않겠어? 수백억 대 공장을 자동차 팔듯 하는 거야. 돈? 빌 게이츠 따라잡는 것은 시간문제였어."

"정말 대단한 아이디어입니다. 역시 형님은 천재입니다."

"그래서 적자를 메우고 연구비를 마련하려고 부가가치가 높은 고급 주문지를 생산했지. 내가 못 만들 종이는 없었어."

"이 지구상에서 진짜 지폐 원단을 만들 사람은 형님밖에 없다는 제 생각이 틀림없었었네요."

"그런데. 김강모. 그놈이 CIA를 데려와 내 꿈을 산산이 짓밟았어! 가만두지 않을 거야. 미국 놈들에게도 똥침을 제대로 박아줘야겠지!"

"채권단에 얼마나 주면 이 공장을 살릴 수 있을까요?"

"유찰에 유찰을 거듭하다가 결국 관리대장에 이름만 남아 있을 뿐이니까 임자만 나서면 부실 채권 정리하려고 얼씨구나 대환 대출에 분할 납부까지 다 해주겠지. 그러면 몇 푼 없어도 인수할 수 있겠지만, 누가 여길 사겠어?"

"제가 사죠."

"뭐라고?"

"좀도둑처럼 숨어서 어떻게 큰일을 하겠습니까. 당당하게 눈앞에서 한탕 크게 해치우고 말죠."

"김 경위와 일본 조직이 당장 쫓아올 건데?"

"쫓아오라고 백주에 내놓고 일을 벌이는 겁니다. 언제까지 그 사람들 피해 살 수는 없어요. 죽든 살든 결판을 내야죠."

6년 가까이 꺼져 있던 제지 공장의 불이 다시 켜졌다. 울타리노 손보고 사방에 CC-TV도 설치했다. 대천과 산호는 식당으로 쓰던 공간을 원룸으로 개조해 아주 살림을 차렸다. 폐지로 순백의 화장지와 프리미엄 잉크젯 용지를 생산한다는 대의명분을 내세워 은행 융자도 받아내고, 설비도 리스했다. 하지만, 융자나 리스는 눈속임이었다. 감춰두었던 슈퍼 원을 풀었다. 최신형 초지기와 건조기, 재단기 등등을 설치하고 컨베이어로 연결해 전체 공정을 자동화했다. 산호는 날마다 대천의 재능에 감탄했다. 제지와 인쇄 관련 기계는 물론이고 크레인, 지게차, 트레일러 등등 대천은 못 다루는 기계가 없었다.

"너 언제 이런 기계들을 다 만져봤어?"

"기계의 작동 원리를 알면 그게 그겁니다. 한두 번 이 스위치, 저 레버 만져보면 금방 알게 되어 손이 자동으로 조종합니다."

제지 설비를 복구해놓고 대천은 조폐 설비가 든 컨테이너를 가져왔다. 산호가 다시 걱정했다.

"일본 사장에게 들키면 어쩌려고?"

"벌써 협상했습니다. 슈퍼 엔이 아니라 새로 나온 달러를 찍어주면 원화를 마음대로 찍게 해준다고 했습니다."

"잘됐군, 나도 슈퍼 달러를 찍을 생각이었어. 재료만 대준다면 미국을 망하게 할 만큼 무지하게 찍어준다고 해. 내 인생을 망하게 했으니까 그놈들도 망해야지!"

제지 공장 뒤편에 인쇄 공장을 연결해 지었다. 인쇄 공장이 완공되자 대천은 산호와 둘이서 축배를 들었다.

"형님, 우리 설비가 조폐공사보다 더 좋을 것 같습니다."

"자동화 공정으로 보면 그럴 수도 있겠다. 우리 둘이 솜에서 원단을 떠 지폐까지 만들 수 있으니까."

"그러게요. 이런 공장은 전 세계 어디에도 없을 겁니다."

"내일 솜이 배달되면 바로 일을 시작하자. 인도산 백 퍼센트 목화솜이라고 장담하더라만, 정말로 지폐 원단이 될 만큼 최상급인지 받아보면 알겠지!"

"원단 분석은 끝내셨어요?"

"시제품 몇 번 뽑아보면 조폐공사가 땅을 치고 통곡할 거다. 사실 달러든 원화든 엔화든 원단은 거의 같아. 전부 인도산 목화솜이 베이스거든. 약간씩 다른 재료를 좀 섞어넣고 조성 공정과 코팅에서 차이를 잡아내면 어떤 원단도 만들 수 있어. 나는 네가 걱정이다. 오만 원권 동판은 어디 있는데?"

"세상에 좋은 기계가 나와서 어렵지 않게 만들 겁니다."

"무슨 기계냐?"

"초정밀 3D 금속 분말 프린터를 사장이 일본에서 보내줬습니다."

"총도 뽑아낸다는 그 기계 말이냐?"

"그런 플라스틱을 분사하는 장난감 기계가 아닙니다. 금속을 분자 단위로 분사해 쌓아 올려서 세상에서 가장 정밀하고 단단한 물건을 출력하는, 최첨단 제품이랍니다. 일본에서 개발되었지만 통제할 방법을 찾지 못해 상용화하지 못하고 있는 전략물자인데, 지폐를 판형별로 분해해서 출력하면 곧바로 인쇄에 쓸 수 있는 동판이 아닌 철판이 나옵니다. 아무리 찍어도 닳지 않는 티타늄 철판이요! 원화뿐 아니라 엔, 위안, 달러, 유로 등 무슨 돈이든 못 찍을 게 없습니다. 이거 세상에 풀리면 난리가 날 겁니다."

"실제로 그런 물건이 나온 거야? 오래전부터 말만 무성했지 완성했다는 말은 못 들었는데?"

"프로토 타입을 완성했지만, 악용을 막을 방법을 찾을 때까지 일본과 미국 정부에서 내놓지 못하게 막고 있는 모양입니다."

"그런데 어떻게 구했는데?"

"무한한 가능성에 눈독을 들인 일본 조직에서 개발 단계부터 자금을 대고 조직원을 심어둔 거죠."

"그런 기계가 나오지 않았으면 어쩔 뻔했어?"

"틀림없이 나올 줄 알고 미리 교도소에서 컴퓨터 공부까지 해두었습니다만, 나오지 않았어도 결과는 다르지 않았을 겁니다. 원판을 조각할 걸 대비해 컴퓨터 공부와 함께 그림 공부도 해서 손재주를 다시 살려두었거든요. 다행히 프린터가 나와서 고생하지 않고 완성도 백 퍼센트 진폐를 만들게 되어 고마울 뿐이죠."

"그런데 말이야, 그건 말 그대로 프린터 아니냐. 자동차에 달린 바퀴처럼, 컴퓨터의 출력기일 뿐 아냐? 자동차가 없으면 타이어가 무용지물이듯 프린터도 컴퓨터가 없으면 무용지물이고, 자동차가 운전하지 않으면 갈 수 없듯 컴퓨터는 프로그램이 없으면 깡통일 뿐이잖아. 그래서 플라스틱 3D 프린터도 기계는 누구나 살 수 있지만, 총을 뽑아낼 수 있는 프로그램과 설계도는 단속하는 거 아니냐고?"

대천은 부드럽게 씩 웃으며 대답했다.

"벌써 최고의 전문가에게 부탁해 원화, 달러, 엔화까지 색 분해하고 판형 분리해 놓았습니다. 프린디 연결해서 출력하기만 하면 됩니다. 그 정도는 저도 할 수 있고요."

"프로그래머 입막음은 어떻게 하고?"

"걱정하지 않으셔도 됩니다. 진작부터 우리 둘 다 알고 있는 사람이거든요."

"은서구나."

대천이 고개를 끄덕였다.

"은서, 그 아가씨가 예쁜 얼굴만큼이나 실력이 뛰어났으면 좋겠구나. 교도소에 있을 때, 면회 오는 은서는 천사와 다름없었어. 은서가 아니었으면 내가 이렇게 너에게 기울어지지 않았을 거야. 내가 그렇게 느꼈을 때, 너는 오죽했겠니. 꼭 성공해서 돈방석이 아니라, 돈 침대에서 은서랑 살아라."

"언감생심, 제가 어떻게 그런 생각을 하겠습니까?"

"돈을 따라오지 않는 여자가 있다더냐. 오만 원짜리를 가로로 열 장, 세로로 서른 장, 삼백 장 깔면 더블베드 사이즈가 된다. 백 장 다발 열 개씩 묶은, 오천만 원 뭉치 삼백 개면 두툼한 매트리스가 되지 않겠냐고? 대천아! 백오십억 원 깔아놓은 매트리스에 알몸으로 눕지 않을 여자 있으면 데리고 와봐라."

"은서는 요즘의 그런 여자가 아닙니다."

"요즘 여자 아니고 옛날 여자란 말이야? 흥! 옛날에는 더 했어. 케베도라는 스페인 시인이 사백 년 전에 쓴 시를 읊어 주랴?"

산호는 비상한 기억력을 가진 사람이다. 제법 낭랑하게 시를 낭송했다.

권세 있는 자는 돈 선생뿐이외다.

어머님, 소자는 황금 앞에서는 한없이 무력하외다.

녀석은 나의 애인도 연인도 되나이다.

언제나 누런빛으로 몸을 감싸고 다니는 것이

여간 귀엽지가 않더이다.

그놈이 한 냥짜리든 백 냥짜리든

소자는 그저 정신없이 사랑할 뿐이외다.

권세 있는 자는 오직 돈 선생뿐이외다.

어느 귀부인도

녀석의 취향이나 취미를 경멸하지 않더이다.

번쩍거리는 백 냥짜리 앞에서

값싼 얼굴로 아양을 떨더이다.

녀석은 녀석대로

가죽 주머니에서 고개를 내밀며 허세를 부리더이다.

권세 있는 자는 오직 돈 선생뿐이외다.

"알았니? 겉으로는 정숙한 척해도 돈 앞에서는 다 벗게
되어 있다. 강남 가봐라. 젊고 예쁜 여자들은 거기에 다 있
고, 돈만 있으면 다 데리고 잘 수 있어."

대천은 다시는 은서에 관한 이야기를 산호와 나누고 싶지
않았다. 은서에 대한 모독이었다. 대천이 매듭을 지었다.

"저도 전에는 돈만 있으면 세상 여자 다 살 수 있다고, 정
도 사랑도 돈으로 만들 수 있다고, 돈으로 데리고 살다 보
면 정도 들고 사랑도 싹튼다고 믿었어요. 하지만, 은서 씨
를 만나고부터는 생각이 달라졌습니다. 돈으로 살 수 없는
것도 있고, 살 수 있다 하더라도 사서는 안 되는 것도 있고,
또, 돈으로 망가트려서는 안 되는 것도 있다는 것을 알게 됐
어요. 형님 설혹, 은서 씨가 돈을 따라오는 여자일지라도 저
는 돈으로 은서 씨를 사서 망가트리고 싶지 않아요. 프로그
램을 받는 것으로 은서 씨와는 끝냈습니다."

기회의 분배

　은서는 오피스텔을 빌려 1인 잡지사를 차렸다. 부르지도 않았는데, 한동안 뜸했던 김 경위가 찾아왔다.

　"너 아직도 나 스토킹 하냐? 네 꼴 보지 않아서 마음이 참 편했는데."

　"뭔 스토킹씩이나! 일본에 출장 갔다가 며칠 만에 왔어. 뜬금없이 잡지사라니? 잘나가던 잡지들도 다 망해 폐간하는데."

　김 경위는 찌푸린 얼굴로 사무실 안을 둘러봤다.

　"여기서 숙식까지 다 하는 거야? 혼자서 어떻게 하려고?"

　"원고 편집해 인쇄소 컴퓨터로 전송해 책을 찍어서 배본소 창고에 맡겨놓고 팔리는 대로 서점으로 보내는 거야. 그래서 여기 앉아서 혼자서도 잡지 찍어 전국 서점에 깔 수 있단다. 사람이 할 일 컴퓨터가 다 하는 거지. 그래서 1인 출판사 여러 곳 생겼어. 일단 부정기 무크지를 창간한 다음 반응을 봐서 계속 낼 거야."

"무슨 잡지를 낼 건데?"

"표제도 벌써 정했어. 《기회의 분배》라고."

"《기회의 분배》? 무슨 잡지 이름이 그래?"

"괴상망측한 국적 불명의 외국 제목을 달고 과소비를 조장하는 잡지보다는 훨씬 더 철학적이지 않아?"

"그렇긴 하지만, 무슨 내용으로 채울 거야?"

"독자들의 투고로. 그래서 나 혼자 하는 거야."

"무슨 투고? 문학지야?"

"아니. 인생을 역전할 수 있는 나름대로 꿈을 현상공모하려고 해. 당선자에게는 그 꿈을 이룰 기회를 붙잡을 수 있는 현상금을 지급할 거야. 그러면 얼마나 많은 사람이 응모하겠어? 응모 원고 중에서 애절한 이야기를 골라서 잡지를 엮으면 얼마나 재미있겠어? 모두 남의 일 같지 않아 울고 웃을 거야. 더 나아가 다음 호에는 그 현상금으로 꿈을 이룬

사례도 내보내 복권 같은 뜬구름 잡기가 아닌, 진짜로 꿈을 이룰 수 있는 현실적인 대안이라는 사실을 홍보하는 거야. 돈이 없어 기회를 놓치는 가난한 서민들에게 꿈을 이룰 기회를 실제로 나눠주는 거지. 그뿐 아니라 정치가, 재벌, 사회 운동가들이 내 잡지를 읽으면 서민들이 어떤 꿈을 가지고 뭘 원하는지 알게 되어 우리 사회가 좀 더 공정하게 발전하지 않겠어? 꿈과 희망을 잃었던 사람들도 내 잡지를 읽고 용기를 내어 다시 뛸 거고."

"그, 그래? 어, 말을 들어보니 하루 이틀 생각한 거 아닌 것 같은데?"

"예전부터 품고 있었던 꿈이야. 이미 공모 요강도 확정해 오늘부터 온라인 광고부터 시작할 거야."

김 경위는 은서가 주는 공모 요강을 얼떨결에 받아 읽었다.

1억 원 현상 공모!
무크지 《기회의 분배》 창간 기념 현상 대공모

현금 1억 원을 인생역전의 종잣돈으로 드립니다!

세금 본사 부담! 전액 현금 시상!

주제: 1억 원으로 시작하는 인생역전 설계

응모대상: 가난 때문에 꿈을 이루지 못하고 있는 대한민국 국민

응모 요강

주제: 1억 원으로 시작하는 인생역전 설계를 A4 용지 3매 이
내로 작성

1. 자신이 처한 상황을 설명

* 어려운 환경에 가산점 부여

2. 현 상황을 개선하기 위해 해온 노력

* 성실하고 꾸준한 노력에 가산점 부여

3. 인생을 반전할 비전에 대한 설명

* 미래지향적이고 발전적인 비전에 가산점 부여

4. 1억 원으로 어떻게 인생을 반전시킬 것인가?

* 구체적이고 현실적이며 실현 가능한 계획에 가산점
부여

– 응모작의 판권은 3년간 당사가 소유합니다.

- 홈페이지를 통한 온라인 응모 및 우편 접수 가능합니다.

- 가식적이거나 허황한 공상은 심사 대상에서 제외됩니다.

- 맞춤법이나 문법이 틀려도 감점하지 않습니다.

- 진정성과 실현 가능성에 가산점을 줍니다.

- 시상 전에 현지 실사를 통해 거짓이 있으면 당선이 취소됩니다.

  * 자세한 사항은 본사 홈페이지를 참고하세요.

김 경위는 응모요강을 건성으로 훑어보고는 대번에 비웃었다.

"웃기네. 요즘 일억은 껌 값이라고. 껌 값! 일억으로 어떻게 인생을 역전시킨다는 거야? 십억이 전세금인 세상에."

"놀고먹으라고 돈벼락 때리는 복권이 아니야! 일억을 종잣돈으로 스스로 인생을 역전시키라는 거야! 현금 일억이 껌 값? 흥! 너는 일억 원짜리 껌 사서 씹나본데, 고위 경찰이니까 그럴 수도 있겠다만, 현금 일억이면 대한민국 국민 구십 퍼센트에게는 꿈같은 돈이야! 대다수 봉급생활자나 자영업자가 굶어가며 십 년을 모아도 못 모을 돈이라고! 일억이면 대학 졸업할 수도 있고, 아파트 십 년 월세 낼 수도 있고, 작은 가게 보증금 할 수도 있고, 푸드 트럭 사서 창업하기에도 충분한 돈이야! 또 발명품 특허 등록해 시제품 만들수도 있고 카메라 들고 세계 일주해 다큐 영화 만들 수도 있고, 화가, 작가, 음악가, 운동선수 지망생들 몇 년 동안은 밥벌이 신경 안 쓰고 오로지 꿈에만 전념할 수 있는 돈이기도 하지. 축산, 농업 종사자는 말 그대로 종자 값 하겠고. 그뿐이겠어? 고시든, 공무원 시험이든 합격할 때까지 공부할수 있고."

속사포로 쏘아대는 은서의 입을 지켜보던 김 경위가 은서의 말투를 흉내 내 뒤를 이었다.

"그럼, 그럼. 로또 일억 원어치 사서 대박 노릴 수도 있고, 증권에 올인해 주식 갑부도 될 수 있고, 시골 땅 몇 천 평 경매 받아 부동산 투기 시작할 수도 있고, 카지노 잭팟 터트릴 수도 있고, 결혼 지참금으로 들고 시집가 남자 등골 빨며 편히 살 수도 있고, 성형수술하고 또 해서 성형괴물 될수도 있고, 강남 룸살롱에 가서 재벌 2세처럼 술 마시고 쭉쭉 빵빵 데리고 잘 수도 있고, 페라리 렌트하고 아르마니 입고 다니며 사기 칠 수도 있고, 중국 가 사무실 얻어 보이스피싱 서버 구축해 뺑튀기할 수도 있고······."

김 경위는 은서의 도끼눈을 보고 말을 멈췄다.

"경찰이라서 나쁜 놈들만 보다 보니 똑같이 나쁜 짓만 생각하는구나. 너 직업병이다. 직업병."

"아니야. 내 경험상 보면, 상금 받은 당선자, 한두 달 이내에 다 탕진하고 그 돈 쓰던 맛을 못 잊어 나쁜 길로 들어설 거야. 인생 역전이 아니라 인생 추락하는 거라고. 알겠어? 어설픈 돈 몇 푼은 인생 부수는 거야! 아가씨, 자선 사업은 이런 식으로 하는 게 아니라고! 은서, 너. 상금 일억은 있냐? 너 혹시 상금도 없이 일단 떠워서 책값, 광고비 받아 시상하려는 거 아니냐? 너 그런 짓 잘못하면 사기꾼 된다. 책 팔아 상금 준다면, 돈 모아 한 사람에게 몰아주는 낙찰계와 다름없다고. 그렇게 광고비, 사전 구독료 받아 챙기고는 허름한 잡지 몇 권 찍어내고 '당선작 없음' 하는 사기가 많아서 사람들도 이젠 믿지를 않아. 그래서 응모도 하지 않는다고. 너 구독이나 광고 모집 정말 힘들 거야. 내가 이런 비슷한 짓들 몇 번 수사해봐서 아는데, 한물간 수법이라고."

"이게, 나를 아주 사기꾼 취급을 하네. 상금이 없다면 시작도 하지 않았어."

"우와, 너 현금 일억 있어?"

"그래."

"그렇다면 일단 그 돈 공탁을 걸어. 그리고 그걸 홍보하는 거야. 그렇다면 사람들이 믿고 응모할 거야."

"세상 사람들이 다 너처럼 의심이 많은 줄 아나 봐. 돈의 회수가 목적이 아니야."

"이건 또 뭔 소리야. 너 그럼 일억 내다 버린다는 말이야?"

말끝에 김 경위는 눈을 가늘게 뜨고 은서의 눈을 들여다보며 노골적으로 비아냥거렸다.

"오호, 그 돈, 네가 피땀으로 모은 돈도 아니고, 또 갚아야 할 돈도 아닌가 봐. 그러니까 없애도 그만이라는 거지. 그렇담 그 돈 어디서 났는지 알 만하다."

은서는 김 경위와 더는 말을 나누고 싶지 않았다.

"볼 일 없으면, 가줘."

"잡지사 사무실에 온 손님을 내쫓을 거야? 첫 번째 구독 신청할게, 커피나 한잔 줘."

김 경위는 소파에 몸을 던져 앉았다.

"야. 참 좋구먼, 정은서! 출세했구나. 소파도 있고 햇볕도 들고. 돈이 좋기는 좋네. 그래서 돈만 보면 모두 다 환장을 하지."

은서는 울컥 치미는 부아를 겨우 억눌렀다. 김 경위는 소파에 몸을 파묻고 왼쪽 다리를 들어 오른쪽 무릎 위에 올려놓으며 아주 밑자리를 깔았다. 은서는 폭발할 것 같은 마음을 다독여 누르며 김 경위와 마주 보고 앉아 착 가라앉은 목소리로 말했다.

　"너, 정말로 세상이 돈으로만 돌아간다고 생각 하냐?"

　"세상이 그렇더라고. 명예 먹고 산다는 정치가도, 몸 팔지 않았다는 연예인도, 사기 치지 않았다는 기업가도 뒤 파보면 모두 돈 먹고 몸 팔고 양심 다 팔았더라고."

　"강모야. 너 크라수스 아냐? 로마 카이사르 시대 갑부 말이야."

　"알지, 알고말고. 네가 생각하는 만큼 바보는 아니거든. 사상 처음으로 사설 소방대라는, 오늘날 화재보험의 시조가 된 천재적인 아이디어로 로마를 살 만큼 갑부가 된 사람이 크라수스야. 그렇게 번 돈으로 용병을 사서 스파르타쿠스 반란을 진압해 그 공로로 로마의 집정관이 되었다지? 그러니까 돈으로 로마를 샀다고 해도 과언이 아닌 사람 아냐?"

　"고졸 수준은 된다. 크라수스는 잦은 화재와 방화에 학을 떼는 로마 귀족들에게 미리 돈을 받고, 불이 나면 소방대를 보내 꺼주었는데, 돈을 내지 않은 사람의 집은 설사 이웃집 일지라도 홀랑 타도록 놔두었다지?"

"그게 뭐 어때서? 지금이라고 달라진 거 있어? 지금도 화재 보험 안든 집 타버리면 거지 되잖아? 의료보험이 있다고 해도, 암 보험 따로 들어놓지 않으면 치료하지 못하고 빨리 죽잖아?"

"강모야. 돈으로 로마를 살 정도의 갑부였던 크라수스가 어떻게 죽었는지 알아?"

"파르티아와의 전쟁에서 패배해 포로로 붙잡혀 죽었잖아?"

"내가 묻는 것은 크라수스가 어떤 방식으로 죽임을 당했느냐는 거야."

"크라수스는 십자가 처형을 좋아해서 스파르타쿠스도 십자가에 매달았는데, 아마도 그렇게 되돌려 받았겠지?"

"세계사를 네 맘대로 쓰는구나. 강모야. 파르티아인들은 돈과 폭력으로 이루어진 로마 문명을 천하게 여겼어. 그래서 황금을 끓여 크라수스의 목에 부어 죽였다고 해. 그렇게 황금이 좋으면 먹어보라고 말이야. 파르티아인들은 돈으로 안 되는 일도 있다는 걸 보여준 거지."

"웃기지 마, 그건 말 그대로 옛날 옛적 노예 시대 이야기이고, 지금은 화폐가 지배하는 세상이야. 돈이 많으면 주인이 되어 보호받고 돈이 없으면 노예가 되는 세상이라고."

"아이고, 너랑 이야기하느니 벽을 보고 이야기하는 게 낫겠다. 강모야. 영국의 위대한 철학자이며 수학자였던 프랜시스 베이컨 경이 일찍이 말했어. 돈은 최선의 종이요 최악의 주인이라고."

"맞아. 베이컨이 천재는 천재네. 돈으로 못 부릴 사람은 없지. 그리고 아무리 착하다 해도 돈을 줄 때는 당연히 그만큼의 대가를 요구하기 때문에 주인은 악인이 될 수밖에 없는 거고."

은서는 얼굴을 반쯤 돌려 눈동자를 한쪽으로 몰아 강모를 비껴 보았다.

"쯧쯧, 생각하는 수준이라고는⋯. 강모야. 베이컨이 한 말은, 돈이란 게 종처럼 많은 일을 해줄 수도 있지만, 그 돈을 벌기 위해서는 종처럼 일해야 한다는 말이고, 더 나아가 돈을 잘못 쓰면, 거꾸로 돈이, 사람을 부리는 악한 주인이 될 수도 있다는 철학적인 말이라고! 돈 벌기 위해서 죄를 짓기도 하지만 또, 돈이 많아서 돈으로 죄 짓는 사람들도 많잖아?"

"은서, 너 하는 말, 나한테는 염불하는 척하며 구걸하는 가짜 중 목탁소리로 들린다. 종말로 협박해 신자들 돈 뜯어 적금 붓는 목사 설교로 들린다고. 은서야. 아무리 교언영색으로 포장해도 결국 인간이 하는 짓의 결론은 돈, 돈, 돈이야. 위조지폐도 마찬가지고. 은서 너도 인간이니까 그 한계를 벗어날 수 없어."

"그래, 나도 벌거벗지 않으려면, 굶어 죽지 않으려면, 길바닥에 나앉지 않으려면 돈이 있어야 하겠지. 하지만, 내 삶은 돈이 목적이 아니야."

"고상하시기도 하셔라. 정은서. 너 《기회의 분배》 한 권 찍고 잡지사 문 닫고 인생 쫑 낼 거야? 책 팔아서 상금도 회수하고 인쇄비도 벌어야 다시 상금 걸고 책 계속 낼 거 아냐. 고상도 돈이 있어야 계속할 수 있지 않겠어? 너, 잡지 몇 권이나 팔아야 상금 회수하고 자가 발전할 수 있을 거 같으냐?"

"네가 뭘 안다고 거기까지 간섭하냐?"

"사기나 자살을 미연에 막으려고 그런다. 지금 여성잡지가 얼마인지는 아냐?"

"그 정도 시장 조사는 나도 다 했어."

"부록까지 합해서 들지도 못할 만큼 크고 두껍고 풀 컬러 판 책의 정가가 만 원이야. 종이 값도 되지 않는다고."

"그건 광고비로 제작비와 인건비를 충당하기 때문이지."

"그래 맞아. 너도 그렇게 광고 받을 수 있어?"

"그런 광고는 준다고 해도 내 책에는 싣지 않을 거야. 정당하게 책값 책정할 거야."

"정당한 책값? 얼마를 받을 건데? 지금 잡지보다 더 비싸면 사람들이 살 거 같아? 꿈 깨라. 너, 책 서점에 내놓는 가격이 정가의 몇 퍼센트인지나 알아?"

"오십에서 육십 퍼센트라고 하더라."

"그건 바로 알고 있네. 만 원짜리 책 오륙천 원에 공급하는데 그 돈에서 제작비 빼면 얼마나 남겠어? 남기는커녕, 역마진이야. 팔수록 손해가 난다고. 혹 모르지 네가 편집까지 다 하니까 인건비가 나가지 않아서 한 십만 부쯤 팔리면 권당 일이천 원 남아 상금 회수할 수도 있겠다. 십만 권! 기적이 두 번쯤 겹쳐 일어나면 그 정도는 팔리겠네."

은서는 측은한 눈으로 김 경위를 깔아보며 착 가라앉은 목소리로 대꾸했다.

"그래, 십만 권쯤은 팔려고 한다. 강모야. 나 요즘 너무 행복해. 이 책 한 권 내고 문을 닫고 평생 식당에서 설거지한다고 해도 죽을 때까지 행복할 거야."

"알았어. 나도 걱정이 돼 이러는 거야. 네가 세상을 몰라도 너무 몰라서, 걱정되어 그런다고. 은서야. 너 상금에 대한 세금을 본사 부담이라고 했는데, 일억 상금에 대한 세금이 얼마 나올 거 같으냐?"

"삼 퍼센트 남짓이라던데? 삼백삼십만 원쯤."

"그건 소설이나 그림, 음악처럼 예술 작업에 대한 노력이 인정될 때의 이야기고, 이 공모는 불로소득과 다름없잖아. 그래서 이십이 퍼센트의 증여세를 물어야 할 걸. 이천이백만 원! 그리고 상금의 출처도 밝혀야 할 거야. 기부받은 거라면 기부자의 신원을 세무서에 신고해야 하고 거기에 대한 증여세도 내야 하고, 기부자는 또 그 돈이 세금을 낸 합당한 돈인가 소명하지 못하면 세무조사를 받게 되지."

"받은 돈이 아니고, 빌린 거야."

"그럼 가짜로라도 차용증서를 만들어둬라. 그래야 세금을 피하지. 그렇게 해도 차용증을 증거로 내놓아야 하니까 채권자 노출은 피할 수 없어. 결국, 장대천의 꼬리가 밟힌다 이거야."

"대천의 꼬리라니?"

"제발, 그 돈 대천에게서 받은 돈 아니라고 말하지 마."

은서도 딱히 숨기고 싶지 않았다.

"이 돈은 위폐 찍어 바꾼 돈 아니고 대천 씨가 일해서 모은 진짜 돈이야."

김 경위는 다시금 가소롭다는 표정을 노골적으로 지었다.

"내가 무슨 일로 일본에 출장 간 줄 알아? 내가 일본 경찰에 카즈키 지로 계파 사업체를 알려달라고 해서 자료를 받았는데, 환전소가 많더라고. 그래서 그 환전소에서 돈을 바꿔서 들어온 관광객한테서 원화를 입수했는데, 장대천이 만든 거였어. 장대천 그 자식! 열 장만 찍었다고? 흥! 거짓말도 유분수지. 은서야, 너 대천이 똑바로 봐라. 순진하게 생긴 얼굴 뒤에 무서운 사기꾼 거짓말쟁이 얼굴을 숨기고 있어."

"너나 잘해. 거짓말로 사람 속여 남의 거짓말 들추어내는 일이 직업이라고 하지만, 실생활에서는 좀 진실해 보라고. 너 점점 나쁜 놈들과 동화되어가고 있어."

김 경위는 은서의 날 선 말에는 대꾸하지 않고 하던 말을 계속했다.

"카즈키 지로, 그 국제 조폭 행석을 추적했는데, 팔 년쯤 전에 창원 보세 인쇄 공장 사장으로 있었더라고. 그래서 파 봤더니 장대천이 거기서 삼 년이나 일했더라."

"그래서? 거기서 대천 씨가 원화를 찍었다는 거야? 말도 안 되는 소리 하지 마. 그땐 만 원짜리 새 돈이 나오기 한참 전이잖아? 나는 네 말보다 대천 씨 말을 믿을 거야. 네 말대 로라고 해도, 대천 씨가 일본인 밑에서 피땀 흘려 번 돈인 건 사실이잖아."

"장대천은 거기서 원화를 찍지는 않았어. 그 공장은 아주 구식 활판 서적 인쇄 공장이었거든. 실제로 거기에서 책을 엄청나게 찍어서 일본 도서관에 납품하기도 했고."

"거봐, 대천 씨, 거기서 정당하게 일했잖아."

"그랬겠지. 팔리지 않는 학술 서적과 순문학 책을 주로 찍 었으니까 합법적이고, 칭찬받는 일이기는 했어. 실제로 카즈 키 지로는 문화훈장까지 받았고."

"그런데 일본 경찰이 왜 의심을 해?

"합법적이었던 만큼 공장의 수익이 푼돈이었다는 거야. 수익은커녕 일본 정부 보조금과 기업체 기부금, 학술단체 찬조금으로 겨우 돌아가던 그런 공장에 왜 카즈키 지로 정 도의 거물급 악당이 사장으로 파견되었을까? 마루보가 입을 댈 만큼 큰 빵이 아니었는데 말이야. 그래서 일본 경찰이 조사하고 있었던 거야."

"뭘 의심한 거야?"

"거기서 엔화를 일본이 감당할 수 없을 만큼 찍어낸 것 같은데 물증이 없는 거야. 오죽하면 엔화를 바꿨겠어."

"그건 일본 사정인데 네가 왜 간섭이야?"

"그 조직에서 대천이 만든 원화를 풀고 있으니까 그러지."

"그럼 대천 씨를 다시 잡아가겠네."

"그 원화만으로는 재수사를 할 수가 없어. 장대천 수법을 일본 놈들이 배워서 그대로 찍었다고 오리발 내밀면 또 닭 쫓던 개 지붕 쳐다본다고."

"응, 대천 닭 쫓던 강모 개가 지붕 쳐다본다고?"

"말 그렇게 함부로 할 거야?"

"너 스스로 개가 되었잖아. 대천 씨를 닭으로 만든 순간에."

김 경위는 쓴 입맛을 쩝쩝 다시며 말을 이었다.

"위폐를 찍는 현장을 급습해야 체포할 수 있어. 그래서 기다리고 있는 거야. 장대천, 지금 김산호 옛날 공장 되찾아 둘이 재생 화장지 공장 차렸는데, 배운 것이 도둑질뿐인 놈들이 뭘 하겠어? 결국은 하던 짓 하겠지. 이번에는 선수끼리 만났으니까 제대로 한판 하자고 말이야."

"대천 씨와 산호 씨가 바보냐? 네가 망원경 들이대고 지켜보는 줄 아는데."

"두고 봐. 반드시 현장을 급습해서 일 계급 특진할 테니까."

"너 이런 이야기 나한테 하는 이유가 뭐야?"

"대천이랑 계속 거래하다간 너도 감옥 가니까 손 떼라고 친구로서 경고하는 거야."

"나와 대천 씨는 완전히 끝났어. 대천 씨가 돈 안 돌려줘도 되니까 절대로 연락하지도 말고, 길거리에서 봐도 모른 체하라 했어."

"범죄자 꼴에 사랑하는 사람은 지키고 싶었나 보지?"

"나한테 총이 있었다면 지금 당장 너 쏴 죽였을 거야. 그러니까 빨리 내 눈앞에서 사라져 다시는 나타나지 말아줘."

김 경위는 징그럽게 웃으며 겨드랑이에서 권총을 뽑아 탁자 위에 놓았다.

"총 여기 있다 쏴 봐라."

기가 막힌 은서는 코에서 뜨거운 김을 내뿜다가 김 경위를 놔두고 사무실에서 나와버렸다. 은서가 나가자 김 경위는 주머니에서 USB 메모리를 꺼내 은서의 컴퓨터에 꽂아

부팅시켰다가 빼 담고 사라졌다.

　은서는 《기회의 분배》 응모 광고를 인터넷의 구인 구직 사이트에 게재하고 전국의 주민센터 게시판에 올려 홍보를 부탁했다. 날을 새워 모든 대학교의 구직 사이트에도 올리고, 파워 블로거들에게도 협조 메일을 보냈다. 각종 생활정보지에 작게나마 오프라인 광고도 냈다. 응모가 시작되기도 전에, 구독신청을 해야 가산점이 있는지, 심사의 공정성을 보장할 장치를 마련했는지 등 미심쩍어하는 댓글이 달렸다.

　은서는 홈페이지에 상금을 공탁한 증서를 올리고, 구독 신청과 응모는 별개이며, 심사는 다수의 외부 인사가 무기명으로 응모와 동시에 읽어서 실시간 점수를 매겨 합산 평균을 내고 최종 마감 후 응모자와 점수를 연결하도록 프로그램 되었다고 밝혔다. 즉 응모하는 족족 바로 심사에 들어가지만, 누가 응모했는지는 알 수 없으며, 최종 심사가 끝나고 응모작이 결정되었을 때 응모자와 연결이 되도록 공정성을 확보했다는 말이다.

　은서는 벌써 종교계와 학계, 정계, 문학계 인사에게 정중하게 심사의뢰 요청을 냈고 그중 십 분의 일 정도가 익명의 심사에 참여하겠다고 응낙했다. 은서는 사회봉사 단체와 문인협회 등 예술가 단체에도 심사 협조를 요청했다. 전국의 주민센터 복지 담당자에게도 이메일을 보내 심사위원으로 위촉하고 응모 독려를 권하기도 했다. 최대한 많은 사람이 심사해 점수를 평균할수록 공정한 심사가 이루어지는 시스템이었다.

은서의 끈질긴 노력이 헛되지 않아 응모가 폭발적으로 늘었다. 하지만, 구독 신청은 손으로 꼽아야 할 만큼 미미했다. 은서는 심사위원의 한 사람으로서 응모 사연을 읽으면서 어찌하여 석가모니가 사람들을 고해 중생이라 했는지 알 수 있게 되었다.

응모한 사연 모두 눈물이 앞을 가려 읽기 어려울 정도로 고통스러운 글들이었다. 그리하여 은서는 왜 판도라의 상자에서 마지막으로 나비 한 마리가 날아올랐는지 깨닫게 되었다. 고해, 고통의 바다에서 기회의 분배는 희망이라는 나비였다. 진지하고 애절한 사연 끝에 갈구하는 기회! 사람답게 살 기회를 달라는 절규 하나 하나가 은서의 가슴에 때려 박히는 못 하나 하나였다.

은서는 김 경위의 비웃음이 현실에서 비롯된 것이라는

사실을 뼈저리게 느껴야 했다. 부유한 사람들은《기회의 분배》를 거들떠보지도 않았고, 응모하려는 가난한 사람들에겐 잡지 책 한 권 살 돈도 큰돈이다. 잡지를 팔아가지고는 대천에게서 빌린 돈을 갚을 수 없었다. 처음부터 이루지 못할 꿈이었다. 김 경위의 말처럼 남의 돈이라서 부담 없이 저질렀을까? 은서는 자책하고 자학했다.

은서는 대천을 만나 무슨 일이 벌어지고 있는지 말해주고 싶었다. 그렇게라도 하지 않으면 속이 터져버릴 것 같았다.

대천은 은서의 전화를 받고도 선뜻 나오려 하지 않았다.

"정말로 보고 싶지만, 이제는 서로 만나는 것이 너무 위험합니다."

"죽기밖에 더하겠어요? 저번에 만났던 순대 국밥집으로 나오세요."

은서는 일방적으로 전화를 끊고 시장골목으로 나갔다.

형편없이 수척해진 몸에 그늘진 얼굴의 은서를 보고 대천은 선 채로 눈물부터 흘렸다. 은서가 티슈를 뽑아주고 자리를 권했다.

"은서 씨, 행복하다고, 하고 싶은 일을 하니까 행복하다고 했잖아요."

"세상에 절망이 이렇게 많을 줄은 몰랐어요."

"그래도 그렇지요. 이렇게 몸을 상하다니요. 내가 무슨 짓을 했는지 후회가 됩니다. 직원을 고용하고 일을 줄이세요. 내가 경비를 부담하겠어요."

"일을 많이 해서가 아니라, 응모작들을 읽으면서 너무 가슴이 아파서 울고 또 울어서 그래요. 나만 힘들게 산 줄 알았더니, 나만 희망이 절벽인 인생인 줄 알았는데……."

"그만큼 우리 사회에 기회와 희망이 없다는 이야기겠지요. 그래서 한 가닥 실이라도 잡아보려고 응모를 하는 거겠지요."

"가슴이 깨질 것 같아요. 기회를 분배하겠다고 거창하게 시작했지만, 절망의 모래밭에서 모래 한 알 던져주고 기회를 분배했네, 희망의 빛을 비추었네, 할 수 있겠어요? 정말 낯이 간지러워 하늘을 쳐다볼 수가 없네요. 정말, 이대로는 이 나라, 안 되겠다는 생각밖에 들지 않아요. 뭔가 근본적으로 하늘과 땅이 뒤바뀔 큰 사건이 일어나야 할 거 같아요."

"너무 앞서 생각하지 마세요. 이제 시작이라고요. 한 사람부터 시작합시다. 그 한 사람이라도 제대로 뽑자고요. 심사는 잘 진행되고 있어요? 돈 한번 써보자는 복불복인 응모도, 장난삼아 거짓말을 지어낸 사람도, 공돈 욕심낸 부자도 없지 않을 텐데요."

"처음에는 시큰둥하던 심사위원들이 응모 사연들을 하나둘 읽어보더니, 자발적으로 열심히, 엄격하게 심사를 해주고 있어요. 응모 사연이 올라오는 족족 밤낮없이 분석해 가짜 사연을 골라내고 필요하면 그 방면의 전문가들에게 사실 확인도 해서 거짓이 통과하기는 어려울 거예요. 그리고 최종심에서는 인터뷰도 하고 사실 확인을 해서 당선자를 결정할 겁니다."

"그나마 다행이네요."

"하지만, 그래서 더 힘들어요. 모든 사연이 가슴 아프고, 모두의 희망이 절실해서 당선작을 뽑을 수가 없네요. 그래도 모두에게 기회를 줄 돈이 없으니 한 사람을 뽑는 게 아니라, 몇 만 명을 떨어트려야 하는데…… 내가 한 사람에게 기회를 주는 것이 아니라, 뽑히지 못한 수만 명에게 다시 한번 절망을 주는 것은 아닌지…… 또, 책을 사겠다는 사람이 몇 명 되지 않아 대천 씨 돈을 갚을 길이 보이지 않고, 그렇다고 지금 그만둘 수도 없고. 이래저래 잠이 오지 않아요."

"은서 씨. 사업입니다. 지금은 투자 단계인 셈이지요. 지금은 적자지만, 실제로 책이 나오고 상금이 지급되고, 당선자가 꿈을 이루게 되면 반드시 많은 사람이 책을 사서 읽을 겁니다. 그래서 수익금으로 시상을 계속하게 될 날이 반드시 올 겁니다."

"정말 그럴까요?"

"그럼요. 내게 진행사항이나 바로바로 알려주세요. 편집이 끝나면 곧바로 인쇄 넘겨야 해요. 어차피 책으로 묶는 제본은 내가 할 수 없어서 외주해야 하고, 또 내가 가지고 있는 기계와는 다른 인쇄기에 다른 종이로 찍어야 하니까 다른 사람 손을 빌려야 해요. 나보다 더 인쇄를 잘 아는 옛 직장 동료가 수십억 융자를 안고 엄청난 기계를 샀는데 이 자도 못 갚고 쩔쩔매고 있어요. 이참에 일을 주어 도와줘야겠어요. 그 친구에게 표지의 후가공과 제본까지 일괄 위탁할 겁니다. 그 외에도 책을 담아 보낼 봉투도 미리 주문해야 하고, 물류회사와도 일정을 협의해 계약해야지요. 그래서 계획된 일정을 맞추는 것이 중요합니다."

"구독 신청한 사람들이 몇 명 되지 않아서 책을 몇 권이나 찍어야 할지 모르겠어요."

"그건 편집 완료해 인쇄에 넣을 때 결정하기로 해요. 자질

구레한 일은 내가 다 맡아서 할 테니까, 은서 씨는 소원대로 맘껏 멋지게 편집해서 제게 원고와 배송 주소만 넘겨주세요. 그럼 제가 책을 찍어 발송까지 다 할게요. 은서 씨는 당선자 시상식 이벤트 같은 행복한 고민만 하세요."

"대천 씨가 내 마음에 다시 희망과 용기를 불어넣어주네요. 사람들은 다 같이 잘사는 세상을 꿈꾸는 나를 보고 이상주의자라고 하지만 제가 보기에는 대천 씨가 진짜 이상주의자예요. 스페인 사람들이 신대륙에서 찾고자 했던 황금의 왕국 엘도라도를, 아메리카 인디언 전설 속의 맥켄나의 황금 골짜기를 꿈꾸는 이상주의자! 대천 씨, 엘도라도를, 맥켄나의 황금을 찾지 못하더라도 실망하지 말고 제게 달려오세요. 함께 기회를 분배하게요. 제 곁에는 언제나 대천 씨의 자리가 있다는 사실을 잊지 마세요. 사랑보다 더 깊은 우정의 자리가."

가슴 속에서 뭉클한 것이 치솟아 오른 듯 대천은 심호흡을 몇 번이나 하고는 겨우 말을 내놓았다.

"은서 씨를 만나기 전까지는 이 세상 뭐든, 물건이든 사람의 마음이든 돈만 있으면 다 살 수 있으리라 생각했는데……"

은서는 대천이 어떤 마음으로 그 말을 하는지, 말이 아닌 가슴으로 들었다. 은서는 가슴이 아렸다. 대천과 같은 감정이 스스로에게는 일어나지 않았다. 억지로는 할 수 없는 일이다.

아비규환

대천은 산호의 곁에서 입속의 혀처럼 시중을 들었다. 인쇄는 뒤로 젖혀 놓고 온종일 제지 공정을 도왔다. 건강이 좋지 못해 힘이 부치는 산호는 대천을 하인 부리듯 막 대했으나, 대천은 투정 한 번 부리지 않고 보조했다. 조건 없는 희생이 아니라면 산호와 같은 성격을 견뎌낼 수 없었다. 대천은 왜 산호가 결혼하지 못했는지 첫날에 알 수 있었다. 산호는 조금만 마음에 들지 않으면 욕을 퍼붓고 연장을 집어던지기 일쑤였다. 아예 습관이 된 것을 보면 분명히 예전의 여직원과 친구도 그렇게 대했을 것이다. 산호는 존경받을 수 없는 사람이다. 대천은 여직원과 친구가 산호를 배신할 때,

망설이지 않았을 것이라고 확신했다.

원료가 모이고 기계 조정이 끝나자 산호와 대천은 잠을 잊고 작업에 몰두했다. 산호가 원단을 몇 장 떠내면 대천이 돈을 찍어보기를 반복했다. 현미경으로 봤을 때 조직이 원단과 비슷하더라도 인쇄해보면 한국은행권과 같은 느낌이 나지 않았다. 원단의 코팅과 잉크가 문제였다. 그 문제도 결국은 화학 천재인 산호가 해결했고, 인쇄 느낌은 대천이 잡아냈다. 은서의 원판 작업도 완벽했다. 은서의 원판은 진짜 지폐의 도안을 백배로 확대해 겹쳐봐도 조금도 틀리지 않았다.

일단 부분적 공정에서 모두 성공하자 가지고 있는 원료를 전부 투입해 본격적으로 전체 공정을 자동으로 연결해 원지 1만 장을 찍었다. 원지 한 장의 크기에 맞추어 가로 7개, 세로 5개를 앉힐 수 있으므로 35장의 도안을 한 판에 올려 찍었다. 대천은 인쇄기의 속도를 시간당 1만 2000장으로 조정했다. 앞뒤로 인쇄만 여덟 번 해야 했지만, 잉크가 마르는 시간까지 합해 열 시간 정도밖에 걸리지 않았다. 인쇄 공정이 끝난 뒤 홀로그램과 은박선, 볼록 인쇄 등의 후가공을 하고 재단하니, 100장 묶음 500만 원 다발 3500개가 나왔다. 24시간 쉬지 않고 찍는다면 인쇄하는 동안에 후가공이 연결되어 하루에 원지 2만 장 정도는 쉽게 찍어낼 수 있는 조폐 시스템이다.

"아직 축하하기는 일러. 검증을 해보자고."

산호는 돈다발을 KCD-100 위폐감식기에 넣었다. KCD-100은 5만 원권 위폐 감식만을 위해 만들어진 정밀 감식기였다. 조폐공사 위폐방지센터가 공들여 설계한 모듈을 탑재하고 있어 99퍼센트가 아닌 100퍼센트 감식을 장담하는 역작이다. 하지만, 산호가 올려놓은 백 장 다발은 술꾼의 목을 넘어가는 한 잔의 술처럼 단숨에 KCD-100을 넘어갔다. 자외선램프를 켜보고, 루페를 들이대고, 위폐 감식 펜을 그어보고, 비밀 코드까지 하나하나 찾아봤다. 진폐를 가져와 두 장을 함께 구깃구깃 구겨 펴서 다른 점이 있나 찾아보고, 물에 넣어 비교해보고, 불에 태워 재까지 다른 점이 있나 보고, 눈을 감고 진폐와 번갈아 만져보고 손가락에 침을 뱉어 세어보며 촉감까지 비교해봤다. 나중에는 갓 찾아온 진폐 미사용권과 뒤섞어 골라내보려고도 했다. 현미경까지 동원했지만, 번호가 아니라면 골라낼 수 없었다.

모든 것이 완벽했다. 마침내 대천과 산호는 위폐가 아닌 진폐를, 슈퍼 원이 아닌 리얼 원^{Real Won}을 만들어냈다.

대천과 산호는 175억 원을 쌓아놓고 샴페인을 터트렸다. 돈을 놓고 다툼이 생길까봐 대천이 조심스럽게 물었다.

"형님. 우선 반으로 가를까요?"

산호는 돈을 한참 지켜보다가 대천에게 뜬금없이 물었다.

"대천아. 너《보물섬》읽어봤어? 스티븐슨이 쓴 보물섬 말이야."

"책으로는 안 읽었어도 영화로는 숱하게 봤죠."

"그래, 그러면 보물을 찾아서 돌아온 후 외다리 실버가 무슨 짓을 했는지 알겠구나."

"교수형을 당할까봐 배 창고를 뜯어 돈 한 자루를 가지고 달아났죠."

그제야 집히는 구석이 있어, 대천은 찡그린 얼굴로 산호를 봤다. 산호도 이마에 주름을 잡고 있었다.

"완역된 책을 보면 스티븐슨은 그 대목에, '그렇게 싼 값으로 그를 쫓아버려서 모두가 기뻐했다'고 썼어. 대천아. 왜? 이제 너 혼자서도 원단을 만들 수 있으니까, 푼돈 먹고 떨어지라고? 장대천! 나를 너무 쉽게 봤구나. 네가 배신할 걸 계산하지 않았겠니? 까불지 마라. 내가 손가락 하나 까딱하면

이 공장 폭발하도록 폭탄 심어놓았다. 화학 천재가 폭약 못 만들겠냐? 사냥 끝났다고 개 삶아 먹을 생각 꿈도 꾸지 말고 일이나 열심히 해라."

대천이 화들짝 손을 내저으며 목소리를 키웠다.

"형님! 무슨 말입니까! 그냥 형님 생각을 물어본 것뿐입니다. 정말입니다. 형님 몫을 챙겨 드리려고요!"

"내가 겨우 이 정도 돈을 찍으려고 너랑 손잡았겠느냐! 내가 찍을 만큼 다 찍을 때까지 나누자는 소리 하지 마라!"

대천과 산호는 175억 원을 종잣돈으로 조폐 재료를 마음껏 사들였다. 지료 탱크에 100톤의 최상급 인도산 목화솜을 가득 채워 불리고 갈고, 섞어 죽을 쑤어놓은 다음 산호와 대천은 탱크의 가장자리에 올라서서 소주를 뿌리며 고사를 지냈다.

"이제 제대로 돈 한번 찍자!"

산호가 선언하고 전원 스위치를 올리려는데, 경보음이 울렸다. 대천이 CC-TV 화면을 훑어보았다.

김 경위가 권총을 빼어 들고 마당을 가로질러 오고 있었다. 산호가 이를 부드득 갈았다.

"저 자식이 끝까지! 어떡하지? 불 끄고 숨을까? 일단 오늘은 피하고 돈을 다 찍고 나서 킬러 사서 없애버리자."

대천의 생각은 달랐다.

"여기까지 아무런 정보 없이 올 사람이 아니죠. 혼자 온 걸 보니, 뭔가 꿍꿍이가 있어서 온 겁니다. 형님, 저 인간, 우리가 피한다고 해서 될 인간이 아니에요. 불러들여 담판을 짓지 않으면 여기서 돈을 만들 수 없을 겁니다."

대천은 출입문을 여는 스위치를 눌렀다. '삐' 하는 버저 음이 나면서 작은 쪽문이 덜컹 열렸다. 깜짝 놀라 문 쪽으로 총을 들이대는 김 경위의 얼굴이 볼 만했다. 김 경위가 권총을 앞세우고 조심스럽게 공장 안으로 들어왔다. 대천이 큰 소리로 말했다.

"어서 오세요! 기다리고 있었습니다!"

김 경위는 권총을 겨눈 채로 눈알을 이리저리 굴리며 계단을 올라와 야멸차게 말을 뱉었다.

"둘 다 꼼짝하지 마라. 장대천! 김산호! 너희를 형법 제 207조를 위반한 위조지폐 제작 현행범으로 체포한다."

김 경위가 총을 들어 대천을 겨눴다. 산호가 앞으로 나와 대천과 김 경위 사이를 가로막아 섰다.

"너는 우리를 체포할 수 없어. 왜냐면 우리는 아직 돈을 찍지 않아서 형법을 위반하지 않았거든."

"이제부터 너희는 죄를 짓게 될 거야. 지금부터 돈을 찍어 내게 바치면 살려주마."

"네놈도 결국은 돈이 목적이었구나."

"결국이 아니라 처음부터였지. 쓰레기 같은 고물 인쇄기로 슈퍼 원을 찍었다는 거짓말이 어떻게 먹혔겠나! 다 내가 그렇게 사건을 종결지었기 때문이지. 은서가 한국은행으로 위조지폐를 가져와 위폐가 더 진화할 수도 있지 않겠느냐는 말을 했을 때, 나는 벼락을 맞는 줄 알았어. 눈이 번쩍 뜨이더라고! 그래! 이걸 만든 놈이라면 진폐를 만들 수도 있겠다! 이놈이라면, 위조지폐가 아닌 진짜 지폐를 만들 수 있겠다! 그래서 여기까지 오도록 바람을 넣고 부채질을 했지. 산호, 당신을 대천이 있는 교도소로 이감시킨 것도 나였어. 너희 둘이 만나면 진폐가 나올 줄 알고 있었거든. 능사를 뒤에서 조정해 너희들이 편하게 사귀고 보호받을 수 있도록 한것도 바로 나였어. 지금까지 너희 둘 다 내 손바닥 위에서 춤을 추었을 뿐이야. 죽기 싫으면 지금부터 돈을 찍어!"

산호가 음산한 목소리로 대답했다.

"그래, 얼마든지 찍어주지. 얼마든지! 김 경위! 이 지료 한

통 다 찍으면 오조 원이야."

"뭐, 뭐라고! 오, 오조 원! 오조 원이라고!"

"왜? 오조 원이라니까 간덩이가 오그라드냐? 꿈같아서 믿기지 않나? 지폐 한 장이 일 그램이니까 백 톤이면 일억 장! 오조 원 맞잖아? 김강모! 남자가 돈을 찍으려면 이 정도는 찍어야지. 그렇지 않아? 응? 조 단위는 되어야 큰돈이라 큰소리 칠 만하지 않겠어? 조 단위는 되어야 살아생전에 다 못 쓰고 죽지 않겠어? 이 돈 찍어서 일조 나눠줄게, 총 치워라. 그 돈이면, 너 하고 싶은 짓 다 할 수 있잖아. 미스코리아? 흥! 미스월드로 해마다 바꿔 살아야지! 말리부 별장? 그거 개집이야, 카리브해 섬을 통째로 사야지! 제트기도 좀스럽게 걸프가 뭐야? 보잉 개조해야지! 페라리? 애들이나 타라고 해. 부가티쯤은 몰아야지!"

김 경위의 눈동자가 순식간에 붉게 물들었다. 핏발이 선 눈에 번득이는 눈빛이 더해져 광기가 어렸다.

대천이 말을 더 얹었다.

"이걸로 원화 말고 달러 찍을까? 백 달러짜리 찍으면 백억 달러야! 십조 원이 넘는다고. 달러 원판도 벌써 만들어두었으니까 말만 해!"

김 경위의 얼굴이 희한하게 일그러졌다.

"그럴까? 그렇게 우리 사이좋게 가볼까? 그래! 좋은 게 좋은 거지. 하지만, 너희 둘을 어떻게 믿냐?"

"그럼 어쩌자고!"

"은서를 이리 불러와! 은서를 잡아놓으면 대천이 네놈이 허튼짓 못하겠지."

"뭐라고! 이런 파렴치한!"

대천이 김 경위에게 뛰어들려는 순간 '탕', 총소리가 울리며 김 경위가 앞으로 푹 고꾸라졌다. 출입문 앞에서 능사가 연기가 피어오르는 권총을 겨누고 서 있었다.

능사는 총구를 천장으로 향해 한 발 더 쏴 대천과 산호에게 경고한 다음 계단을 올라왔다. 능사의 출현은 대천도 예상하지 못한 일이었다.

"네, 네놈이, 어떻게!"

"내 손아귀를 빠져나갈 줄 알았느냐? 후후. 너희를 추적할 필요도 없었지. 김강모 이놈만 지켜보고 있으면 되었거든."

죽은 줄 알았던 김 경위가 꿈틀꿈틀 몸을 뒤척여 돌아누웠다. 총알이 등을 뚫고 들어가 가슴 속에 박힌 듯 등 뒤에서는 피가 솟구쳤으나 가슴 쪽은 멀쩡했다. 김 경위가 아직 죽지 않은 것을 본 대천이 능사에게 외쳤다.

"돈은 얼마든지 찍어줄 테니 총 치우시오. 살인은 안 됩니다! 김강모 씨. 죽으면 돈이 무슨 소용이오! 119 부릅시다."

대천의 말에 정신이 돌아온 듯, 김 경위는 얕은 숨을 몰아쉬며 힘겹게 말했다.

"119 부르지 마. 기회는 아직 있어. 장대천 네가 나를 병원에 데리고 가."

하지만, 능사는 차가운 얼굴로 얼음 같은 말을 뱉어냈다.

"안 돼! 지금부터 이 공장은 내가 접수한다! 내 명령에 따르지 않는 놈은 무조건 사살한다! 너희는 지금부터 돈을 찍어라! 장대천! 허튼짓 할 생각 마라. 내 전화 한 통이면 정은서는 쥐도 새도 모르게 죽는다. 내가 뒤를 봐주어 조기 출소한 살인범들이 한두 명이 아니거든. 이놈은 내가 처리하겠다!"

능사가 김 경위의 머리를 겨냥하고 방아쇠를 당기려다 김 경위 위로 푹 쓰러졌다. 능사의 목이 뎅겅 잘려 머리통이 떨어진 몸이 김 경위 쪽으로 넘어진 것이다. 잘린 목에서 선

혈이 분수처럼 김 경위의 얼굴에 쏟아졌다. 능사가 서 있던 곳 뒤에 일본도를 치켜든 카즈키 지로와 기장이 서 있었다. 겁에 질린 대천이 지로 앞에 털썩 무릎을 꿇었다.

"사장님! 약속을 지키겠습니다! 명령대로 달러를 찍어드리겠습니다."

지로는 대답하지 않고, 칼날처럼 싸늘하게 빛나는 눈으로 대천을 쏘아보며 칼을 높이 쳐들었다. 이때, 산호가 카즈키 지로와 대천 사이로 들어섰다.

"지로 씨. 오랜만입니다. 저 기억하시죠?"

지로가 고개를 위아래로 끄덕였다.

"대천이 당신하고 일한다기에 살려둔 거요."

어눌한 일본 억양이지만, 충분히 알아들을 수 있는 한국말이었다.

"지로 씨. 예전에는 어디에 쓰려는지 말하지 않고 견본대로 만들어 달라고 해서 완벽하지 못했지만, 이제는 다릅니다. 달러 신권을 분석해 완벽하게 똑같은 원단을 만들어드릴 테니, 대천을 용서하시죠. 대천이 없으면 돈을 어떻게 찍습니까?"

카즈키 지로는 납처럼 굳은 얼굴로 묵직하게 말했다.

"당신들에게는 선택의 여지가 없어! 나는 합리적인 사람이다. 내 원칙을 따르면 된다! 약속대로 달러를 먼저 찍어라. 슈퍼 달러를 다 찍을 때까지 정은서를 데리고 있겠다. 달러를 내가 원하는 만큼 찍고 나서 너희 맘대로 원화를 찍은 다음, 이 공장을 내게 넘기고 떠나라. 기장이 여기서 감독할……."

지로가 말을 마치기도 전에, 총소리가 연발로 울렸다. 참수된 능사를 안고 누워 있던 김 경위가 지로와 기장에게 총을 쏜 것이었다. 총을 맞은 지로와 기장이 비틀거리다 지료통으로 굴러 떨어졌다.

대천과 산호가 지료통으로 뛰어갔으나, 두 사람을 삼킨 백 톤의 지료죽은 파문조차 없었다.

"김산호! 장대천!"

기어들어 가는 목소리로 김 경위가 산호를 불렀다. 산호와 대천은 천천히 뒤로 돌아섰다. 김 경위는 능사의 피를 얼굴 전체에 뒤집어써 어디가 눈인지 코인지도 분간할 수 없었다. 피 양동이를 뒤집어쓴 귀신 꼴이었다. 김 경위는 힘겹게 능사의 시체를 밀어내고 총을 들어 산호를 겨누며 겨우겨우 말을 이었다.

"어서 내 등을 눌러 지혈하고 병원으로 데려가! 어서!"

대천의 대답 대신 산호의 원한 맺힌 목소리가 들려왔다.

"김강모, 이 순간을 내가 얼마나 기다린 줄 아느냐!"

산호의 손에는 능사가 놓친 총이 들려 있었다. 김 경위는 포기하지 않았다. 총구를 산호에게 돌렸다.

"나를 쏘기 전에 네가 먼저 죽게 될 거야. 나는 사격 훈련을 받은 사람이야. 너보다 빨리 정확하게 네 대갈통을 명중시킬 수 있어."

산호는 고개를 저었다.

"헛소리 마. 총알이 있었다면 벌써 쏘았겠지. 그 총은 빈 총이야."

김 경위는 총을 내려놓고 새카맣게 변한 입술을 덜덜 떨며 말했다.

"김산호. 나 좀 살려줘. 당신을 심하게 대한 적 없잖아!"

"나는 너를 도와줄 수 없어. 너는 나를 이 지경으로 만든 장본인이야!"

"나도 어쩔 수 없었다는 거, 잘 알고 있잖아."

"아니야. 너는 더러운 매국노고 비겁한 개새끼야. 네가 용기가 있었다면, 진실을 밝힐 수도 있었어! 곱게 죽어라."

산호가 방아쇠를 당기기 전에 김 경위가 산호의 다리를 붙잡아 넘어뜨렸다. 총알이 허공에 발사되고 김 경위와 산호는 서로 엉켜 엎치락뒤치락하다가 지료통으로 굴러 떨어졌다.

새로운 인생

　망연자실, 참수된 능사의 시체를 등지고 앉아 있던 대천은 퍼뜩 정신을 차렸다. 넋을 놓고 있을 때가 아니었다. 주머니를 뒤져 휴대폰을 찾아내 은서에게 전화를 걸었다.

　"은, 은서 씨, 아주 큰일이 생겼어요. 거기는 위험하니까 지금 당장 컴퓨터에서 하드 드라이브 통째로 빼들고 내가 교도소에서 나와 묵었던 모텔로 가서 내가 데리러 갈 때까지 문 꼭 잠그고 있어요. 지금 당장!"

　대천은 트럭을 몰고 서울로 냅다 달려가 은서를 태우고 무작정 고속도로로 들어선 다음 무슨 일이 있었는지 대충 설명했다.

"나보다도 은서 씨가 더 위험해요. 모두 은서 씨를 볼모로 잡고 나를 찾아내 돈을 찍으라고 협박할 겁니다."

은서는 대천보다 훨씬 침착했다.

"대천 씨. 공장의 CC TV에 모든 것이 다 찍혀 있겠지요?"

"네. 모두 앵글 안에서 벌어졌어요."

"거기에 대천 씨가 살인범이 아니란 증거가 고스란히 담겨 있지 않겠어요? 일단 공장으로 내려가서 무죄 증거 영상을 확보한 다음 서로 지혜를 모아 헤쳐 나갑시다."

공장에 도착한 대천과 은서는 우선 사무실의 컴퓨터로 영상을 재생했다. 너무 겁에 질려 미처 보지 못했던 장면까지 다시 보게 된 대천이 몸서리를 쳤다. 오히려 은서가 담담하게 모니터 화면을 끝까지 눈도 깜박이지 않고 들여다봤다.

사건 과정을 모두 지켜보고 나서 은서는 의자에 등을 기대고 눈을 감았다. 무언가 깊이 생각하는 듯해서 대천은 부스럭 소리도 내지 않고 다른 의자에 앉아 기다리다가 깜박 잠이 들었다. 총알이 날아다니는 전쟁터에서도 잠이 와 죽는다더니, 대천이 그 꼴이었다.

얼마나 잠을 잤는지, 배가 고파 눈을 떴다. 은서가 의자를 돌려 맞은편에 앉아 대천의 얼굴을 물끄러미 지켜보고 있었다.

"많이 놀라고, 많이 피곤했나 봐요."

"그랬나 봅니다. 이제 어떡하지요? 차라리 경찰에 신고를
할까요? 김 경위와 능사가 직장에 나타나지 않으면 곧 찾기
시작할 테고 일본 조직에서도 가만 있지 않을 건데, 경찰에
신변 보호를 요청하는 게 안전할 것 같아요."

은서는 고개를 흔들었다.

"경찰이 우리 신변을 보호해줄 수는 없어요. 오히려 우리
소재만 알려주는 꼴이 될 거예요. 그리고 솔직히 한국 경찰
을 어떻게 믿어요?"

"그럼 어떡해요. 평생 숨어 살 수도 없고요."

"대천 씨. 지금부터 내가 하자는 대로 다 해줄 수 있어
요?"

은서가 표정을 굳히고 대천의 눈동자를 똑바로 들여다보
며 목소리에 힘을 실어 물었다. 대천은 망설이지 않고 곧바로
대답했다.

"죽으라면 죽는시늉이 아니라 곧바로 죽을 겁니다. 정말
이요."

"그래요. 그렇다면, 지금부터 우리가 살아 있는 사람이라

는 것을 증명하기로 해요."

"어떻게요? 없는 자들에게는 지옥보다 더 가혹한 한국에서 무얼 어떻게요? 가난한 자는 죽은 자와 똑같은 이 땅에서 무얼 어떻게요?"

"대천 씨, 여기서 우리가 도망치면 평생 어디서 무엇을 하며 살더라도 낙오자, 실패자라는 자괴감에서 벗어나지 못할 거예요. 그리고 돈에 눈이 멀어 비참하게 죽었지만, 저 다섯 사람의 목숨도 헛되이 할 수 없지 않겠어요?"

"그렇다면?"

은서는 입술이 터지도록 꼭 깨물었다가 잇 사이로 비장하게 말을 내보냈다.

"저 사람들, 돈에 목숨을 걸고 돈을 원했으니, 돈으로 만들어줍시다. 대천 씨, 능사의 시체까지 지료통에 넣고 종이를 만들어요."

"저, 정말이요?"

"뭐든 하겠다고 했잖아요? 대천 씨. 피와 눈물이 스며 있지 않은 돈은 아무리 조폐공사에서 만들었다고 해도 종이쪽에 불과해요. 지금부터 대천 씨가 만드는 돈이야말로 진짜 돈이 될 거예요. 내가 도울 테니 돈을 만들어요. 여기서 도망갈 수는 없어요. 대천 씨는 진폐를 만들겠다는 꿈을 실현해요. 나도 《기회의 분배》를 만들고 상금을 지급할게요. 죽어도 그런 다음에 죽어야 후회가 되지 않겠죠?"

"여기에 있다면 위험하지 않을까요?"

"김 경위와 능사, 마루보 사람들 모두 사심이 가득했던 사람들이에요. 돈을 독차지하려는 욕망에 눈이 먼 사람들이었지요. 그런 사람들이 이곳에 대한 정보를 남겼겠어요? 남이 알고 가로챌까봐 무서워 입을 다물었을 겁니다. 모르긴 해도 누구든 여기까지 찾아오는 데에 시간이 걸릴 거예요."

대천은 지료통에 능사의 몸과 머리를 던져 넣으며 울부짖었다.

"잘 가거라! 그렇게도 돈이 좋더냐! 그렇게도 돈이 좋더냐! 그래! 그렇게도 좋아하던 돈이 되거라. 돈에 목숨을 던졌으니 돈으로 만들어주마! 돈으로 만들어주마!"

대천이 스위치를 넣자 지료통이 부르르 떨며 칼날이 돌기 시작했다. 통속의 재료를 가루가 되도록 갈아 부수고 화공약품으로 분자 단위까지 녹이는 고해 공정이 시작된 것이다.

100톤의 지료를 종이로 만들어 돈을 찍는 일은 가혹한 중노동이다. 비록 각종 자동화 기계가 일손을 덜어준다고 해도, 잠시도 눈을 뗄 수 없는 일이다.

대천은 함께 일하면서 은서를 재발견했다. 부지런할 뿐 아니라, 눈썰미가 남다르고 손도 빨라서 두 번 가르칠 것이 없었다. 컴퓨터의 자동화 프로그램을 실행시키는 일이 대부분이라서 기계 조작도 금방 대천을 따라 잡았다. 은서는 사흘도 되기 전에 대천의 두 몫을 해내며 대천을 가혹하게 독려하고 앞장서 일을 끌어나갔다. 은서의 맹활약으로 지폐 제작은 순조롭게 진행되었다.

마침내.

지료통이 비워지던 날. 제본이 끝난《기회의 분배》창간호도 공장으로 납품되었다.

은서의 편집은 훌륭했다. 품위가 있고 우아했지만, 건방지지 않아 친근했다. 아름답고 멋진 책이었다. 최고급 용지를 사용했고 여러 가지 금박과 볼록 코팅 등의 후가공을 겹쳐서 고급스럽기도 했다. 은서는 책을 한 권 가슴에 안고 눈물을 흘렸다. 대천도 감격해 은서를 칭찬했다.

"나도 이렇게 멋진 책은 처음 봅니다. 두고두고 전설이 될 겁니다."

"대천 씨가 아니었으면 어떻게 이런 책이 세상에 나올 수 있었겠어요."

"이제 마지막 힘을 모아 발송 작업을 끝마칩시다. 이제는 정말로 불안해요. 아직 이곳이 발각되지 않은 것이 이상한 겁니다."

드디어,《기회의 분배》창간호가 담긴 컨테이너들이 택배 회사의 중앙 허브 집하장으로 떠났다.

마지막 컨테이너가 나가고 대천과 은서도 트럭을 타고 공장을 나섰다. 얼마 후 공장에서 불길이 치솟았다. 곧이어 김 산호가 심어놓은 폭약이 폭발해 소방차가 도착하기 전에 공장은 잿더미가 되어버렸다.

택배 회사에 입고된《기회의 분배》는 계약 조건에 따라 며칠 후, 창간일에 맞추어 일괄 동시 발송되었다.

창간일.

대천과 은서는 쿠바의 한적한 어촌 코히마르의 '헤밍웨이' 카페에 앉아서 카리브해의 석양, 헤밍웨이를 격동시켰던 그 황금빛 석양을 바라보며 레몬 필을 꽂은 데킬라 잔을 놓고 마주 앉아 있었다.

"은서 씨. 미안해요. 나 때문에 지구의 반대편까지 도망오다니요."

"아뇨. 내 평생에 못 와보고 죽을 줄 알았던 이곳에 오다니! 소원풀이 한 거니까 내가 오히려 고맙지요. 그나저나 참 대단해요. 대천 씨가 만든 여권이 이렇게 통하다니요."

"슈퍼노트도 찍는데, 전자 칩이 들어 있지 않은 제삼국의 여권쯤이야 아무것도 아니죠."

은서는 술을 한 모금 입에 머금어 굴리다가 삼켰다.

"벌써 삼백 년 전에 일본작가 이하라 사이카쿠가, 우리에게 생명을 부여해준 것은 어머니와 아버지지만, 그 생명을 보호해주는 것은 돈이다, 라고 말했는데. 우리도 어쩔 수 없이 돈에 생명을 의지해 여기까지 왔네요. 어찌 되었든 오늘 여기 코히마르에서 카리브해의 석양을 바라보며 헤밍웨이가 《노인과 바다》를 썼던 카페에서 헤밍웨이가 마셨다던 다이키리를 마시다니! 꿈이 아닌가 싶어요."

"미국과 국교가 정상화되어 전 세계에서 몰려든 관광객들로 희망에 부푼 이 나라, 달러가 만능열쇠인 이 나라에서 달러현금은 도깨비 방망이 아니겠어요? 지금의 은서 씨 모습이 저는 정말 좋은데, 더 예뻐지면 어떡하지요?"

"절대로 성형 수술은 하지 않으려 했는데……. 최대한 조금 손대면서도 예전 모습을 찾을 수 없는 그림을 그리고 있어요. 이곳 의술이 전 세계 최고라서 CIA도 신분 세탁할 사람을 이곳으로 보낸다고 하잖아요? 어떤 모습이든 원하는 대로 해주겠지요. 얼굴과 지문 성형하고 나서, 돈이면 다 해주는 이곳 공무원에게서 진짜 여권을 발급받으면, 아무도 우리를 추적할 수 없겠지요. 서류상으로 우리는 지금 한국에 있는 사람이고, 위조된 여권으로 여기에 왔고 이제 그 위조마저도 버리고 진짜로 바꾸면, 다시 한국으로 입국한다 해도 아무도 우리를 잡을 수 없지 않겠어요?"

"바라고 또 바라는 바이지만, 평생 조심해야지요. 한국 경찰쯤이야 겁나지 않지만, 마루보는 쉽게 포기하지 않을 겁니다."

"대천 씨. 나는, 이번 일로 죽는다 해도 후회하지는 않겠어요. 우리는 결코 의미 없는 일을 한 것이 아닙니다."

"은서 씨. 정말로 우리가 한 일이 한국의 부와 빈의 격차를 좁히는 데 조금이라도 보탬이 되었을까요? 우리가 다시 한국을 찾았을 때 뭔가 조금이라도 달라져 있을까요?"

"그것은 기회를 잡은 사람들의 몫이라고 생각해요. 《기회의 분배》다음 호를 찍지 않아도 되기를 빌어야죠."

술잔을 들고 석양을 향해 고개를 돌린 대천의 눈동자에도 황혼이 어렸다.

"누군가, 우리가 뿌린 지폐 중 한 장쯤에 코를 대고 냄새를 맡을 수도 있겠지요. 그 돈 속에 들어 있는 피와 죽음의 냄새를, 땀과 눈물의 냄새를……"

은서가 잔에 남은 술을 마저 마시고 말을 받았다.

"대천 씨, 나는 죽음의 돈으로 편히 연명할 생각 없어요. 디자인 공부를 더 심도 깊게 해서 내 꿈을 이루겠어요. 스물여섯 살에 억만장자가 된 스티브 잡스가 그랬다지요? '돈이 내 인생을 망치는 일은 절대 없을 것이다'라고."

대천도 고개를 끄덕였다.

"은서 씨가 예전에 나에게 이루어진 꿈이 나를 망치지 않기를 바란다고 했을 때 내 나름대로 고민을 많이 했습니다. 은서 씨, 나도 돈으로 내 인격을 스스로 모독할 생각이 없습니다. 그림공부를 정식으로 시작할 겁니다."

은서가 소리 나지 않게 박수 치며 말했다.

"'원시적인 눈을 가진 미국의 샤갈'이라는 찬사를 들으며 현대 화단에 돌풍을 일으킨 리버맨이라는 화가가 있어요. 81세에 그림 공부를 시작해서 101세까지 스물두 번의 전시회를 열었다고 해요. 리버맨에 비하면 대천 씨는 이제 갓 태어난 어린애에 불과하지 않겠어요? 평생 그렇게도 그리고 싶었던 그림만 그리세요. 응원할게요."

대천이 놀라는 표정으로 은서를 바라봤다.

"은서 씨는 그런 걸 어떻게 그리 잘 압니까? 대학에서 가르치나요?"

은서가 웃었다.

"책 좀 읽은 티내는 거예요. 한때 열심히 읽었거든요."

그 시각 지구의 반대편 대한민국에서는 《기회의 분배》 창간호를 받은 사람들이 상자를 열어보고 있었다. 한 장의 편지가 맨 위에 놓여 있었다.

축 당선!

《기회의 분배》 창간 기념 현상 공모에 당선되었음을 축하합니다.

현금 1억 원을 보내드리오니 당신의 꿈을 이루기 위한 종잣돈으로 쓰십시오.

응모할 때의 초심을 잃지 말고 오직 당신의 꿈을 이루는 데만 사용해 가난에서 벗어나시기 바랍니다. 그리고 가난에서 벗어나 여유가 생기면 정은서 씨가 당신에게 기회를 주었듯 당신도 주변의 가난한 이웃에게 기회를 주시기 바랍니다. 《기회의 분배》는 부정기 무크지이므로 다음 호 발행의 구체적인 일정은 추후에 공지하겠습니다.

《기회의 분배》 창간 이벤트 당선자는 예심을 통과한 5만 명 전원이다. 은서의 뜻에 따라 5만 명에게 창간호와 일억 씩, 5조 원이 배송되었다.

"지금쯤 사람들이 상자를 열어보고 있겠지요."

대천의 말에 은서는 대답을 하지 못했다. 가슴이 북받쳐 눈물이 먼저 솟구쳤기 때문이다. 그 모든 사연을 읽고 가슴이 부서졌던 은서는 알 수 있었다. 그 사람들의 마음속에 피어오르는 희망의 불길을, 생존해야 할 이유가 일으키는 벅찬 희열의 소용돌이를.

대천과 은서는 열대의 바닷가에서 새로운 인생을 자축하

는 술잔을 부딪쳤다.

열대의 하늘은 높았고, 바다는 깊었다. 수평선에는 초대
형 크루즈선이 한가로이 떠 있었고, 포구에서는 그물을 어
깨에 멘, 헤밍웨이의 '노인' 같은 어부들이 석양을 등지고
집으로 돌아가고 있다.

어느 날에 은서의 심장이 대천을 향해 뛰게 될지는 알 수
없으나, 최소한 남들의 눈에는 멋진 커플이었다. 카페의 벽
에는 에드거 앨런 포의 시 한 구절이 적혀 있다.

"Over the mountains
 Of the moon.
 Down the valley of the shadow,
 Ride, boldly ride."
 The shade replied, -
"If you seek for Eldorado!"

달나라의 산을 넘어
그림자 나라의 골짜기 아래
말 타고 달리소서, 용감히 달리소서.

그림자는 대답했네.

엘도라도를 찾으신다면!

-에드거 앨런 포, 〈엘도라도〉 중에서

파리 몽마르트. 구름 위를 걷는 듯, 황홀경에 빠져 언덕길을 오르는 대천의 스마트폰이 진동했다. 뉴욕의 디자인스쿨에 다니는 은서만이 알고 있는 번호였다. 서둘러 주머니에서 휴대폰을 꺼내는 대천의 손이 떨렸다. 순식간에 심장이 뛰고 가슴이 뜨거워졌다.

그러나 대천은 몽마르트, 그 화가의 거리에 스마트폰을 떨어트리고, 땅바닥에 주저앉고 말았다.

스마트폰 화면에는 미국 조폐국에서 달러를 찍는 초정밀 요판인쇄기 '안티글리오' 위에 하라키리 가타나가 놓인 사진이 떠올라 있었다. 보낸 사람은 가이샤쿠닌.

'크레마타 아너르Chremata aner! 돈이 인간이다!'

고대 그리스의 서정시인 알카이오스는 그의 시에서 선언했다. 과연 돈이 인간이고, 인간이 돈인가? 돈이 있으면 사람이고 돈이 없으면 사람이 아닌가?

자본주의 사회의 최대 단점은 부의 편재이다. 부자와 빈자의 간극이 이제는 뛰어넘을 수 없는 사회적 장벽이 되어가고 있다. 부익부 빈익빈이 갈수록 심화하는 근본원인은 부의 편재에 따른 기회의 편재이다. 인생을 반전할 기회가 온다 해도 빈자는 잡기 어렵고, 부자는 기회를 독식한다.

그러므로 자본주의가 인권주의로 발전하기 위해서는 부

의 분배를 추구할 것이 아니라, 기회의 분배를 추구해야 한다. 빈자에게도 부자와 똑같은 기회가 주어지지 않으면 인류는 정신문화적인 발전보다는 물질적 소유에 집착할 수밖에 없다.

부익부 빈익빈이 극한에 이르면 이데올로기를 빙자한 혁명이 일어나 폭력에 의한 기회의 분배를 꾀하게 되는 것이 역사의 교훈이다. 더욱이 부자에 의한 빈자의 인권유린이 더 이상 용납할 수 없는 수준에 이르고 있는 대한민국의 현 세태가 불안하기도 하다. 하지만, 이제는 그 누구도 유혈혁명을 원치 않는다. 무지한 자가 혁명에서 승리한다는 것 또한 역사가 증명했기 때문이다. 해답이 없는 인류의 영원한 숙제가 부익부 빈익빈일지도 모른다.

2017년 8월 북한산 아래서 장량

문헌자료

《돈의 역사와 그 은밀한 유혹》잭 웨더포드 저, 전지현 역, 도서출판 청양. 2001.

《돈의 역사와 세계사》조너선 윌리엄스 저, 이인철 역, 까치글방. 1998.

《황금의 지배》피터 L. 번스타인 저, 김승욱 역, 작가정신. 2001.

《한국은행 화폐금융박물관》한국은행 화폐금융박물관 발행, 2004.

《전쟁상인과 무기시장》앤토니 샘슨 저, 전종덕 역, 동아출판사, 1993.

《수사실무 모음집》송기섭 편저, 도서출판 답게, 1992.

《에너벨 리》E. A. 포, 정규웅 역, 민음사, 1991.

박물관

한국은행 화폐금융박물관 서울특별시 중구 남대문로

화폐 박물관 대전광역시 유성구 가정동

사이트

화폐금융박물관 http://museum.bok.or.kr

화폐 박물관 http://museum.komsco.com

한국은행 http://www.bok.or.kr

화동양행 http://www.hwadong.com

수집114 http://cafe.naver.com/soojip114

수집본색 http://cafe.naver.com/antimaker

국립중앙도서관 출판시도서목록(CIP)

위조진폐 : 장량 장편소설 / 지은이: 장량. — 파주 : 유리창, 2017
　　p. ;　　cm

한자표제: 僞造眞幣
ISBN 978-89-97918-23-2 03810 : ₩13000

한국 현대 소설[韓國現代小說]

813.7-KDC6
895.735-DDC23　　　　　　　　　CIP2017022155

이 도서의 국립중앙도서관 출판예정도서목록(CIP)은 서지정보유통지원시스템 홈페이지
(http://seoji.nl.go.kr)와 국가자료공동목록시스템(http://www.nl.go.kr/kolisnet)에서 이용하실 수
있습니다.(CIP제어번호: CIP2017022155)

위조진폐

1판 1쇄 인쇄 2017년 9월 5일
1판 1쇄 발행 2017년 9월 15일

지은이 장량
펴낸이 우좌명
펴낸곳 출판회사 유리창
출판등록 제406-2011-000075호.(2011.3.16)
주소 10881 경기도 파주시 문발로 115 세종출판타운 402호(문발동, 세종출판타운)
전화 031-955-1621
팩스 0505-925-1621
이메일 yurichangpub@gmail.com

© 장량 2017

ISBN 978-89-97918-23-2 03810